JN279755

ウェルギリウス

牧歌／農耕詩

西洋古典叢書

編集委員
藤澤令夫
大戸千之
内山勝利
中務哲郎
南川高志
中畑正志
高橋宏幸

凡　例

一、翻訳にあたって底本としたのは、マイナーズによるオックスフォード版の校訂本（R. A. B. Mynors (ed.), *P. Vergili Maronis Opera*, Oxford 1972）である。ただし、底本と異なる読みを用いた個所も幾らかある。

二、原文は六脚律の韻律を踏んで書かれている。翻訳では訳語ができるかぎり原文の各行に対応するように努めたが、日本語の文意と文体を考慮してその対応が厳密でない場合もある。原文の行番号は、訳文の下の漢数字で示す。

三、固有名詞については、原則としてラテン語形で統一した。ただし慣例に従った場合もある（インド、アルプスなど）。

四、ラテン語固有名詞のカナ表記は次の原則に従った。なお巻末の「固有名詞索引」には、簡単な説明とともに原綴りを記した。

(1) ph, th, ch は p, t, c と同音に扱う。

(2) cc, pp, ss, tt は「ッ」音で表わす。ただし、ll, rr は「ッ」を省く。

(3) 音引きはしない。ただし、慣例や語感などを考慮してこれに従わない場合もある（パーン、ムーサなど）。

五、原文では『牧歌』『農耕詩』の各歌に表題はついていない。『牧歌』の五篇（第一、三、五、七、九歌）の歌番号に添えて複数の人物名を記したのは、詩篇がそれらの人物の対話のみからなることを示し、底本に従っている。

六、『　』は書名を示す。脚註で著者名を記していない作品はウェルギリウスの著作である。

目次

牧歌／農耕詩

小川正廣 訳

牧歌

第一歌

メリボエウスとティテュルス(1)

メリボエウス
ティテュルスよ、君は枝を広げた橅《ぶな》の覆いの下に横たわって、
森の歌《ムーサ》をか細い葦笛で繰り返し奏でている。
だが私らは、祖国の土地と親しい畑を去っていく。
私たちは祖国を逃げ出すのだ。ティテュルスよ、君は木陰でのんびりと
美しいアマリュリス(2)の名を響かせるようにと森に教えている。

ティテュルス
おおメリボエウスよ、神(3)が私にこの平和を作ってくれたのだ。
なぜならあの人は、私にとっていつまでも神であり、あの人の祭壇を、
私らの小屋の子羊が、幾度も血で濡らすだろうからね。

(1) いずれも牧人の名。この詩では、田園での平和な生活を続けることのできる幸せな老人ティテュルスと、内乱のために故郷の土地を奪われて田園を去っていく不幸なメリボエウスの対照的な運命が、二人の対話を通して描かれる。
　なおこの詩の背景には、ローマの共和政派によるユリウス・カエサル暗殺(前四四年)後、マルクス・アントニウスとオクタウィアヌスがピリッピの戦い(前四二年)で共和政派を破り、その戦いに勝利した軍隊の退役軍人に報いるために、イタリア各地で農地の没収が行なわれたという歴史的現実があった。
(2) ティテュルスとともに暮らす愛人または妻。三〇行参照。
(3) ティテュルスに恩恵を施したローマの「青年」(四二行)

あの人は許してくれた、ごらんのように、私の牛が歩き回り、
私自身には、鄙《ひな》びた葦笛で好きな歌を奏でていることを。

メリボエウス

私はけっして妬んでいるのではない。むしろ不思議なのだ。田園では
あちこちどこでも、あまりにひどい混乱のさまだ。ほら、この私も病み疲れながら、
雌山羊らを前へ追い立てていき、この一匹などは、ティテュルスよ、引っぱってやるのがやっとなんだ。
こいつはそこの榛《はしばみ》の茂みで、たった今双子を苦しんで生んだのに、
ああ、その群れの希望を、むき出しの岩の上に置き去りにしてきた。
思い出せば、こんな不幸は——もしも頭がまともだったなら——、
柏《かしわ》に落ちた雷が(4)、たびたび私らに予告してくれていたのだが。
とはいえ、ティテュルスよ、君の神とは誰のことか、私たちに語ってはくれないか。

を指す。古代の註釈家セルウィウス以来指摘されているように、このティテュルスという人物が、故郷マントゥア近郊の農地没収に遭った作者ウェルギリウス自身を寓意的に表わしているとすれば、「神」は詩人をその苦境から救った政治家オクタウィアヌスのことを暗示している。

(4) 落雷は不吉な兆しと見なされた。

ティテュルス

世にローマと呼ばれる都――それを私は愚かにも、メリボエウスよ、
この町に似たものと思っていた。しばしば私たち牧人が、
幼い羊の子らを連れていくこの私らの町にな。
そんなふうに子犬が親犬に、子山羊が母親に似ているのを知っていたし、
そのようにいつも私は、大きなものを小さなものに比べたものだ。
ところがこの都は、他の町々の間でじつに高く頭を聳え立たせていた――
ちょうど糸杉がいつも、しなやかなガマズミ[1]の間で聳えているように。

メリボエウス

それで、どういうわけでわざわざローマを訪れたのだね。

ティテュルス

自由[2]のためだよ。それは遅まきながら、怠惰な私に眼をとめてくれた。
剃り落とす髭に、白い毛がだいぶ混じるようになってからだが、
ともかく自由は、私に眼をとめてくれた。長い時をへてやっと訪れたのだ、
アマリュリスが私を虜《とりこ》にし、ガラテアが去ったあとに。

（1）スイカズラ科の落葉低木。

（2）奴隷身分からの解放。奴隷は、蓄えた財産（peculium：三二行の「金」の原語）で主人から自由人の身分を買い取ることができた。

打ち明けて言うと、ガラテアと一緒にいた間は、
自由の望みもなく、金を貯める心がけもなかった。
どれほど多くの生け贄の羊を私の囲いから送り出しても、
どんなに濃厚なチーズを薄情な町のために搾っても、
私は一度もお金をどっさり手にして家路につくことはなかった。

メリボエウス

私は不思議に思っていたよ。なぜ君が、アマリュリスよ、悲しげに神々を
　呼ぶのか、
誰のために君が、果実を木にぶら下がったままにしておく(3)のかと。
ティテュルスがそこにいなかったのだ。ティテュルスよ、松の木も君を、
泉も、この果樹園さえも、君を呼んでいたよ。

ティテュルス

どうすればよかっただろう。奴隷の身分から抜け出すことも、
あれほど親切な神々を知ることも、別の所ではできなかった。
その地で私は、あの青年(4)を見たのだ、メリボエウスよ。その人のために、

(3) アマリュリスが果実を摘み取らなかったのは、帰宅した良人に新鮮なまま食べてもらおうとの配慮からか、それとも彼が不在のため、仕事をする気力をなくしていたからか、いずれとも解せる。

(4) 六行註参照。

私らの祭壇は、毎年十二日もたび重ねて煙を上げている。(1)
そこであの人が最初に、私の願いに応えてくれた、
「子らよ、以前のように雌牛を飼い、雄牛を育てなさい(2)」と。

メリボエウス

幸せな老人よ、それではこの土地はこれからも君のものなのだ。
それに広さも君には充分だ。たとえむき出しの石と
泥だらけの藺草《いぐさ》の生えた沼が、牧場《まきば》を一面に覆っていても。
子を孕《はら》んだ雌が、慣れない餌に惑わされることも、
隣の家畜の悪い疫病に害されることもないだろう。
幸せな老人よ、君はこの慣れ親しんだ川や
聖なる泉の間に、涼しい木陰を求めるだろう。
こちらの隣の境の生け垣は、いつものように
柳の花をヒュブラ(3)の蜜蜂に吸われて、
軽やかなその羽音で、君をしばしば眠りに誘うだろう。
こちらの高い岩壁の下では、枝を刈る人が空に向かって歌い、
その間にも、君の好きなしわがれ声の森鳩も

(1) すなわち、毎月一回の生け贄が捧げられる。

(2)「子」「子供」は親しい奴隷や召使いを呼ぶときの言葉。前の主人が農地を没収されたため(四頁註(1)参照)、ティテュルスはローマの「青年」に請願して、以前と同じ土地の使用権を認めてもらった。彼はそれによって財産を貯め続け、「奴隷の身分から抜け出す」(四〇行)、すなわち自由身分を獲得する手段を確保できたわけである(二七行註参照)。

(3) 蜂蜜の産地として有名なシキリア島の山。

雉鳩も、高い楡《にれ》の梢から鳴きやむことはないだろう。

ティテュルス
だから、鹿が軽快に飛んで、天空で草を食《は》み、
海が魚を裸のまま浜辺に置き去りにするだろうし、
互いに相手の土地をさまよったすえ、追放された
パルティア人(4)がアラル川(5)の、ゲルマニア人がティグリス川(6)の水を飲むだろう——
あの人の面影が、私らの胸から消え去るときよりも先に。

メリボエウス
だが私たちのある者は、ここから渇いたアフリカ人の土地へ行き、
またある者はスキュティア(7)の、白亜の急流オアクセス川(8)へ、
あるいは全世界から遠く隔たるブリタニア人の国へ行くだろう。
ああ私は、はたしていつか長い年月ののち、父祖の土地を、
芝草を積み上げた貧しい小屋の屋根を、
いつの日か、わが王国だったわずかな穀物の穂を見て驚くのだろうか。

(4) カスピ海の南東の地方に住む民族。
(5) ガリア地方の川。現在のソーヌ川（ローヌ川の支流）。
(6) メソポタミア地方の川。
(7) 黒海の北部周辺に広がる地方。
(8) この川の正確な位置は不明。カスピ海に注ぐと考えられたオクスス川のことか。

不敬な軍人(1)が、こんなによく耕した畑を自分のものにするのか――
野蛮人がこの麦畑を。争い(2)は、不幸な市民たちにこんなことまで
味わわせるのか。この人々のためにこそ、私たちは畑に種を播いたのに。
さあ、梨の木を接《つ》げ、メリボエウスよ、きちんと葡萄を植えよ(3)。
行くんだ、私の雌山羊らよ、かつては幸せだった家畜よ、行きなさい。
これからもう私は、緑の洞穴に寝そべって、遠くから
藪に覆われた崖にしがみつくおまえたちを眺めることもないだろう。
歌はもう歌うまい。雌山羊らよ、もう私に世話されながら、
花咲く苜蓿《うまごやし》(4)や苦い柳を食べることはないだろう。

ティテュルス
けれども君は、今夜ここで私とともに、緑の草葉の上で
休んでいけばよいのだが。ここには、熟れた果実も、
柔らかい栗の実も、たくさんのチーズもある。
それにもう、遠くの農家の屋根の上から煙が立ち昇り、
高い山々から落ちる陰は、ますます長くなっている。

（1）農民から没収した土地に入植した退役軍人（四頁註（1）参照）。
（2）ローマの内乱を暗示する。
（3）自分自身に向けた自嘲的な言葉。
（4）三つ葉を生やす低木で、家畜の飼料となる。

第二歌[1]

牧人のコリュドンが、美しいアレクシスへの愛に燃えていた。
相手は主人[2]のお気に入りで、何の希望も持てなかった。
彼はただひたすら、梢が陰なす橅《ぶな》の茂みに
足繁くやってきては、そこでまとまりのないこの歌を、ひとりで
山々と森に向かって、むなしい情熱をこめて投げつけていた。
「おお、つれないアレクシスよ、僕の歌を気にかけてくれないのか。
僕をかわいそうに思わないのか。ついに僕を死に追いやるのか。
今は家畜の群れも涼しい木陰を求め、
今は緑の蜥蜴《とかげ》さえ、茨の茂みに隠れている。
そしてテステュリス[3]は、激しい暑さに疲れた刈り手たちのために、
ニンニクや麝香草《じゃこうそう》など香りの強い草をすりつぶしている。
だが僕は君の足跡をたずね歩き、その間僕と一緒に

(1) 一つ眼巨人キュクロプスのポリュペムスに、海のニンフのガラテアへの愛と失恋を歌わせたテオクリトス『エイデュリア』第十一歌をモデルにした作品。しかしこの詩では、牧人コリュドンの求愛の相手がアレクシスという美少年であることなど、テオクリトスとの相違点も多い。

(2) イオラス(五七行参照)。アレクシスは(おそらくコリュドン自身とともに)、彼の奴隷である。

(3) 女奴隷。彼女が作っているのは、モレトゥムという一種の粥。

果樹園は、灼熱の太陽の下、しわがれた蟬《せみ》の声で鳴り響いている。
これならば、アマリュリス(1)の不機嫌な怒りと思い上がった軽蔑に
我慢するほうがよかったのではないか。まだメナルカス(2)のほうが――。
たとえメナルカスは色が黒く、たとえ君は白くても。
おお、美しい少年よ、あまり肌の色を信じてはいけない。
白い水蠟樹《いぼたのき》(3)の花は散るがままだが、黒い(4)ヒヤシンスは人に摘まれる。
　僕は君に見下されている。アレクシスよ、君は僕がどんな男なのか、
どれだけ家畜に富んでいて、純白の乳にどれほど満ち溢れているかを尋ね
　もしない。
シキリアの山々には、千頭の僕の子羊がさすらっているし、
新鮮な乳は、夏にも冬にも僕には不足しない。
僕の歌ときたら、ディルケの泉のアンピオン(5)が、アッティカの
アラキュントゥス山中で、牛の群れを呼ぶときいつも歌った歌なのだ。
また僕はそんなに醜くもない。この前僕は、海辺で自分の姿を見た。
風が凪《な》いで、海面が静まったときだ。映った姿にいつわりがないなら、
君の判定の前でも、僕はダプニス(6)を恐れはしまい。
　おお、ただ君の気に入ってくれさえすれば！　僕と一緒にみすぼらしい

(1) 女性の名。コリュドンの前の恋人。
(2) 男性の牧人の名。第三歌、第五歌、第九歌参照。
(3) モクセイ科の落葉低木。
(4) 実際は青みがかった紫色。
(5) 神ユッピテルとアンティオペの息子。山中に捨てられ、羊飼いに育てられた。双子の兄弟ゼトゥスとともに母と再会したのち、彼女を虐待した大伯父リュクスとその妻ディルケを殺し、ディルケの死体をテーバエ付近の泉に投げ込んだ。竪琴の名手であり、テーバエの城壁を築くとき、楽の音で石を動かしたという。
(6) 神ヘルメスとニンフの息子で、シキリア島の牧人。美青年で、歌と音楽にもすぐれ（牧歌の創始者とも言われる）、牧人の理想とされる。第五歌、第七

田舎の粗末な小屋に住んで、鹿を射とめ、
子山羊の群れを緑の立葵《たちあおい》の鞭で追い立てることが。
君は僕と一緒に歌って、パーン(7)を真似ることもできるだろう。
パーンは初めて、幾本もの葦を蠟《ろう》でつなぐことを
教えてくれたし、パーンは羊と羊飼いを見守ってくれる。
そして君は、葦笛で唇をすりむいても、悔いはしないだろう。
同じこの技を覚えるために、アミュンタス(8)がしないことは何かあったか？
僕には、長さの違う七本の毒人参(9)をつないで作った
笛がある。それは、かつてダモエタス(10)が贈り物として僕にくれたものだが、
彼は死ぬときにこう言った、「今や君が、この笛の二番目の主人だ」と。
ダモエタスがこう言うと、愚かなアミュンタスは羨んだ。
その他にも、二頭のノロ鹿の子がいる。危ない谷で僕が見つけたのだ。
今もまだその皮には、白い斑点が散らばっていて、
一日に二度、羊の乳房を空っぽにする。それらは君のために取ってある。
ずっと前からテステュリスが、その二頭を僕からもらおうとせがんでいる。
いずれ彼女は連れ去るだろう。僕の贈り物など、君には汚らしいものだから。
　こちらへおいで、おお、美しい少年よ。ほら、君のためにニンフたちが、

歌、第八歌参照。

(7) アルカディアの牧畜の神。上半身は人間で、下半身は山羊。数本の葦の茎を蠟《ろう》でつないで、シュリンクスという牧人の笛を発明した牧歌の神でもある。

(8) 牧人の名。

(9) 茎が管状で、シュリンクスを作るために葦の代わりに用いられた。

(10) 牧人の名。第三歌参照。

籠いっぱいに百合《ゆり》を運んでくるよ。君のために白い肌の水のニンフが、
淡い黄色の菫《すみれ》と罌粟《けし》の頭を摘みながら、
水仙と、芳しい匂いのイノンド(1)の花を束ねている。
それから水のニンフは、沈丁花《じんちょうげ》や他の甘い香りの草を織り混ぜながら、
柔らかいヒヤシンスを、黄色い金盞花《きんせんか》で引き立たせている。
僕もみずから、繊細な綿毛のマルメロと、
僕のアマリュリスが好んでいた栗の実を集めよう。
それに蠟《ろう》の色した李《すもも》を加えよう——この果実にも栄誉になろう。
そして、おお月桂樹よ、おまえたちも摘み取ろう。また、ギンバイカ(2)よ、
おまえもすぐそばに。
こうして置くと、心地よい香りを混ぜ合わせてくれるから。
おまえは田舎者だな、コリュドンよ。アレクシスは贈り物など気にかけ
はしない。
たとえ贈り物で競っても、イオラス(3)は負けないだろう。
ああ情けない、どういうつもりだったのだ、この哀れな僕は。心乱れて、
花の中に南風を、澄んだ泉に猪を放ってしまった。(4)
誰から逃げようとするのか、ああ、愚かな君は。神々も森に住んだし、

(1) セリ科の植物で、実と葉は香味料に使う。

(2) フトモモ科の常緑低木。ミルテ、天人花《てんにんか》とも称される。愛の女神ウェヌスの神木。

(3) 二行註参照。

(4) 自滅的な大失敗を表わす諺か。

ダルダニアのパリス(5)もだ。パラス(6)は、自分が築いた城砦に
ひとりで住んでいればよい。だが僕らには、何より森こそが好ましくあれ。
獰猛な雌獅子は狼を追いかけ、狼のほうは雌山羊を追う。
好色な雌山羊は、花咲く苜蓿《うまごやし》(7)を追いかけ、
コリュドンは君を追う、おおアレクシスよ。めいめい自分の喜びに引かれ
　ていくのだ。
見てごらん、雄牛たちは犂《すき》をぶら下げるようにして軛《くびき》(8)で家へ運んでいく。
そして去りゆく太陽は、延びていく陰を二倍の長さにしている。
ところが愛は、僕を焼き焦がす。まったく愛にどんな限度がありえよう？
　ああ、コリュドン、コリュドンよ、何たる狂気に取りつかれたのか。
葉の茂りすぎた楡《にれ》(9)の上には、おまえの葡萄は半分しか刈り込まれていない。
いやむしろ、せめて何か実用のために必要なものを、
柳の細枝としなやかな藺草《いぐさ》で編み上げようとはしないのか。
こちらがおまえを嫌うなら、また別のアレクシスが見つかるだろう」。

(5) ダルダニアはトロイアの別名。その国の王子パリスは、イダ山で羊飼いの子として育てられた。

(6) 女神ミネルウァ（アテナ）の呼称。彼女はアテナエなどの都市で「城砦」の守護神として崇拝された。

(7) 第一歌七八行註参照。

(8) 仕事を終えた牛は、犂べらが地面に食い込まないよう犂全体を上下逆さまにして引いて帰るので、その本体がまるで宙にぶら下がっているように見える。

(9) 葡萄の枝の支え木。その葉が茂りすぎると、葡萄に当たる日光が遮られる。

第三歌

メナルカス、ダモエタス、パラエモン(1)

メナルカス
言ってくれないか、ダモエタスよ、それは誰の家畜か。メリボエウス(2)の
　か?

ダモエタス
いや、アエゴンのだよ。この前アエゴンが預けていった。

メナルカス
おお、いつも不運な家畜だ、羊らよ。主人がネアエラに言い寄って、
自分より僕のほうを彼女が選びはしまいかと恐れている間に、
この見慣れない番人は、一時間に二度も羊の乳を搾り、
母羊から命の液を、子羊からは乳をこっそり奪ってしまう。

(1) この詩では、前半で牧人メナルカスとダモエタスが互いに相手の悪口を言い合ったあと、後半では歌競べに入り、二行ずつ交互に応答しながら歌う。パラエモンは歌競べの審判役を務める。二人の牧人が冷やかし合ったあとに歌競べが続く構成は、テオクリトス『エイデュリア』第五歌に倣っている。
(2) 牧人。第一歌、第七歌参照。

ダモエタス
忘れるなよ、そんな非難を男に浴びせるのはもっと控えめにしろ。
僕らは知っているぞ、雄山羊らが横目で眺めている間に、誰が君を……。(3)
どこのお社だったかもな。だがニンフたちは、おおらかに笑っただけだが。

メナルカス
それはきっと、僕がミコンの葡萄園の支え木と葡萄の若木を、
邪まな鎌で切り刻むのをご覧になったときだろう。(4)

ダモエタス
それとも、ここの古い橅《ぶな》の木のそばで、君がダプニスの弓と
矢をへし折ったときのことかな。ひねくれ者のメナルカスよ、
君は弓矢が若者(5)に贈られたのを見ると、心を痛めた。
もしも何か悪さができなかったら、君は悶絶していたにちがいない。

メナルカス
盗人がこれほど大胆なことをするなら、主人はどうすればよいのだ。

(3) 動詞の省略は、鄙猥な行為をほのめかしている。

(4) メナルカスは、じつはダモエタスの悪事を、自分の仕業のように言って皮肉で応酬している。

(5) ダプニス。

僕は見なかっただろうか、この極悪人め、君がダモン(1)の雄山羊を
罠で捕まえようとするのを。そのときリュキスカ(2)がひどく吠えていた。
「あそこにいるやつはどこへ走っていく？　ティテュルスよ、
家畜を集めろ」と僕が叫んだとき、君は菅《すげ》の後ろに隠れたままだった。

ダモエタス

ダモンは歌で負けた。僕の笛と歌が勝ち取った
雄山羊だから、当然僕に引き渡すべきだったのではないのか。
君が知らなくても、あの雄山羊は僕のものだ。ダモン本人も
僕に認めた。だが、渡せないと言ったんだ。

メナルカス

君が歌でダモンを？　いったい蠟《ろう》でつないだ笛(3)を、君は
持っていたのか。いつも三叉路(4)では、へぼ奏者め、耳ざわりな麦藁笛で
歌をぶち壊し、情けない曲にしてしまったのは君ではないのか。

(1) 牧人。第八歌参照。
(2) 犬の名。
(3) 牧人の笛シュリンクス。第二歌三一行註参照。
(4) 野次馬を相手にした旅芸人の集まる所。
(5) 交互に同じ韻律と行数で、

ダモエタス
それでは勝負をお望みか？　代わる代わる歌って、(5)お互いの腕前を
試してみようか。僕はこの若い雌牛を賭けよう。(6)まさか断るはずもないが、
これは日に二度搾乳桶へやってくるし、乳房で二匹の子牛を
育てている。さあ君のほうは、何を賭けて僕と競うつもりかね。

メナルカス
家畜の群れの中からは、君と張り合ってあえて何かを賭けるつもりはない。
家には父がいるし、理不尽な継母もいる。
二人とも、日に二度家畜を数えるのだ。それに一人は子山羊も数える。
だが、君でさえ、はるかに上等だと認めるはずの物を――
ともかく狂気の沙汰(7)が君のお好みなのだから――、橅《ぶな》の木の杯を
賭けてやろう。神のごときアルキメドン(8)が彫刻した作品だ。
そこにはしなやかな葡萄の枝が、練達の鑿《のみ》で浮き彫りにされていて、
あちこちに散らばった果実の房を、淡い黄色の木蔦《きづた》で飾っている。
真ん中には二人の姿がある。コノン(9)と――もう一人(10)は誰だったか。
その人は人類のために、尖り棒(11)で全宇宙を図に描いて、

直前の詩に応答しながら歌う歌競べの定型的スタイル。
(6) 歌競べで勝った者が受け取る賞品として。
(7) 負けるはずの勝負に、雌牛のような豪華な賞品を賭けて挑むので。
(8) 架空の人物か。
(9) サモス島出身でアレクサンドリアに在住した前三世紀の数学・天文学者。髪《かみのけ》座の発見で有名になった。カトゥルス『歌章』第六十六歌七－九行参照。
(10) 古註によると、前四世紀のクニドス出身の数学・天文学者エウドクソス、あるいは前三世紀のシュラクサエ出身の数学・天文学者アルキメデスなどと推測されている。
(11) 学者や教師が、表面に砂を敷いた台などに図形や表を描くために用いる先の尖った細い棒。

どの時期に作物を収穫し、いつ腰を曲げて犂《すき》を押すべきかを教えた人だ。
その二つの杯は、まだ唇をつけないで、大事にしまってある。

ダモエタス

僕にも同じアルキメドンが、二つの杯を作ってくれた。
取っ手のまわりには、柔らかいアカンサスを巻きつけて、
真ん中には、オルペウス(1)と、彼のあとを追う樹木の群れを描いたのだ。
その二つの杯は、まだ唇をつけないで、大事にしまってある。
もし雌牛をよく見てくれるなら、杯をほめる理由は何もない。

メナルカス

いや、今日こそ君は逃げられないぞ。君が挑むなら、僕は何でも応じよう。
ただこの勝負の聴き手だが……。そうだな。おや、こちらにやってくる、
　あのパラエモン(2)にしよう。
これからは君が、歌では誰にも挑戦できないようにしてやる。

(1) ムーサたちの一人カリオペ(ア)の息子で、歌と竪琴の名手。彼の歌と音楽には、野獣や木石さえも魅了された。冥界から妻エウリュディケを連れもどすのに失敗し、その後トラキアの女たちに八つ裂きにされた。詳しくは、『農耕詩』第四歌四五三行以下参照。
(2) その場にたまたま来合わせる。

ダモエタス

なんの。さあ来い、多少は歌えるものなら。僕は尻込みなんかしないし、
誰が審判でも逃げはしない。ただ、隣人のパラエモンよ、
勝負は重大なんだから、細心の注意を払って聴いてくれよ。

パラエモン

では歌いなさい、僕らは柔らかい草の上に座ったのだから。

今やすべての野と、すべての木々に芽は萌えいで、
今や森は葉を茂らせている。今や最も美しい季節が来た。

さあ、始めよ、ダモエタス。(3) それからあとに続けるのだ、メナルカス。

君らは順番に歌いなさい。交互にうたう歌(4)は、カメナ(5)たちのお気に入りだ。

ダモエタス

ムーサたちよ、ユッピテル(6)から始めよう。ユッピテルは万物を満たし、
大地を養い、僕の歌にも心を向けてくれる。

(3) 歌競べでは、先に歌う権利は最初に挑戦した者にある。しかし挑戦者がダモエタスであることを、パラエモンが知っていたかどうかは不明である。たんに審判者の裁量で初めの歌い手を決めたのかもしれない。

(4) 二八行註参照。

(5) 古いイタリアの水の女神で、のちにギリシアの歌の女神ムーサと同一視された。

(6) ギリシアの最高神ゼウス。この神は前三世紀のギリシア詩人アラトスの『パイノメナ』の冒頭で、万物に浸透している神聖な力として讃えられた。

メナルカス
僕はポエブス(1)に愛されている。僕のそばには、いつもポエブスへの
ふさわしい贈り物がある——月桂樹と、ほのかに赤いヒヤシンスが。
ダモエタス
快活な娘ガラテアは、僕に林檎《りんご》(2)を投げつけて、
柳の林へ逃げていくが、隠れる前に見てほしくてたまらない。
メナルカス
だが僕の心を燃やすアミュンタス(3)は、進んで僕のところへ来る。
それで僕の犬は、今やデリア(4)よりも彼をよく知っている。
ダモエタス
僕は恋人(5)のために贈り物を手に入れた。森鳩が天高く
巣を作った場所を自分で見つけ、そこに印をつけたからだ。

(1) 太陽神アポロの別名。この神が愛した娘ダプネと美少年ヒュアキントゥスは、前者が月桂樹に、後者がヒヤシンスに変身した。
(2) 女神ウェヌスに捧げられる果物で、愛の象徴。
(3) 男性の牧人の名。七一行では「少年」と言われる。
(4) メナルカスの愛人または妻。あるいは狩りの女神ディアナの別名。
(5) 原語は「ウェヌス」。鳩は、この愛の女神が愛する鳥。

メナルカス
僕にできたのは、森の木から黄金の林檎(6)を十個集め、
少年に送ったことだ。明日もまた十個送ろう。

ダモエタス
おお、ガラテアは幾たび、そしてどんな言葉を僕に語ったことか。
その一部でも、風よ、神々の耳へ運んでおくれ。

メナルカス
アミュンタスよ、君自身が心で僕を拒んでいなくても、それが何になろう。
君が猪を追いかけ、その間僕は網の番をしているのなら。

ダモエタス
ピュリス(7)をこちらへよこしてくれ、イオラスよ。僕の誕生日なのだ。
収穫のために雌牛の生け贄をするとき(8)は、君自身が来てくれ。

(6)「よく熟れた」の意か。
(7) イオラスの愛人。
(8) 誕生日は男女が仲良く楽しく過ごす機会だが、田野を浄める厳粛な祭礼のときには禁欲しなければならない。

メナルカス
僕はピュリスを他の誰より愛している。僕が去るとき、彼女は泣いて、
「美しいイオラスよ、さようなら、さようなら」といつまでも言ってくれた。(1)

ダモエタス
つらいものは、家畜小屋にとって狼、実った作物には雨、
樹木には風、僕にとってはアマリュリスの怒り。

メナルカス
楽しいものは、畑の穀物にとって湿り気、乳離れした子山羊には野苺の木、
子を宿す家畜にはしなやかな柳、僕にとってはアミュンタスただ一人。

ダモエタス
ポリオ(2)は僕のムーサを愛している、どんなに彼女が田舎びていても。
ピエリアの女神たち(3)よ、あなたがたの読者のために雌牛を養ってください。

(1) ピュリスはイオラスへの別れの言葉を口ずさみながら、メナルカスと駆け落ちしたと解釈しうる。したがって「美しいイオラスよ」は皮肉である。メナルカスがイオラスを演じて「僕」と言い、彼に代わってダモエタスに応酬しているという解釈もある。

(2) ガイウス・アシニウス・ポリオ（前七六－後四年）。カエサルおよびアントニウス派の政治家で、前四〇年には執政官になった。作家、文芸保護者でもあり、ウェルギリウスの『牧歌』の創作を支援した。第四歌一一行以下および第八歌六行以下参照。

(3) ムーサたち。ピエリアはギリシア北部のムーサ信仰の地。

メナルカス
ポリオはまた、みずから新しい詩を作る。どうか雄牛を養ってください、
はや砂を角《つの》で突き、足で跳ね散らすような雄牛を。
ダモエタス
ポリオよ、あなたを愛する人が、あなたと同じ喜ばしい詩境に達するように。
その人のために蜜が川のように流れ、刺々しい茨に香料の実がなるように。(4)
メナルカス
バウィウス(5)を嫌わない人は、マエウィウスよ、君の詩を好むように。
そんな人は狐を軛《くびき》につなぎ、雄山羊の乳を搾ればよい。
ダモエタス
花々と地面に生える野苺を摘み集めている若者らよ、
ここから逃げろ。冷たい蛇が、草の中に隠れているぞ。

(4) こうした奇跡は黄金時代の表象である。第四歌参照。

(5) マエウィウスとともに、ウェルギリウスと同時代の詩人。いずれも作品は残存しない。

メナルカス

あまり遠くへ行くのはやめろ、羊らよ。川岸に心を許すと危ないぞ。雄羊でさえ、今もまだ毛を乾かしている。

ダモエタス

ティテュルスよ、草を食《は》む雌山羊らを川から遠ざけろ。時が来れば、僕自身が泉でみんな洗ってやろう。

メナルカス

羊を集めろ、(1)若者たちよ。暑さが乳を先に奪ってしまったら、この前のように、僕らの手はむなしく乳房を搾ることになるぞ。

ダモエタス

ああ、豊かな烏野豌豆《からすのえんどう》(2)の中で、僕の雄牛は何と痩せ細っているか。愛は、家畜にも家畜の主人にも、等しく災いのもとなのだ。

(1)「日陰へ」の意を補う。

(2)家畜の飼料になるマメ科の植物。

メナルカス

まったく僕のは、骨と皮ばかり。それも愛が原因なのではない。
誰かの眼が、僕のか弱い子羊たちに呪いをかけているのだ(3)。

ダモエタス

さて言ってみよ。当てたら君は、僕には偉大なアポロだ。
この地上で、空の広さがほんの三尺の所はどこか(4)。

メナルカス

さあ言ってみよ。この地上で、王の名前の書かれた花(5)が
咲き出る所はどこか。当てたら君は、ピュリスを独り占めしてもよい。

パラエモン

君たち二人のこの大勝負に、決着をつけるのは僕にはできないことだ。
君は雌牛を得るに値するし、こちらもそうだ。また甘い恋を
恐れる人や、苦い恋を味わう人は、みなそれに値する。
さあ、もう水路を閉じなさい、若者らよ。牧場《まきば》は充分に水を吸った。

(3) いわゆる「悪魔の眼、邪眼」。睨まれると災いが来る。

(4) この「なぞなぞ」の答えとしては、(一)アルキメデスの発明した天球儀、(二)井戸（その中の水に映る空の広さから）、(三)カエリウスの墓（ラテン語のcaeli「空の」はCaeli「カエリウスの」と同音異義のため。カエリウスはマントゥアの人で、財産を使い尽くして自分の墓の広さの地所しか残さなかった）、などが考えられる。

(5) ヒヤシンス。花びらにAIの字に似た模様があり、それがこの花の由来となったサラミスの王アイアス（Aias）の最初の二文字を表わすと考えられた（オウィディウス『変身物語』第十三歌三八二行以下参照）。

第四歌(1)

シキリアのムーサたちよ(2)、いささか偉大なることを歌おう。
葡萄園やつつましい御柳《ぎょりゅう》(3)が、すべての人を喜ばすわけではない。
私が森(4)を歌うからには、森は執政官にふさわしくあるべきだ。
　今やクマエの予言(5)が告げる、最後の時代がやってきた。
偉大なる世紀の連なりが、新たに生まれつつある。
今や乙女なる女神(6)も帰りきて、サトゥルヌス(7)の王国はもどってくる。
今や新たな血統が、高い天より降りてくる。
さあ、清らかなルキナ(8)よ、生まれ出る子供を見守りたまえ。
この子とともに、ついに鉄の種族(9)は絶え、黄金の種族が
全世界に立ち現われよう。今や、あなたの兄アポロの世が始まる。
　ポリオ(10)よ、この栄光の時代は、まさにあなたが執政官の間に
始まり、偉大なる月々(11)が最初の歩みを進めるだろう。

(1) ある子供の誕生とともに平和な黄金時代が還ってくると歌われるこの不思議な詩は、中世にはキリストの出現を予言した歌と見なされるなど、牧歌としてはきわめて特異な作品である。創作の年代は、ポリオが執政官になった前四〇年頃か。この年には、カエサル後のローマの政権を争ったマルクス・アントニウスとオクタウィアヌスがブルンディシウムで協定を結んだ。古来「子供」は誰であるのかをめぐって多くの議論が繰り広げられてきたが、真相はおそらく永遠の謎である。
(2) シキリア島出身の詩人テオクリトスに霊感を与えた牧歌の女神たち。
(3) 針形鱗状の葉の落葉小高木。
(4) 森（silva）はウェルギリウスの牧歌の特徴的風景。

たとえわれらの罪(12)の痕跡がなお幾らか残っていても、あなたの導きで
消し去られ、大地は絶え間ない恐怖から解き放たれよう。
あの子はやがて、神々と生を分かち合い、英雄たちが
神々と交わるさまを見て、みずからも彼らの眼差しを浴びながら、(13)
父親ゆずりの武勇の徳で、世界を平和に統治するだろう。
　さて子供よ、あなたに与える最初の小さな贈り物は、耕されぬ
大地がいたる所に生え出でさせる、(14)蔓のさすらう木蔦《きづた》とバッカル(15)、
微笑《ほほえ》むアカンサスに混じるコロカシア。(16)
家に帰り、牛や馬は大きな獅子を怖がらず、
雌山羊は乳房を乳でいっぱいに満たして、ひとりでに
揺りかごからは、あなたを魅惑する花々がおのずと咲き乱れるだろう。
蛇は死に絶え、人を欺く毒草も
消え失せ、あちこちにアッシュリアの香木が生えてこよう。
　だがあなたがやがて、英雄たちの勲功と父親の偉業を読み、
武勇とはどんなものかわかるようになったとき、(17)
野原(18)はしなやかにうねる麦の穂で、しだいに黄金色に染まり、
山野に生い茂る茨には、赤い葡萄の房が垂れ下がり、

(5) クマエのアポロの巫女シビュラの予言(『アエネイス』第六歌一行以下参照)。その予言の書には、最後の十番目の世紀はアポロの支配する時代であると記されていた。
(6) 正義の女神ユスティティア(ギリシア名ディケ、アストライア)。黄金時代以後の人間社会の堕落を嘆いて、地上から天界へ去っていったと言われる。
(7) ギリシア名クロノス。ゼウス(ユッピテル)の父で、この神が君臨した時代は黄金時代であった。
(8) 出産の女神で、アポロの妹ディアナと同一視された。
(9) ヘシオドスの『仕事と日』一〇六行以下によれば、人類の歴史は黄金、銀、青銅、英雄、鉄の五つの種族が次々と交代してきたものと考えられた。最↙

堅い柏《かしわ》の木は、蜜の露をしたたらせよう。
けれどもなお、昔の悪の跡がわずかに残っていて、
船でテティス(1)を悩まし、町を城壁で
取り囲み、大地に畝溝を刻み入れる(2)ようにと促すだろう。
そのとき、第二のティピュス(3)が現われて、第二のアルゴ船は
選り抜きの英雄たちを運ぶだろう。さらにふたたび戦争も起こって、
もう一度トロイアへ、偉大なアキレス(4)が送り込まれよう。
　その後、あなたが力強い年齢に達し、立派な男子になったとき(5)、
旅人さえ海から進んで退いていき、松の木の船も
商品を交換しなくなるだろう(6)。すべての土地があらゆる物を生み出すのだ。
大地は鍬《くわ》を、葡萄は鎌を耐え忍ぶことはなくなり、
たくましい農夫も、やがて雄牛を軛《くびき》から解き放つだろう。
羊毛は、いつわりの種々の色にわざと染められなくても、
牧場《まきば》の雄羊は、自分の毛皮を、あるときは快い
赤紫に、あるときはサフランの黄色に変え、
草を食《は》む子羊も、おのずから深紅に包まれるだろう。
「このような世紀を急いで紡げ」、とパルカたち(7)は、

／後で最悪の鉄の種族は今の人間であるが、ここではそれは滅び、最初の黄金の種族が復活すると予告される。

(10) 二八頁註(1)および第三歌八四行註参照。

(11) ストア哲学では、宇宙の運動は「大一年(magnus annus)」の周期をもって繰り返すと考えられた。「偉大なる月々」は、その新たな「大一年」の始まりでもある。

(12) 鉄の時代の人間の悪行、あるいはローマ人の内乱の罪。

(13) 人間が神々と親しく交わることは、黄金時代の重要な特徴である。

(14) 黄金時代には、人間が耕作しなくても、肥沃な大地はひとりでに実りをもたらした。「子供」の幼児期に、その徴候が現われる。

運命の確固たる意志に心合わせて紡錘《つむ》(8)に命じた。
大いなる誉れに向かって歩みなさい――時はすぐに来るだろう――、
おお、神々の血筋をひく子よ、ユッピテルの偉大な子孫よ！
見よ、堂々とした球体の宇宙が(9)――大地と、
大海原と、果てしない天空が、うなずき揺れるその様子を。
見よ、万物が、きたるべき世紀にどれほど歓喜しているかを！
おお、私がそのときまで永らえて、人生の最後の日々と、
あなたの偉業を歌うに充分な息吹きが、どうか残っているように！
歌では、トラキアのオルペウス(10)も、リヌス(11)も、
私に勝てはしないだろう、たとえオルペウスを母カリオペアが、
リヌスを麗しき父アポロが助けようとも。
アルカディア(12)が審判になり、パーンが私と競うとしても、
アルカディアが審判でも、そのパーンさえ、自分の負けだと言うだろう。
　さあ、幼な子よ、まず母を認めて微笑《ほほえ》みなさい。
母は十月《とつき》の長い間、不快な気分に耐えたのです。
さあ、幼な子よ。母に微笑みかけない子は、
神も食卓に、女神も臥所《ふしど》に誘ってはくださらない。

(15) 芳香のある薬草として知られるが、実体は不明。
(16) 蓮《はす》の一種。イタリアには自生しない。
(17) ここから「子供」の青少年期が始まり、黄金時代の不思議な徴候が増す。
(18) 耕地のみならず、すべての平地を指す。

(1) 海の女神。海そのものも表わす。
(2) 農耕も鉄の時代の人間の悪の名残りである。『農耕詩』第一歌一四五行および註参照。
(3) イアソンら約五十人のギリシアの英雄が金毛羊皮を求めて黒海の果てに遠征したとき、アルゴ船の舵取りを務めた人。
(4) トロイア戦争で活躍したギリシア軍中最強の英雄。
(5)「子供」が壮年になった↙

／とき。黄金時代の奇跡的現象は、最高潮に達する。
（6）交易のための航海も、鉄の時代の特徴である。
（7）三人の運命の女神。ギリシアのモイラたち。彼女らは運命の糸を紡ぐ。
（8）糸巻き棒につけた羊毛の房から糸を引き出して紡ぐ道具。
（9）宇宙は球状で、その中心に大地と海が位置すると考えられた。
（10）第三歌四六行註参照。
（11）歌と音楽の名手。
（12）ペロポネスス半島中部の山地で、牧神パーンの故郷。テオクリトスとは異なり、ウェルギリウスではアルカディアが牧歌の理想郷とされた。本書の解説の「『牧歌』について」参照。

第五歌

メナルカスとモプスス(1)

メナルカス
モプススよ、名手の二人が出会ったね、葦笛を軽やかに
吹くのがうまい君と、詩を歌うのが得意な僕だ。だから
この 榛《はしばみ》 の混じった楡《にれ》の林に、まあ腰をおろそうじゃないか。

モプスス
君のほうが年上だから、君に従うのが当然だよ、メナルカス。
西風に揺すられて、ゆらゆら動く木陰の中か、
それとも洞穴の中に入りましょう。ほら見てください、洞穴を
野葡萄の枝が、まばらな房で覆っているのを。

(1) 牧人メナルカスはモプススより年長。この詩で二人は親しげに会話を交わしたあと、歌競べをする。最初にモプススが、牧歌世界の英雄ダプニスの死と追悼を歌う。つぎにメナルカスは、ダプニスが天界に昇って神になったと歌い、最後に二人は贈り物を交換する。
ダプニスの死についてはテオクリトスの『エイデュリア』第一歌で歌われたが、この人物の神格化は独自な詩的着想である。古来、前四四年に暗殺されて、その後神として祀られたユリウス・カエサルのことを偲ばせる作品だと解釈されてきた。

メナルカス
僕らの山では、君と張り合えるのはアミュンタス(1)だけだ。

モプスス
さあ、どうでしょう。あの男はポエブス(2)さえ歌で負かそうと言いかねない。

メナルカス
先に始めてくれ、モプススよ。ピュリス(3)への燃える恋でも、
アルコン(4)への賛美でも、コドルス(5)との喧嘩でも、何でも歌えるものを。
さあ始めてくれ。草を食《は》む子山羊の番は、ティテュルスがしてくれるよ。

モプスス
いやむしろ、僕はこの前、橅《ぶな》の木の緑の樹皮に
この歌を刻みこんだ。まず調べに合わせ、つぎに書き記しながら(6)。それを
試してみよう。そのあとに君は、僕と競うようアミュンタスに言えばよい。

(1) 第二歌三五行以下ではコリュドンの笛のライバルとして、第三歌六六行ではメナルカスの寵愛の少年として言及された。
(2) 音楽の神でもあるアポロの別名。
(3)『牧歌』で幾度か言及される女性だが（第三歌七六行、七八行、一〇七行、第七歌五九行、六三行、第十歌三七行、四一行）、デモポンと結婚して捨てられたトラキアの王女の名でもある。
(4) クレタ島の弓の名手の名だが、その人物のことかは不明。
(5) 第七歌二六行で、テュルシスの歌のライバルとして言及される。王が死ねば戦争に勝つという神託を知り、わざと敵に喧嘩を売って殺された伝説的なアテナエ王の名でもある。
(6) 笛を吹きながら頭の中で詩

メナルカス
しなやかな柳が薄緑のオリーヴに及ばず、
地味な鹿《か》の子草(7)が深紅の薔薇園に及ばぬように、
僕の意見ではアミュンタスは、それほど君には及ばない。
だが若者よ、もう雑談は終わりだ。僕らはもう洞穴の中に来たから。

モプスス
非情にも若死にしたダプニス(8)を嘆いて、ニンフたちは
涙を流した。榛《はしばみ》よ、川よ、おまえたちが彼女らの証人だ。
そのとき母(9)は、息子の痛ましい亡骸《なきがら》を抱きしめて、
神々は冷酷だ、星(10)も無慈悲だと叫んだ。
　そのとき幾日もの間、ダプニスよ、誰も牛に草を食《は》ませて
冷たい流れに追いやろうとせず、どの四つ足の獣も
川の水に口をつけず、牧草の葉にも触れなかった。
ダプニスよ、あなたの死に、カルタゴ(11)の獅子さえ
呻《うめ》いたと、荒々しい山も森も語っている。
　ダプニスはアルメニアの虎を車につなぐことを教えてくれたし(12)、

を作り上げ、つぎに笛を置いて、作った詩を（おそらく旋律に合わせて歌いながら）樹皮に書き記す。これを一行ないし数行ごとに繰り返して、歌全体を完成するという創作と文字化の手順がここに暗示されている。

（7）オミナエシ科の多年草。根を薬用とする。

（8）第二歌二七行註参照。彼は若死にしたが、その原因については、㈠自分を愛したニンフに嫉妬のために殺された（あるいは彼女に視力を奪われて自殺した）、㈡愛の神の力を拒み続けて憔悴死した（テオクリトス『エイデュリア』第一歌）、の二つの伝承があるが、この詩では死の原因には触れられない。

（9）ニンフ。名は不明。

（10）生まれたときの星は、人の運命に影響を与える。

バックス祭の踊り(1)を率いることも、しなやかな杖に、
柔らかい葉を巻きつけること(2)も教えてくれた。
葡萄が支え木を美しく飾り、葡萄の房がその蔓に、
雄牛が家畜の群れに、麦の穂波が肥沃な畑に輝きを添えるように、
あなたこそ仲間すべての誉れ。運命があなたを奪い去ったあと、
パレス(3)さえ、アポロ(4)さえも野原を去った。
しばしば見事な大麦の種を播いたその畝筋には、
無用の毒麦と、実の乏しい烏《からす》麦(5)が生えてくる。
繊細な菫《すみれ》の代わりに、色鮮やかな水仙の代わりに、
薊《あざみ》と、鋭い刺の茨が生い茂る。
　地面に花びらを撒き、泉を陰で覆いなさい(6)、
牧人たちよ。そうしてくれるよう、ダプニスは言い遺《のこ》している。
そして塚を築き、塚の上にはこの歌を置きなさい。
「われは森に住むダプニス、その名はここより天まで届く。
美しい家畜を守りて、自身はさらに美しき者(7)」。

(11) 北アフリカのフェニキア人の都市。
(12) 葡萄酒と陶酔の神バックス(ディオニュスス)が、東方への旅で虎(または豹)を手なずけて車を引かせたことにちなむ。ここでは、ダプニスが牧人の間にもたらしたバックス信仰の一要素として語られる。アルメニアは黒海の南東の地方。

---

(1) ティアススと呼ばれるバックスの信者たちの熱狂的な踊り。
(2) バックスの祭儀で信者が持つ杖(テュルスス)には、木蔦《きづた》か葡萄の葉のついた蔓が巻きつけられる。
(3) イタリアの牧畜の女神(または男神)。
(4) 牧畜の神でもある。
(5) ここでは野性の烏麦で、雑草である。

メナルカス

君の歌は僕にとって、神々しい詩人よ、
疲れたときの草の上でのまどろみか、暑いさなかに、
甘い水のほとばしる小川で、喉の渇きを癒すときのようだ。
君は葦笛だけでなく、歌でも師(8)と並んでいる。
幸せな若者よ、今や君はダプニスのあとを継ぐだろう。
とはいえ僕も、何とか自分の歌を、代わって君に
歌ってみよう。そして君のダプニスを、天の星へ昇らせよう。
僕はダプニスを、星まで運んでいくのだ。僕もまた、ダプニスに愛されて
　いたから。

モプスス

そのような贈り物よりも、僕にとって素晴らしいものはないだろう。
あの若者自身、歌われるにふさわしいし、君の歌を
スティミコン(9)が以前から、僕の前でほめていた。

(6) 埋葬された場所での葬礼のために。
(7) この墓碑銘の詩は、ダプニス自身が作ったものかどうかは不明。
(8) 次行が示すようにダプニスを指す。
(9) 牧人。人物については不詳。

メナルカス
光輝く姿のダプニスは、初めて見る天界の門を
驚き眺め、足下に雲と星を見る。
すると快活な喜びが、森にも他の田園にも、
パーンや牧人たちや若い森のニンフたちにも沸き起こった。
狼が家畜に待ち伏せをたくらむことも、鹿に罠が
仕掛けられることもない[1]。善良なダプニスは平和を愛するのだ。
生い茂った山々さえも、天に向かって歓喜の声を放ち、
もう岩山さえ、果樹園さえもが、こんな歌を
鳴り響かせている。「あの人は神だ、神なのだ、メナルカスよ！」と。
　おお、仲間に情けと恵みを授けたまえ。ほら、ここに四つの祭壇がある。
二つは、ダプニスよ、あなたのため。二つの高い祭壇は、ポエブスのため。
毎年僕はあなたのために、新鮮な乳で泡立つ二つの杯と、
豊かなオリーヴ油の二つの鉢を供えよう。
とりわけ宴では、ふんだんな酒で席を賑わし
――寒いときは炉ばたで、収穫のときは木陰で――、
新しい美酒アリウシア[2]の葡萄酒を、杯から注ごう[3]。

（1）黄金時代の徴候。第四歌二二行参照。

（2）キオス島の地方名。極上の葡萄酒の産地として有名。

（3）ダプニスに捧げる献酒として。

僕のために、ダモエタス(4)と、リュクトゥス(5)の人アエゴンは歌をうたい、
アルペシボエウス(6)は踊るサテュルス(7)を真似るだろう。
　こうした儀式を、いつまでもあなたに捧げよう。ニンフたちに
定例の供物を捧げるときも、畑の浄め(8)を行なうときも。
猪が山の峰を、魚が川を愛するかぎり、
蜜蜂が麝香草《じゃこうそう》(9)で、蟬《せみ》が露で養われる(10)かぎり、
あなたの誉れと名前と称賛は、いつまでも消えないだろう。
バックスとケレス(11)にするように、農夫たちは毎年あなたに
誓願し、あなたもまた、誓願成就の務めを果たすようにさせるだろう(12)。

モプスス

これほどの歌のお返しに、いったいどんな贈り物を君にすればよいだろう。
吹きつのる南風が鳴る音も、波に打たれる
浜辺のざわめきも、岩多き谷間を
流れ落ちる川も、これほど僕を喜ばせはしない。

(4) 第三歌でメナルカスと歌競べをした牧人。
(5) クレタ島の都市。
(6) 第八歌の歌競べで後半に歌う牧人。
(7) 蹄や角《つの》など山羊の特徴を持った山野の半人半獣。バックスの従者でもある。
(8) アンバルウァリア祭と呼ばれるローマ人の農耕儀礼。
(9) 芳香を放つシソ科の小低木。『農耕詩』第四歌一一二行以下参照。
(10) 蟬は露を吸って生きていると信じられた。
(11) 穀物と大地の豊穣の女神。ギリシア名デメテル。
(12) 神に誓願した人は、願いがかなえられれば、約束した供物を捧げる義務が生じるので。

メナルカス
まず僕が君に、このか細い毒人参[1]の笛を贈ろう。
この笛こそ、「コリュドンが美しいアレクシスへの愛に燃えていた」と、
「それは誰の家畜か。メリボエウスのか？[2]」を僕に教えてくれたのだ。

モプスス
では、この牧杖[3]を受け取ってください。これは幾度もアンティゲネス[4]が
欲しがったけれど、やらなかったものです（当時は愛すべき男だったが）。
節の間が等しくて、銅[5]のついた美しい杖なのだ、メナルカスよ。

（1）第二歌三六行註参照。
（2）これらの詩句はそれぞれ『牧歌』第二歌と第三歌の冒頭の一部だから、メナルカスはウェルギリウス自身を体現しており、また第二歌と第三歌は、第五歌より先に創作されたことがわかる。
（3）牧人が家畜を追うために使う柄の曲がった杖。
（4）牧人。人物については不詳。
（5）杖の両端に補強のために被せた銅の鞘。

第六歌(1)

最初に私の詩神タレア(2)は、シュラクサエ風の歌(3)で戯れたまい、
恥ずかしがらずに森(4)に住まれた。
私が王と戦いを歌おうとしたとき(5)、キュントゥスの神(6)が、
耳を引っ張って忠告した。「牧人たる者は、ティテュルスよ、
羊は飼育して太らせ、歌はほっそりと紡がねばならぬ(7)」と。
そこで今私は――ウァルス(8)よ、あなたへの称賛を歌い、
苛酷な戦いを語りたい人は、あり余るほどいるだろうから――
田園の歌《ムーサ》を、か細い葦笛で繰り返し奏でよう。
私は命じられぬことを歌うのではない(9)。けれど、もし誰かがこんな歌でも
愛に捕らわれて読んでくれるなら、ウァルスよ、私の御柳《ぎょりゅう》(10)も
すべての森も、あなたのことを歌うだろう。ポエブス(11)にも、ウァルスの
名前を初めに記したこの頁《ページ》が、何よりも好ましい。

(1) 山野に住む老いたシレヌスが、二人の若者に捕らえられ、歌を披露するこの詩は、黄金時代の再来を語る第四歌とともにじつに風変わりな牧歌である。世界創成の哲学的説話、さまざまな神話、実在の人物ガルスの逸話からなるこの「シレヌスの歌」に類似した作品は、テオクリトスの『エイデュリア』には見いだしにくい。その歌は、奇怪な風采をしながら、偉大な知恵の持ち主であるこの得体の知れない半神半人の老人にふさわしい。

(2) 文芸の女神ムーサの一人で、喜劇と牧歌をつかさどる。

(3) シキリア島東岸の都市シュラクサエを故郷とするギリシア詩人テオクリトス風の牧歌を指す。

(4) 第四歌三行註参照。

さあ始めよ、ピエリアの女神たちよ(1)。若者のクロミスとムナシュルス(2)は、
洞穴の中に、眠りこけて横たわるシレヌス(3)を見た。
その血管は、いつものように昨日の酒で膨れていた。
すぐ近くには、頭からずり落ちたばかりの花輪(4)があり、
すり減った取っ手の重い酒杯は、指にぶら下がったままだった。
彼らは襲いかかって――なぜなら何度も老人は、歌を聴かせると期待させ、
二人をだましてきたから――、そこにある花輪を枷《かせ》にして縛った。
びくびくする二人の仲間に加わり、助けに来たのがアエグレだ。
アエグレは水のニンフの中で最も美しい娘《こ》。もう眼を開けている老人の
額とこめかみに、彼女は血のように赤い桑の実を塗りたくった。
シレヌスは悪巧みを見て、笑って言った。「なぜ枷をかけるのだ。
子供らよ、わしを解き放ってくれ。こんなことができたと思えば充分だ。
君らが望む歌を、よく聴くがいい。君らには歌だ。が、
この娘《こ》には何か別のお返し(5)がある」。と言うや、自分から歌い始めた。
するとそのとき、ファウヌス(6)たちも獣らも調べに合わせて浮かれ騒ぎ、
そのとき堅固な柏《かしわ》が梢を揺さぶるのを、眺めることができただろう。
パルナスス(7)の岩山も、これほどアポロに喜ぶことはなく、

(5) すなわち叙事詩を作ろうとしたとき。
(6) アポロ。キュントゥスはこの神の誕生の地デロス島の山。
(7) 磨き抜かれ、洗練された作品を指す。
(8) プブリウス・アルフェヌス・ウァルス。クレモナ出身の政治家で、前四〇年に北イタリアの農地没収を担当し、その後前三九年に補欠執政官になった。
(9) すなわち、叙事詩ではなく、牧歌を作ることはアポロの命令に従っている。
(10) 第四歌二行註参照。
(11) アポロの別名。

(1) 第三歌八五行註参照。
(2) いずれも牧人。
(3) 酒神バックスの従者で、山野に住む老人。禿頭で髭を生やし、鼻は低く太鼓腹。姿は醜い

ロドペやイスマルスの山々(8)も、これほどオルペウス(9)に聞き惚れはしない。
　なぜならシレヌスは歌ったのだ、巨大な空虚の中で、
土と空気と海水と流体の火の諸元素(10)が、いかにして集合し、
これらの最初の元素から、どうしてすべての要素ができたのか、
そして柔らかい宇宙の球体(11)が、どのようにおのずと凝固したのかを。
つぎに土が固くなり、ネレウス(12)を海に閉じ込め、
しだいに事物の形をなし始める。
やがて大地は、生まれたばかりの太陽の輝きを驚き眺め、
いっそう天高く遠ざかった雲から、雨が降りだす。すると、
まず木々が生えて森となり、山々には、
気づかぬうちに、動物たちがあちこちまばらに歩き始める。
　つぎはピュラ(13)の投げた石、サトゥルヌスの王国(14)、
そしてカウカスス山の鳥とプロメテウス(15)の盗みを語る。
そのあと歌うは、ヒュラス(16)がどこの泉に置き去りにされたのか。
水夫たちが叫ぶと、すべての岸辺は「ヒュラス、ヒュラス」と響き返した。
また、牛の群れなどいなかったなら、幸せだったはずの
パシパエ(17)を、真っ白な雄牛への愛を語って慰める。

が、大きな知恵の所有者。彼を捕らえて強いた者にのみ、それを教えた。

(4) 酒宴で頭を飾る。

(5) 性的なほのめかし。

(6) パーンと同一視された山野に住む神。

(7) 麓にアポロの聖地デルポイがあるギリシア中部の山。

(8) いずれもギリシア北東部のトラキア地方の山。

(9) 第三歌四六行註参照。

(10) semina. ルクレティウスの『事物の本性について』ではすべて均一質の「原子」を指すが、ここでは土、空気、水、火の「要素」(次行の exordia)を構成する、初めからそれぞれ質的に異なった「元素」を表わす。エピクロスの原子論とエンペドクレスの四元素説の融合か。

(11) 第四歌五〇行および註参↙

ああ、不幸な若い女よ、何という狂気に取りつかれたのか。
プロエトゥスの娘たち(1)は、いつわりの牛の鳴き声で野を満たしたが、
しかし彼女らの誰も、そんな恥ずべき獣との交わりを
求めなどしなかった。たとえ首を犂《すき》につながれないかと怖がり、
すべすべした額には、何度も角《つの》を探ってはみたけれども。
ああ、不幸な若い女よ(2)、今おまえは山々をさまよっている。
雄牛のほうは、真っ白な脇腹を柔らかいヒヤシンスの上に横たえて、
黒い姥目樫《うばめがし》の下で薄緑の草を嚙んでいるか、それとも、
大きな群れの別の雌牛を追いかけている。「閉じてください、ニンフたち、
ディクテの山(3)のニンフらよ、もう森の空き地を閉じてください。
もしかして私の眼が、牛の歩き回った足跡に
出会えるかもしれません。おそらく雄牛は、
緑の草に気をとられているか、群れのあとを追いかけていて、
どこかの雌牛どもが、ゴルテュン(4)の牛舎へ連れもどしてくれるでしょう」。
　つぎにシレヌスは、ヘスペリスたち(5)の林檎《りんご》を驚き眺めた乙女(6)を歌い、
そのあとパエトンの姉妹たち(7)を、苦い樹皮に生える苔で包み、
榛《はん》の木に変えて地上に高く聳え立たせる。

照。天空が大地よりも先に形成される点も、ルクレティウスの説とは異なる。

(12) 海の神。

(13) エピメテウスとパンドラの娘。ユッピテルが大洪水を起こして人類を滅ぼそうとしたとき、夫デウカリオンとともに箱船に乗って難を逃れた。山に上陸した二人が背後に石を投げると、それらの石から男女の人間が生まれ、その後再び人類が栄えた。

(14) 黄金時代の世界。第四歌六行および註参照。

(15) 人類のために天上から火を盗んだ神。罰としてカウカススの岩山に縛られ、ユッピテルの鳥である鷲によって肝臓をついばまれた。

(16) ヘルクレスが愛した美少年。アルゴ船の冒険に参加し、上陸したミュシア地方で泉のニンフ

つぎに歌ったのは、ペルメッスス(8)の川辺にさまようガルス(9)を、
姉妹の一人がアオニアの山(10)へ連れていき、
この人を迎えて、ポエブスの合唱隊がいっせいに立ち上がったこと。
そのとき、神々しい歌の牧人リヌス(11)が、
髪を花々と苦いセロリで飾って現われ、
こう言った。「この葦笛は、ムーサたちが君に贈る。さあ、取りなさい。
これは昔、アスクラの老人(12)に贈られた笛。彼はその音《ね》に合わせて
歌いながら、堅いマンナ(13)の木を山から降《くだ》らせたものだった。
君はこの笛に合わせて、グリュニウム(14)の森の起源を歌いなさい、
アポロがこれ以上に自慢する森がないように」。
　さてもっと語るべきか？　言い伝えによるとニススの娘スキュラ(15)が、
真っ白な股のまわりに、吠え立てる怪物どもを巻きつけて(16)、
ドゥリキウム(17)の船を激しく悩まし、深い渦巻きの中で、
ああ、おびえる水夫たちを海の犬に引き裂かせたというあの話を。
あるいは、テレウス(18)の五体の変身がどのように語られ、
ピロメラが彼にどのようなご馳走を、どんな贈り物(19)を用意したか、また
彼女がどんなふうに飛んで荒野をめざし、その前にどのように翼を

によって水中にさらわれた。

(17) クレタの王ミノスの妻。雄牛に愛欲を抱き、交わって牛頭の怪物ミノタウロスを生んだ。

---

(1) ティリュンスの王プロエトゥスの三人の娘。女神ユーノの怒りを招き、自分たちが雌牛になったと思い込んで、あちこちさまよい歩いた。

(2) パシパエ。

(3) クレタ島東部の山。

(4) クレタ島中央部の都市。ミノス王の都クノッススの南。

(5) 西の果ての園で黄金の林檎を守る娘たち。

(6) アタランタ。駿足の彼女は求婚者たちに競走で勝つことを求め、負けた者を殺したが、ウェヌスから黄金の林檎を与えられたヒッポメネス（またはメラニオン）という若者が勝負に↙

はばたかせて、ああ不幸にも、自分の館の上を飛び回ったのかを。
　かつてポエブスが繰り返し歌って作り、幸せにも
エウロタス川(1)が聴いて、月桂樹に覚えさせたすべての歌を
シレヌスが歌うと、あちこちの谷は谺《こだま》して、星まで声を送り返す。
そのうちに宵の明星が、羊を小屋に集め、数をかぞえ上げるよう
命じながら、まだ歌を聴き足らない天空《オリュンプス》に進み出てきた。

／挑み、競走中にそれらを投げた。彼女は林檎に魅せられて、それらを拾っている間に競走に負けた。

(7) 太陽神の子パエトンが父の馬車を借りて天を走行中に墜落死したとき、その姉妹たちは彼の死体を葬り、泣き続けて榛の木（またはポプラ）に変わった。

(8) ムーサの聖地ヘリコン山から流れ下る川。

(9) ガイウス・コルネリウス・ガルス（前六九頃－前二六年）。オクタウィアヌスに重用された政治家で、北イタリアの農地没収に関わったとき、友人としてウェルギリウスを援助した。みずから詩人としても活躍し、ラテン文学において恋愛エレゲイア詩という独自なジャンルを確立した。

(10) ヘリコン山。アオニアは＼

ボエオティア地方の一地域。

(11) 第四歌五五行註参照。

(12) ヘシオドス。アスクラは彼の故郷の村。ヘリコン山のムーサたちがヘシオドスに贈ったのは、『神統記』二二行以下によると牧人の杖である。

(13) トネリコ属の木。

(14) 小アジア西岸の都市で、アポロの神殿があった。

(15) メガラの王ニススの娘。クレタの王ミノスが攻めてきたとき、父の紫の頭髪を抜き取ってミノスに与えた。そのためメガラは陥落し、スキュラは溺死してキリスという鳥に変身した。『農耕詩』第一歌四〇四行註参照。

(16) 下半身に多くの犬の首を生やしたこのスキュラは、メッシナ海峡で英雄オデュッセウスの船を襲った怪物であり、じつはニススの娘とは異なる。

(17) オデュッセウスの故郷イタカ島付近の島で、彼の領地。

(18) トラキアの王。妻ピロメラの妹プロクネと交わり、その舌を切った。ピロメラはそれを知ると、息子イテュスを殺して料理し、夫に食べさせた。妻の恐ろしい復讐に気づいたテレウスは激怒して、妹とともに逃げる妻を追いかけたが、そのとき三人は鳥に変わった（ピロメラは夜鳴き鶯《うぐいす》に、プロクネは燕に、テレウスは戴勝《やつがしら》に）。

(19) 息子イテュスの頭と手足。

---

(1) スパルタの川。アポロにとっては、美少年ヒュアキントゥスを失った土地である。

第七歌

メリボエウス、コリュドン、テュルシス(1)

メリボエウス

ある日たまたま、さらさらと音立てる姥目樫《うばめがし》の下にダプニス(2)が座り、
コリュドン(3)とテュルシスが家畜の群れを同じ場所に追い集めた――
コリュドンは羊を、テュルシスは乳房の膨らんだ雌山羊を。
二人とも若さの盛りで、二人ともアルカディア(4)の人。
歌の技量は等しく、歌で応答する気構えもできていた。
　そこへ何と、僕がギンバイカ(5)の苗木の寒さ除《よ》けをしている間に、
群れの雄《ゆう》たる僕の雄山羊が迷い込んだ。そのとき僕はダプニスを
見つけた。彼のほうも僕を見て、こう言った。「さあ早く
こっちへおいで、メリボエウスよ。君の雄山羊と子山羊らは大丈夫だ。
それでちょっと手が放せるなら、木陰で休んでいけよ。
雄牛らも牧場《まきば》を通って、自分でここへ水を飲みに来るよ。

(1) この詩では、牧人メリボエウスが同じく牧人のコリュドンとテュルシスの歌競べを回想する。四行ずつの詩の掛け合いは、テオクリトス『エイデュリア』第八歌（ただし詩体は異なる）に倣っている。この歌の勝負でなぜコリュドンが勝ったのか。詩人はその理由の判断を読者の鑑賞力に委ねている。

(2) 第五歌では伝説的人物だが、ここでは普通の牧人。このあと彼が歌競べの審判になったとも考えられる。

(3) 第二歌参照。

(4) 第四歌五八行註参照。

(5) 第二歌五四行註参照。

ミンキウス川[6]は、緑の岸辺をしなやかな葦で縁取っているし、
神聖な樫の木[7]からは、蜜蜂の群れが羽音を響かせている」。
　僕はどうしたらよかったのか。僕にはアルキッペやピュリス[8]のような、
乳離れした子羊たちを家で囲いに入れてくれる女はいなかった。
ところが勝負は、コリュドン対テュルシスの素晴らしい見ものだった。
僕はやはり、自分の大事な仕事を、彼らの遊びのために後回しにした。
それで二人は、代わる代わる歌って[9]競い始めた。
ムーサたちは、交互の歌[10]を思い出したいと望んでいた。
まずコリュドン、つぎにテュルシスと、彼らは順番に歌っていった。

コリュドン

僕が愛するリベトラ[11]の泉のニンフたちよ、わがコドルス[12]に
授けたような歌を僕にも授けたまえ。彼はポエブス[13]の詩に
一番近い歌を作るから。だがもし僕らの誰もができるわけではないのなら、
妙なる調べの笛は、ここの聖なる松の木にぶら下げてしまおう[14]。

(6) 北イタリアのポー川の支流で、詩人の故郷のマントゥア近郊を流れる川。
(7) ユッピテル（ゼウス）の神木。
(8) それぞれコリュドンとテュルシスの召使いあるいは妻。
(9) 第三歌二八行註参照。
(10) 第三歌五九行参照。なお詩人に霊感を与えるムーサたちは、記憶の女神ムネモシュネの娘。
(11) ムーサの聖地ピエリアの町、またはヘリコン山の泉。したがって「ニンフ」はムーサを指す。
(12) 牧人の名。第五歌一一行参照。
(13) 第五歌九行註参照。
(14) 牧歌詩人をやめるという意味。松は牧神パーンの神木。

テュルシス

アルカディアの牧人たちよ、新進の詩人を木蔦《きづた》(1)で飾ってくれ、
それでコドルスの横腹が、嫉妬で破裂してしまうように。
だがもし彼がむやみにほめるのなら(2)、バッカル(3)を額に
巻いてくれ。悪意ある舌が、未来の詩聖を害さないように。

コリュドン

デロス生まれの女神(4)よ、この剛毛の猪の頭と、長生きした鹿の
枝多い角を、若いミコン(5)があなたに捧げます。
もしこの幸せが僕のものになったら、滑らかな大理石であなたの
全身像を刻み、ふくら脛《はぎ》には深紅の編み上げ靴を履かせて立てよう。

テュルシス

プリアプス(6)よ、一椀の乳とこれらの菓子、あなたはそれを年ごとに
期待できれば充分です。あなたは貧しい庭の番人だから。
今は当面の事情に合わせて、あなたを大理石で作りました。だが、
繁殖のおかげで群れがいっぱいになったら、あなたを金《きん》にしてあげよう。

(1) 神バックスの神聖な植物で、すぐれた詩人の冠にも使われる。「新進の詩人」はテュルシス自身。

(2) 人をほめすぎると、神の妬みを招き、災難に遭うと考えられた。

(3) 第四歌一九行註参照。厄除けのまじないの効果があるためか、あるいはたんに木蔦より価値が低いからか。

(4) 狩りの女神ディアナ。

(5) 牧人の名。第三歌一〇行参照。

(6) 豊穣の神。庭園の守り神でもあり、庭にはその醜く滑稽な小像が置かれた。

コリュドン

ネレウスの娘ガラテア(7)よ、君は僕には、ヒュブラの麝香草《じゃこうそう》(8)より甘く、
白鳥よりも白く輝き、淡い黄色の木蔦《きづた》よりも美しい。
雄牛らが草を食べて小屋へ帰ったら、君はすぐにやってくればいい、
もしも君のコリュドンに、少しでも想いを寄せているのなら。

テュルシス

いや僕なんか君に、サルディニアの草(9)よりも苦く、梛筏《なぎいかだ》(10)より
刺々しく、打ち上げられた海藻よりもつまらない男と思われてもいい、
もしも僕にとってこの昼の時間が、もう丸一年より長くないとしたら。
雄牛たちよ、草を食べたら家へ帰れ。少しでも恥(11)を知るなら帰るんだ。

コリュドン

苔むした泉よ、眠りよりも柔らかい草よ、
そしておまえたちをまばらな陰で覆っている緑の野苺の木よ、
家畜を真夏の暑さから守ってくれ。もう、灼熱の夏が来る。
もう、しなやかな若枝には葡萄の蕾《つぼみ》が膨らんでいる。

(7) テオクリトスでは一つ眼巨人ポリュペムスの求愛の相手（一一頁註（1）参照）。ネレウスは海の神。
(8) 第一歌五四行註および第五歌七七行註参照。
(9) 田芥子《たがらし》（キンポウゲ科の越年草）。「冷笑」を意味するSardonic smileは、この苦い草を食べた人が顔をゆがめることに由来する。
(10) ユリ科の小低木。
(11) いつまでも草を食べて、主人の情事を妨げているので。

テュルシス
ここには炉と、脂《やに》の多い松の薪があり、ここにはいつも
燃え盛る火と、絶え間ない煤《すす》で真っ黒の戸柱がある。
ここでは僕らは、北風の寒さなんか気にしない。
ちょうど狼が羊の数を、激しい急流が川岸を気にかけないように。

コリュドン
杜松《ねず》も、刺々しい実の栗の木も立っている。
木の下にはそれぞれの果実が、一面に散らばって落ちている。
今はすべてが微笑《ほほえ》んでいる。だが美しいアレクシス(1)が
この山々を去るならば、川さえ乾くのが見えるだろう。

テュルシス
野原は乾き、毒気を帯びた大気のため、草も乾いて死にかけている。
リベル(2)が丘に、葡萄の葉陰を与え惜しんだのだ。
だが僕のピュリスがここへ来るなら、森はすべて緑になり、
ユッピテル(3)は喜ばしい雨となり、惜しげなく降ってくるだろう。

(1) 第二歌でコリュドンの求愛の相手として語られる。

(2) 植物の芽生えと生育をつかさどる神。バックス（ディオニュスス）と同一視された。

(3) 天空の神。『農耕詩』第二歌三二五行以下参照。

コリュドン
ポプラはアルケウスの孫[4]の、葡萄はイアックス[5]の、ギンバイカは
美しいウェヌス[6]の、月桂樹はポエブス[7]の一番のお気に入り。
だがピュリスは榛《はしばみ》が好きだ。ピュリスが榛を好む間は、
ギンバイカもポエブスの月桂樹も、榛には勝てないだろう。

テュルシス
森ではトネリコ[8]が、庭では松が、川のそばでは
ポプラが、高い山々では樅《もみ》の木が最も美しい。
だが美しいリュキダス[9]よ、君がもっとよく僕を訪れてくれるなら、
森のトネリコも庭の松も、君には負けることだろう。

メリボエウス
僕が思い出すのはここまでと、テュルシスが奮闘むなしく敗れたこと。
その時からコリュドンは、僕らにとって「コリュドン」なのだ[10]。

(4) ヘルクレス。
(5) もとはエレウシスの秘儀で崇拝された神で、のちにバックスと同一視された。
(6) 第二歌五四行註参照。
(7) 第三歌六二行註参照。
(8) モクセイ科の落葉小高木。
(9) 第九歌に登場する牧人。
(10) 牧人仲間の間で最もすぐれた詩人の呼び名になったという意味。

第八歌(1)

牧人のダモンとアルペシボエウスの歌《ムーサ》をうたおう。
二人が歌を競い合うと、雌牛は牧草を忘れて聞き惚れ、
二人の歌に、山猫は驚いて立ち止まり、
川はいつもの流れを変えて静止した。(2)
そのダモンとアルペシボエウスの歌《ムーサ》をうたってみよう。
　おお、あなた(3)は今、名高いティマウス川(4)の崖のそばを過ぎているのか、
イリュリア(5)海の岸辺に沿って船を進めているのか。ともかくいつか、
あなたの偉業を、私が歌えるその日は来るのだろうか？
ああ、いつか私が、ソポクレス(6)の悲劇に並びうる
唯一の作品としてあなたの詩(7)を、世界中に伝えることができるだろうか？
あなたから始めたから、あなたを讃えて私は終えよう。(8)さあ歌を
受け取ってください、あなたの命令で始めた歌を。そしてあなたのこめか

（1）ポリオに捧げられたと推測されるこの詩は、二人の牧人ダモンとアルペシボエウスの歌からなる。前者の歌は悲痛な失恋の嘆きであり、後者は同じく愛をテーマにして、魔術で恋人を取りもどそうとする女性の独白を歌にしている。後者の歌はテオクリトス『エイデュリア』第二歌から着想をえている。

（2）このように自然界を魅了するオルペウス的な歌の力については、『牧歌』で繰り返し描かれる。

（3）おそらくアシニウス・ポリオ（第三歌八四行註、第四歌一一行参照）。彼は前三八年にイリュリア地方のパルティニ人との戦いに勝利し、凱旋将軍としてローマに帰還した。なお、この献辞の相手をオクタウィアヌスとする説もある。

みのまわりに、
勝利の月桂樹(9)に混じって、この木蔦《きづた》(10)が這うことを許してください。
冷たい夜の闇が、ようやく空から消えたばかりだった。
それは柔らかい草の上の露が、家畜にはとても快いとき。
ダモンは滑らかなオリーヴの杖にもたれて、つぎのように始めた。

ダモン
さあ昇れ、暁《あけ》の明星よ。先に現われて、恵み深い一日を導いてくれ、
妻(11)ニューサの不実な愛に欺かれ、
私が嘆いているその間に。神々を証人に呼んでも、何の役にも
立たなかったが、それでも私は、死に際の最後の時に神々に呼びかける。
　始めよ、わが笛よ、私と一緒にマエナルス(12)の歌を。
マエナルスではいつも、森(13)は妙なる音を奏で、松は囁き合っている。
マエナルスはいつでも、牧人たちの愛の歌と、パーンの調べを聴いている。
パーンは葦が音を鳴らさないのを、許さなかった最初の神だ(14)。
　始めよ、わが笛よ、私と一緒にマエナルスの歌を。

(4) 現在のトリエステ湾に注ぐ川。
(5) イタリア半島東側のハドリア海のこと。イリュリアはその海の東岸に広がる地方。
(6) ギリシアの三大悲劇詩人の一人。
(7) ホラティウス『風刺詩』第一巻第十歌四二行などによると、ポリオは悲劇詩人でもあった。
(8) この言及から、第八歌に相当する詩を最後に配置した、『牧歌』の原型となる詩集が編まれたと推測できる。
(9) 凱旋将軍の冠として。
(10) すぐれた詩人の栄冠として。
(11) 「許婚《いいなずけ》」の意ともとれるが、次行の「神々を証人に呼」ぶという言及から、生涯の伴侶となる誓いを互いに交わしたが、まだ正式の婚礼で結ばれていない相手と解釈しうる。

ニューサはモプスス(1)の妻になる。この世で恋する者たちが、望まぬことは
　何かあろうか。
もうすぐ怪鳥《グリュプス》(2)は雌馬とつがうことだろう。そしてつぎの時代には、
臆病な鹿が、犬と並んで水を飲みに来るだろう。
　始めよ、わが笛よ、私と一緒にマエナルスの歌を。　二八a
モプススよ、新しい松明《たいまつ》(3)を切るがいい。妻が連れてこられるのだ。
新郎よ、胡桃《くるみ》の実を撒き散らせ(4)。宵の明星は、おまえのためにオエタの山(5)
　を去っていく。
　始めよ、わが笛よ、私と一緒にマエナルスの歌を。　三〇
おお、似合いの夫と結ばれたのだ(6)。どんな人も見下して、
私の笛も雌山羊も、毛深い眉も
伸びっぱなしの顎髭《あごひげ》も、嫌いでならないおまえのことだ。
神々の誰も、人の世界を気遣わないと思っているおまえなのだ。
　始めよ、わが笛よ、私と一緒にマエナルスの歌を。
わが家の垣根の中で、私は小さなおまえを見た。露に濡れた林檎《りんご》を、
おまえは母親(7)と一緒に摘んでいた。私は二人を案内した。
そのとき私は、十二歳の年を迎えたばかり。

(12) 牧神パーンの故郷アルカディアの山脈。その「歌」は牧歌を意味する。
(13) 第四歌三行註参照。
(14) シュリンクスの発明のこと。第二歌三一行註参照。

---

(1) 第五歌でダプニスの死を歌った牧人。
(2) 獅子の胴、鷲の頭と翼を持つ怪物。
(3) 婚礼の行列のための松明。
(4) 婚礼の儀式として。
(5) ギリシアのテッサリア地方南部の山。
(6) 見かけ倒しの男と結婚するニューサへの皮肉。
(7) ニューサの母。

もう地面に立って手を伸ばすと、細枝に触れることができた。
おまえを見るや、私は心を奪われた。何と不運な迷いに、捕らわれてしまったのか！

始めよ、わが笛よ、私と一緒にマエナルスの歌を。
今私は、愛《アモル》の神とはどんなものかを知っている。その子をむき出しの
岩の上で生んだのは、トマロス山かロドペの山々(8)か、それとも最果ての
ガラマンテス族(9)か。われらと同じ種族でも、同じ血統でもない子供だ。

始めよ、わが笛よ、私と一緒にマエナルスの歌を。
残忍な愛《アモル》の神は、息子らの血で手を汚すことを
母親(10)に教えたのだ。おお母よ、あなたもまた残酷だった。
だがどちらがいっそう残酷か？　母かそれともあの邪悪な子(11)か。
それはあの邪悪な子だ。母よ、あなたもまた残酷だったが。

始めよ、わが笛よ、私と一緒にマエナルスの歌を。
今や狼は、心から羊を恐れて逃げるがいい。堅い柏《かしわ》の木は、
黄金の林檎《りんご》を実らせよ。榛《はん》の木には、水仙の花が咲け。
御柳《ぎょりゅう》(12)の樹皮からは、琥珀《こはく》が豊かにしたたり落ちよ。
梟《ふくろう》は白鳥と競い、ティテュルス(13)はオルペウス(14)になれ――

(8) トマロスはギリシアのエピルス地方の山。ロドペはトラキア地方の山。
(9) アフリカの種族。
(10) 自分を裏切った夫イアソンへの復讐のために、わが子を殺害したメデア。
(11) 愛《アモル》の神のこと。
(12) 第四歌二行註参照。
(13) 第一歌の牧人の名前だが、ここでは卑賤な田舎人を指す。
(14) 第三歌四六行註参照。

森の中のオルペウスに、または海豚《いるか》の間のアリオン(1)に。
　始めよ、わが笛よ、私と一緒にマエナルスの歌を。
すべては海に、深い海に覆われよ。さらば、森よ、達者でな。
私は天高く聳える山の断崖から、真っ逆さまに海の中へ
身を投げよう。さあ受け取るがよい、死にゆく男のこの最後の贈り物(2)を。
　やめよ、わが笛よ、マエナルスの歌をもうやめよ。

このようにダモンは歌った。ではアルペシボエウスは、どう応えたか。
ピエリアの女神たち(3)よ、歌ってください。われらがみな、すべてをできる
　わけではないから。

アルペシボエウス

水を持ってきなさい(4)。そしてこの祭壇に柔らかな帯を巻きつけて、
みずみずしい青枝と最上の香を焚きなさい。
私は夫(5)の冷静な感情を、魔法の儀式で狂わせてやろうと
思うのです。さてこれで、まじないの他は足らないものは何もない。
　町から家へ連れもどせ、私のまじないよ。ダプニスを連れもどせ。

(1) 前七世紀頃のレスボス島出身の歌と竪琴の名手。南イタリアからコリントゥスへの帰途、邪悪な船員たちに殺されかけて海に身を投じたが、彼の音楽に魅了された海豚の背に乗って無事ギリシアへ帰ったと伝えられる。

(2) ダモンの歌または彼の死を指す。ここの呼びかけの相手はニューサか、あるいは最初に(一七行)呼びかけられた暁の明星。

(3) ムーサたち。第三歌八五行註参照。

(4) 命令しているのは女性で、その名前は不明。

(5) 一八行註参照。ダプニスを指す。

(6) しばしば魔術師の特技として挙げられる。

(7) 太陽神ヘリオスの娘で魔女。

まじないは、天から月を引き下ろすことさえできる。(6)
キルケ(7)はまじないで、オデュッセウスの仲間たちの姿を変えた。
牧場《まきば》の冷たい蛇も、まじないを唱えると張り裂ける。
　町から家へ連れもどせ、私のまじないよ。ダプニスを連れもどせ。
まず私はおまえの(8)まわりに、異なる三つの色の糸を
三重に巻きつけて(9)、この祭壇のぐるりを三回、
その似姿(10)を持って回る。神は奇数を喜ぶのだから。
　町から家へ連れもどせ、私のまじないよ。ダプニスを連れもどせ。
アマリュリス(11)よ、三つの色の糸を三つの結び目でつなぎなさい。
さあ、つなぎなさい、アマリュリス。そして「ウェヌスの縛《いまし》めを私は結
　ぶ」と唱えなさい。
　町から家へ連れもどせ、私のまじないよ。ダプニスを連れもどせ。
同じ一つの火によって、この粘土は固くなり、
この蠟《ろう》は溶けていく(12)。ダプニスも、私の愛でそのようになる。
粗碾《び》きの麦(13)を撒きなさい。瀝青《れきせい》を入れて、月桂樹をぱちぱちと燃え立たせ
　なさい。
薄情なダプニスは私を焦がしている。私はこの枝を、ダプニスと思って(14)燃

英雄オデュッセウスが放浪中に上陸した島で、彼の仲間たちを豚に変えた。

(8) ダプニスの人形(七五行の「似姿」を指す)。

(9) 古註によると三色は白、赤、黒。この三色を異なる順序で染めた(または三色の細糸を撚り合せた)三本の糸を人形に巻きつけるという意味か。

(10) 魔術では、人形に対する作用がその本人に及ぶと考えられた。ここでは糸を巻きつけることが「愛《ウェヌス》の縛め」(七八行)となる。

(11) 魔法を使うこの女の下女。または彼女自身への呼びかけ。

(12) 蠟が溶けるのは、ダプニスのつれない心が自分への愛情で和らぐことを意味するが、粘土を固くする意図は、自分に対するダプニスの愛の操を固める↙

やすのだ。

町から家へ連れもどせ、私のまじないよ。ダプニスを連れもどせ。
ダプニスが、若い雌牛のように愛に取りつかれるよう！　雌牛は、
森や深い林の中を、雄牛を探し回って疲れ果て、
水の流れる小川のほとり、緑の水草の上に崩れ伏したまま、
落胆して、夜の更ける前に帰ることも忘れてしまう。
そんな愛に取りつかれても、私は心を癒してやろうとは思うまい。

町から家へ連れもどせ、私のまじないよ。ダプニスを連れもどせ。
この思い出の衣(1)は、以前にあの不実な男が、私に残していった
大切な愛の証。これを今私は、この戸口の下の、
おお大地よ、あなたに預けよう(2)。この証こそダプニスを返してくれるはず。

町から家へ連れもどせ、私のまじないよ。ダプニスを連れもどせ。
ここにある毒草は、ポントゥス(3)の地で摘み集められ、モエリス(4)から
私が直接もらったもの。ポントゥスではこれがとてもたくさん生えている。
私は幾度もこの眼で見たが、モエリスはこれを使って狼になり、
森に姿を隠したし、墓の底から亡霊を呼び出したり、
畑に生えた作物を別の畑へ移したりした(5)。

／ためか、あるいは彼が他の女に対して冷淡になるようにするためか、いずれかは不明。

(13) 普通は生け贄の動物に振りかけるもの。

(14) ダプニスの名は、月桂樹を表わすギリシア語ダプネと音が似ている。

(1) 人形と同様、衣服に対する呪術的作用もそれを着ていた人に影響を及ぼす。

(2) すなわち地中に埋める。

(3) 黒海およびその周辺地域。その東部に魔女メデアの故郷コルキスがあった。

(4) 第九歌で登場する牧人の名。

(5) いずれも魔術師の伝統的な特技と見なされた。六九行参照。

　町から家へ連れもどせ、私のまじないよ。ダプニスを連れもどせ。
灰[6]を外へ持っておいき、アマリュリスよ。そして流れる小川に、
頭越しに投げ入れなさい、後ろを見ないようにして。[7]私はこの毒草で、
ダプニスを攻めよう。あの男は、神々もまじないも気にかけない。
　町から家へ連れもどせ、私のまじないよ。ダプニスを連れもどせ。
見なさい。私が運ぶのをぐずぐずしている間に、灰がひとりでに
燃え上がり、揺らめく炎で祭壇を包み込んだ。良い兆しであるように！
きっと何かが起こるはずだ。ヒュラクスも戸口で吠えている。[8]
ああ信じられようか。それとも恋をする者は、夢を自分で作り出すのか？
　やめよ。まじないよ、もうやめよ。ダプニスが町から帰ってくる。

(6) 魔術で燃やした物の灰。それを川に捨て去って儀式は完了する。

(7) 宗教儀礼や魔術では、それに用いた物を振り返って見てはならないという禁忌があった。

(8) 犬が吠えて、誰かが来たことを告げている。

第九歌

リュキダスとモエリス(1)

リュキダス

どこへ足を運ぶの？　モエリス。この道の方向だと、町へですか？

モエリス

おお、リュキダスよ、生き永らえて、こんな目に遭うとはな。まったく

思いも寄らなかったよ。よそ者(2)が僕らの農地の主人になって、

こう言ったんだ。「この土地は俺のものだ。前の農民は出ていけ」と。

運命はすべてを変えてしまうものだ。今は、惨めにも打ちのめされて、

僕らはあの男のために（災いあれ！）、この子山羊たちを送り出すんだ。

リュキダス

でも、僕はたしかにこう聞いていた。丘の登りが始まる所から、

（1）この二人の牧人が町への道すがらに交わす会話からなる第九歌は、第一歌と同様、北イタリアの農地没収の現実を背景としている。年長のモエリスは、歌の達人メナルカスとともに、新しい土地所有者とのいさかいで生命の危険までも味わった。若いリュキダスは、回想を交えた歌のやり取りを続けようとするが、モエリスは気乗りせず、会話は終わる。対話の状況はテオクリトス『エイデュリア』第七歌に似ている。だが牧歌世界の幸福ではなく、その危機を描いている点で大きく異なる。

（2）農地没収で新たに土地の所有者になった退役軍人。第一歌七一行ではメリボエウスが「野蛮人」と形容している。

尾根がなだらかに傾斜して下ってきて、
水際の、今は梢の砕けた古い橅《ぶな》の木立ちにいたるまで、
そのすべての土地を、君らのメナルカス(3)は歌で救ったのだと。

モエリス

そう聞いていただろう。噂はそうだ。だが僕らの歌というものは、
リュキダスよ、戦い《マルス》の武器の間では、世にいう
「鷲が襲うときのカオニアの鳩」(4)ほどの力しか持っていない。
もしも僕に、新しいもめごと(5)は何とかして打ち切るようにと、
左側の烏《からす》が、うつろな姥目樫《うばめがし》からかねて警告(6)してくれなかったら、
君のこのモエリスも、またメナルカスさえも、もう生きてはいないだろう。

リュキダス

ああ、そんな非道なことは、誰ができるものだろうか。ああ、君と一緒に、
メナルカスよ、君の歌の慰めが、あわや僕らから奪われそうになったとは。
誰がニンフたちを歌うだろうか。誰が花咲く草を地面に
撒き、泉を緑の陰で覆うだろうか(7)。あるいはこの前、

(3) 第五歌ではウェルギリウス自身を体現した牧人(同歌八七行註参照)。古註以来、ここでも農地没収の災難を体験した詩人自身を表わす人物と見なされてきた。

(4) カオニアはギリシアのエピルス地方北西の地域。そこの聖地ドドナでは、「鳩」と呼ばれる巫女がユッピテル(ゼウス)の神託を伝えた。詩と神託の類似から、ここでは武力に対して無力な詩人を譬えている。

(5) 新しい土地所有者とのいさかいを指す。

(6) 左側に鳥を見るのは占いでは吉兆になるが、烏《からす》が不吉な鳥のため、あるいは空洞の姥目樫が不吉なゆえ凶兆と解しうる。

(7) 詩人が歌うことを、あたかも実際の行為として述べている。第六歌六二―六三行参照。

僕らのお気に入りのアマリュリス(1)を、君(2)が訪ねようとしていたとき、
僕が黙ったまま、こっそり君から聞いたあの歌を――
「ティテュルスよ、僕が帰るまで、雌山羊に草を食《は》ませてくれ。道のりは
短いから。
草を食《は》んだら、水場へ追いやってくれ、ティテュルス。追っている間に、
雄山羊に出会わないよう用心しろ。あいつは角《つの》で突くからな」。

モエリス

いやむしろこれがいい。まだ未完成だが、ウァルス(3)のために歌った詩だ。
「ウァルスよ、ただマントゥア(4)がわれわれに残されさえすれば
――ああ、不幸なクレモナにあまりにも近いマントゥアよ――、
歌うたう白鳥たち(5)は、あなたの名を天高く、星まで伝えることだろう」。

リュキダス

どうか君の蜜蜂の群れが、キュルノス島(6)の一位《いちい》(7)の木を避けるために、
また雌牛が、苜蓿《うまごやし》(8)を食べて乳房を膨らませるために、
もし何か歌えるなら、始めてください。ピエリアの女神たちは、

(1) 牧人たちの憧れの女性。
(2) メナルカス。
(3) 農地没収を担当した実在の人物。第六歌六行註および本書の解説の「詩人の生涯」参照。
(4) ウェルギリウスの農地の近くの都市。約六〇キロ離れた都市クレモナ周辺の農地がまず没収され、それだけでは退役軍人に分配するのに不足したため、やがてマントゥア付近の土地も没収の対象になったと伝えられる。
(5) 美しい声で鳴くため、しばしばすぐれた詩人がそれに譬えられた。またマントゥア付近の川には白鳥がいた（『農耕詩』第二歌一九八―一九九行参照）。
(6) コルシカのギリシア名。苦い味の蜂蜜を産した島。
(7) 葉の細長い常緑高木。毒性があると信じられた（『農耕

僕も詩人にしてくれたし、僕にも自作の歌がある。牧人たちは、
僕も詩聖だと言っている。でも僕は、そんな人々を軽々しくは信じない。
まだ自分が、ヴァリウス[9]やキンナ[10]と並びうる歌を作れると思えないから。
むしろ妙なる調べの白鳥の間で、鵞鳥《がちょう》が鳴き喚いているようなもの。

モエリス

よし、やってみよう、リュキダス。思い出せるかどうか、黙って
じっくり考えているところだ。それも、つまらぬ歌ではないぞ。
「ここへおいで、おおガラテア[11]よ。いったい海の中にどんな楽しみがある？
ここは色鮮やかに輝く春だ。ここでは大地が、川のほとりのあちこちに
多彩な花々を咲かせている。ここでは白く光るポプラが、洞穴の上に
聳え立ち、しなやかな葡萄の枝が、陰なす場所を織りなしている。
ここへおいでよ。荒れ狂う波には、岸辺を打つがままにさせて」。

リュキダス

あれはどんな歌だったか？　澄んだ夜空の下で、君はひとりで歌っていた。
それを僕は聞いたのだが。調べは覚えていても、言葉を思い出せるかな。

詩』第二歌二五七行、第四歌四七行参照)。

(8) 第一歌七八行註参照。

(9) ルキウス・ヴァリウス・ルフス。詩人で、ウェルギリウスの親友。のちにプロティウス・トゥッカとともに遺稿『アエネイス』の刊行を準備した。本書の解説「詩人の生涯」参照。

(10) ガイウス・ヘルウィウス・キンナ。北イタリア出身の詩人で、カトゥルスの友人。

(11) 海のニンフ。第七歌三七行註参照。

「ダプニス(1)よ、なぜ古い星座が昇るのを眺めているのだ？
ほら見よ、ディオネの末裔カエサル(2)の星が現われた。
畑を作物で喜ばせ、陽当たりのよい丘に、
葡萄の房を色づかせるあの星が。
ダプニスよ、梨に接《つ》ぎ木せよ、その果実は子孫が摘み取るだろう」。

モエリス

時はすべてを奪い去っていく。気力までも。僕も子供のころはよく、
長い夏の日を、日没まで歌って過ごしたのを覚えている。
今はもう、あの多くの歌も忘れてしまった。それに声までも、
もはやこのモエリスから去っていく。狼が先にモエリスを見たのだ(3)。
だが君の望む歌は、メナルカスが何度でも、心ゆくまで歌ってくれよう。

リュキダス

言い訳ばかりして、僕の切なる望みを引き延ばすのだね。
それに水面《みなも》は君を待ち、どこも穏やかに静まりかえり、ほら、
吹きつのる風のざわめきも、もうすっかり収まっている。

(1) 第五歌で死と神格化を歌われた牧人。ここでもユリウス・カエサルと関連づけられている。なお、この五行をモエリス自身が歌うとするテクストもある。

(2) ユリウス・カエサル。ディオネは女神ウェヌスの母。ユリウス氏の起源は、ウェヌスの子であるトロイアの英雄アエネアスの息子イウールスにさかのぼると言われた。「星」とは、前四四年七月のカエサル追悼の競技会の間に現われた彗星を指し、カエサルの魂が天に昇ったことの証と見なされた。

(3) 自分が狼を見るよりも先に狼に見られた人は、声を失うと信じられた。

ちょうどここからは、僕らの道のりも半分。ビアノル(4)の墓が、
見え始めたばかりだから。ここでは、茂りすぎた葉を、
農夫たちが刈り込んでいる。さあここで、モエリスよ、僕らは歌おう。
ここに子山羊ら(5)を下ろすといい。それでも町には着けるだろう。
でも、その前に空が暗くなり、雨が降るのが心配なら、
ずっと歌いながら行くのもいい。それで道が楽になるだろう。
二人で歌いながら行けるように、その荷物は僕が持とう。

モエリス

若者よ、これ以上望むのはやめなさい。今差し迫っている仕事をしよう。
メナルカスが来たときには、僕らはもっとうまく歌えるだろう。

(4) 古註ではマントゥアの伝説的な建設者とされるが、正確なことは不明。

(5) 六行参照。六五行で「荷物(fasce)」とあり、モエリスはおそらく子山羊を籠に入れて運んでいた。

第十歌[1]

この最後の仕事を、アレトゥーサ[2]よ、私に許してください。
わがガルス[3]のために小さな歌を、だがリュコリス自身[4]も読んでくれる
歌を作らねばならない。ガルスのためなら、誰が歌を拒むだろうか。
さあ、あなたがシキリアの波浪の下を流れているとき[5]に、
苦い海《ドリス》[6]がその波を、あなたに混ぜ合わせないように、
どうか始めてください。苦しみに満ちたガルスの愛を歌おう、
鼻の低い雌山羊たちが、柔らかい若枝をかじっている間に。
私たちは耳なきものに歌うのではない。森[7]はすべてに応えてくれる。
　どの森が、どこの牧場《まきば》があなたたちを引き止めていたのか、乙女なる
水のニンフらよ。不実な愛ゆえに、ガルスがやつれ果てていたときに。
パルナスス[8]の峰々も、ピンドゥス[9]の尾根も、
アオニアのアガニッペの泉[10]も、あなたたちを妨げはしなかったのだから。

（1）実在の人物ガルスの恋の苦しみを歌ったこの最後の詩も、牧歌としては独創的な作品である。主題と構成においてはテオクリトス『エイデュリア』第一歌のダプニス追悼歌と類似しているが、「アルカディア」という牧歌世界を前面に押し出し、その独自な虚構の世界に恋愛詩の花形詩人を登場させて、異なる文芸精神との交感を失恋の悲哀に包んで描いた点は、大胆な実験的試みである。

（2）シキリア島東部のシュラクサエ付近にあるオルテュギア島の泉のニンフ。

（3）ウェルギリウスの友人。第六歌六四行註参照。

（4）ガルスの恋人。古註によるとキュテリス（本名ウォルムニア）という女役者で、マルクス・アントニウスの愛人にもなっ

ガルスを思って、月桂樹さえ、御柳《ぎょりゅう》(11)さえも涙を流し、
寂しい岩の下に横たわる彼のために、松の生える
マエナルス山(12)さえも、凍てつくリュカエウスの岩山も泣いたのだ。
彼を囲んで、羊たちも立ち尽くしている。羊は、私たちを厭わない。
だから、神々しい詩人よ、あなたも家畜を厭わないでほしい。
美しいアドニス(13)も、川のほとりで羊たちに草を食《は》ませたから。
　羊飼いもやってきたし、足の遅い豚飼いも来た。
冬の団栗《どんぐり》(14)のために濡れて、メナルカスも来た。
誰もが、「あなたのその愛はどうして？」と尋ねている。アポロも来て、
言った。「ガルスよ、なぜ心を取り乱す？　おまえが想うリュコリス(15)は、
雪を越え、荒々しい陣営も通り抜けて、別の男を追っていったぞ」。
シルウァヌス(16)も、田園風の飾りを頭につけて、
花咲く茴香《ういきょう》(17)と、大きな百合《ゆり》を揺さぶりながらやってきた。
アルカディアの神パーンも来た。私はこの眼で見たが、その姿は
血の色の庭常《にわとこ》の実と辰砂《しんしゃ》で真っ赤に染まっていた(18)。
パーンは言った。「いったい、いつまで嘆いているのだ？　愛の神《アモル》は
　そんな苦しみなどに構いはしない。

た女性。
(5) アレトゥーサはギリシアの河神アルペウスから逃げ、海底の地下を通って泉として湧き出た。あとを追いかけたアルペウスは、その泉と交わった。
(6) ドリスはオケアヌスの娘で、アレトゥーサの母。
(7) 第四歌三行註参照。
(8) 第六歌二九行註参照。
(9) ギリシア北部の山脈。
(10) ムーサの聖山ヘリコン山の泉。アオニアについては、第六歌六五行註参照。
(11) 第四歌二行註参照。
(12) リュカエウスとともにアルカディア地方の山。第八歌二一行註参照。
(13) 女神ウェヌスの愛人となった美少年。
(14) 水漬けにされ、冬の飼料として蓄えられた。

残酷な愛《アモル》の神は、涙に飽きることはない(1)。牧草も小川の水に、
蜜蜂も苜蓿《うまごやし》に、雌山羊も木の葉に飽きないのだ」。
　だが悲しげにガルスは言った。「けれどもアルカディア(2)の人々よ、君ら
　　が山々に向かって、
この話を歌ってくれるだろう。アルカディアの人々だけが、歌の巧みに
通じている。おお、いつか君らの笛が私の愛を歌うなら、
そのとき私の骨は、どれほど安らかに憩うだろうか(3)！
そしてできれば私自身も、群れの番人にせよ、熟した葡萄を摘む人にせよ、
君らの中の一人であり、仲間だったらよかったのだ！
きっとピュリスであれ、アミュンタス(4)であれ、それとも
他の誰であれ、恋の相手が私にはいて——アミュンタスが色黒でも構わない。
菫《すみれ》は黒いし、ヒヤシンスも黒い(5)から——、
しなやかな葡萄の下、柳の間で一緒に横になれるだろうに。
私のためにピュリスは花輪を摘み、アミュンタスは歌うだろうに。
リュコリスよ、ここには冷たい泉がある。ここには柔らかい牧場《まきば》も、
ここには森もある。ここで君と私は、ただ時の過ぎゆくままに老いること
　　ができるだろう。

(15) ガリアへ戦争に行ったアントニウスとも、またはアグリッパの部下とも推測されている。
(16) パーンと同一視された森の神。
(17) セリ科の多年草で、高さが一メートル以上に育つ。
(18) パーンのみならず、バックス、プリアプスなど田園の神の像はしばしば赤く塗られた。第六歌二二行参照。

(1) 第八歌四三行以下参照。
(2) 第四歌五八行註参照。
(3) 墓碑銘の常套句を用いている。
(4) いずれも『牧歌』で幾度も言及された人物。
(5) 第二歌一八行および註参照。
(6) ガルスは空想の中で、牧人の世界「アルカディア」からリュコリスのいる戦場へ心を向け

だが今は、狂おしい愛情が私の心を、冷酷な戦い《マルス》の武器の中、
降り注ぐ投げ槍と攻めくる敵勢の間に引き止めるのだ。(6)
(7)君は祖国から遠ざかり――そんなことは信じられようか――、
ああ無情な女《ひと》よ、アルプスの雪とレヌス川(8)の凍てつく気候を、
私を離れて一人だけで眺めている。ああ、寒さが君を害さないよう！
ああ、荒々しい氷が、君の柔らかい足の裏を傷つけないように！
　私は行こう。そしてカルキスの詩風(9)で作った私の歌に、
シキリアの牧人の葦笛で調べ(10)をつけてみよう。
もう心は決まった。むしろ森の中にいて、獣の巣穴の間で
苦しみに耐え、自分の愛を若い樹木に刻みこもう、と。
その樹木は大きくなり、愛よ、おまえたちも大きくなっていく。
その間には、ニンフたちを交えてマエナルスの山々を
駆けめぐり、猛々しい猪も狩るとしよう。どんな寒さも私には、
パルテニウス(11)の山の空き地を、猟犬で取り囲む妨げとはなるまい。
はや私は、岩の間と音響く森の中を進んでいくような
気がする。パルティア人(12)の弓で、キュドニア(13)の矢を射るのも
楽しい。まるでそれが、私の狂気の薬になるか、あるいは

る。なお「狂おしい愛情」を戦争への情熱ととり、ガルスは実際に戦場にいることを述べていると見なす解釈もある。

(7) 古註には、この行から（四九行までか？）ガルスの恋愛詩の一部がそのまま用いられたとの指摘がある。

(8) ガリアとゲルマニアの境を流れる川（現在のライン川）。二三行および註参照。

(9) カルキスはエウボエア島の都市で、前三世紀のギリシア詩人エウポリオンの出身地。神話を主題にした彼の作品は、カトゥルス、ガルスらローマの「新詩人たち」に影響を与えた。

(10) テオクリトスに始まる牧歌を指す。

(11) アルカディア地方の山。

(12) 第一歌六二行註参照。弓矢にすぐれていた（『農耕詩』、

あの神が(1)、人間の不幸に心和らげるのを学ぶかのようだ。
　今やふたたび、森のニンフらも歌さえも、私を
喜ばせはしない。森よ、もう一度おさらばだ。
われらの苦しみが、あの神を変えることなどできはしない。
たとえ極寒のさなかにヘブルス川(2)の水を飲み、
湿っぽい冬のシトニア(3)の雪に立ち向かおうとも、
たとえ高い楡《にれ》の木が、内皮まで干涸びて枯れる時期に、
蟹座(4)の下でエチオピア人の羊をしきりに追い立てようとも。
愛の神《アモル》はすべてを打ち負かす。われらもまた、愛の神《アモル》に屈服しよう」。

　ピエリアの女神たちよ、これで充分でしょう。あなたがたの詩人は
座って、か細い立葵《たちあおい》で小さな籠を編みながら、これを歌いました。
どうかこの歌を、ガルスがとても気に入るようにしてください。
ガルスへの私の愛は、春の初めに緑の榛《はん》の木が
すくすく伸びていくように、日ごとに大きくなるばかりだから。
　さあ、立ち上がろう。陰は歌う者には害になるものだ。
杜松《ねず》の木陰は体によくない(5)。陰は作物も傷《いた》めてしまう。
さあ、家へ帰れ、満腹になった雌山羊たちよ。宵の明星が現われた。さあ、

七〇

／第四歌三一三行以下参照）。
(13) クレタ島北西岸の都市。すぐれた射手が多いことで名高い。

(1) 愛の神アモル。
(2) ギリシア北部トラキア地方の川。
(3) トラキア地方の一地域。
(4) 真夏の星座（太陽が七月に入る黄道十二宮の一つ）。
(5) ある種の木の陰で寝ると頭痛が生じると言われたが、なぜ杜松がそうなのかは不明。

行きなさい。

農耕詩

第一歌[1]

何が穀物を豊かに実らせ、いかなる星のもとで、
大地を耕し、葡萄を楡《にれ》の木[2]に結びつけるべきか。
マエケナス[3]よ、牛にはどんな配慮が、家畜を飼うにはどのような世話が、
つつましい蜜蜂を養うには、どれほどの熟練が必要なのか。
私はこれから歌おうと思う。おお、天にあって、
一年のめぐりを導く世界の最も輝かしい光[4]よ。
リベル[5]と、恵み深いケレス[6]よ、あなたがたの贈り物で、
大地がカオニア[7]の樫《かし》の実を豊かな麦の穂に変え、
アケロウス川[8]の水を、葡萄という新しい果実に混ぜ合わせたのなら。
そして農夫を見守る神々ファウヌス[9]たちよ。
さあファウヌスたちと、乙女なる森のニンフらも、ともに足を運びたまえ。

(1) 第一歌では、まず序歌(一―四二行)で『農耕詩』各歌の主題を提示したあと、畑作と穀物栽培および気象について歌う。
(2) 葡萄の枝の支柱。
(3) ガイウス・マエケナス(前八年没)。皇帝アウグストゥスの忠実な助言者で文芸保護者。第三歌四〇行以下では、ウェルギリウスにこの作品の執筆を命じたと語られる。
(4) 太陽と月。
(5) 葡萄酒の神バックスと同一視された神。元来は植物の芽生えと生育をつかさどった。
(6) デメテルと同一視された穀物と大地の女神。
(7) 『牧歌』第九歌一三行註参照。
(8) ギリシア西部の川。最も古い川と言われた。
(9) 家畜と農産物の守り神。

あなたがたの贈り物も私は歌おう。おおネプトゥヌスよ(10)、大地は
大きな三叉の鉾《ほこ》に打たれ、あなたのために、いななく馬を最初に
生み出した。また森に住む方よ(11)、あなたのためにケア島(12)では、
三百の真っ白な雄牛たちが、繁茂した藪の草を食《は》んでいる。
羊の守り神パーンよ(13)、自分のマエナルス山(14)が愛《いと》しいなら、
どうか故郷の森とリュカエウス山の牧場《まきば》を離れ、
好意をもって来てください、おおテゲア(15)の神よ。オリーヴの生みの親
ミネルウァ(16)よ。曲がった犂《すき》を教えてくれた少年(17)よ。
若い糸杉を、根こそぎにして運ぶシルウァヌス(18)よ。
耕地を熱心に見守ってくれる、すべての神々と女神たちよ——
種播かずとも、新たな実りを育むにせよ、
播いた種のために、天から雨をたっぷりと降らせるにせよ。
　とりわけ、カエサル(19)よ。あなたがやがて、神々のどのような集まりに
加えられるのかは定かではない。あなたは町々を訪ねゆき、
大地の世話をしようと望むだろうか。そして広大な世界によって、
実りを増やし、季節を支配する者として迎え入れられ、
こめかみのまわりを、母のギンバイカ(20)で飾られるのか。

『牧歌』第六歌二七行註参照。
(10) ポセイドンと同一視された海の神。馬との結びつきも古い。
(11) アポロとキュレネの子アリスタエウス。農業・牧畜・養蜂の神。第四歌三一五行以下参照。
(12) 別名ケオス。エーゲ海のキュクラデス諸島の一つ。
(13) 『牧歌』第二歌三一行註参照。
(14) リュカエウスとともにアルカディア地方の山。
(15) アルカディア地方の都市。
(16) ギリシア名アテナ。
(17) エレウシスの王ケレウスの子トリプトレムス。ケレス（デメテル）に愛され、農業の技術を世界に広めた。
(18) パーンと同一視された森の神。
(19) ユリウス・カエサルの後継者オクタウィアヌス（前六三〜

それとも、果てなき海の神となって現われて、水夫たちから
唯一の神威として崇められるのか。最果てのトゥレ島(1)はあなたに仕え、
テテュス(2)はすべての波を捧げて、あなたを自分の婿にと求めるだろう。
あるいは、新たな星座(3)となり、のろのろ進む月々のあとにつけ加わるのか。
場所は乙女座と、それに続く蠍《さそり》座の螯《はさみ》の間に
開かれている――すでに燃える蠍座は、あなたのためにみずから螯を
縮めて(4)、定められた間隔より広い空間を天に作っているのだから。
あなたがどのような神になるにせよ――奈落《タルタラ》の底はあなたを王に望んでは
　いない。
あなたもその王になろうなどと、そんな不吉な願望は抱かないだろう。
たとえギリシア人がエリュシウム(5)の野を称賛し、
プロセルピナ(6)が、帰れと命じる母親に従う気にはならないとしても――、
どうか私を順調に進ませ、この大胆な企てにうなずいてください。
そして道を知らぬ農夫たちを、私とともに哀れんで、神としての
歩みを始め、もう今から、祈願で御名が呼ばれることに(7)慣れてください。
春の初めに、白い山から氷雪が溶けて流れ出て、

―後一四年）。のちにローマ初代皇帝アウグストゥスとなる。ここでは、彼の神格化が前触れされる。

(20) ウェヌスの神木。この女神はユリウス氏の神話的祖先（『牧歌』第九歌四七行註参照）。

---

(1) 北の果ての島。正確な位置は不明。

(2) 大洋の神オケアヌスの妻。

(3) オクタウィアヌスの誕生日（九月二十三日）の星座にあたる天秤座。黄道十二宮では日が長い夏のあとの星座で、乙女座と蠍座の間に位置する。

(4) 前一世紀以前の黄道十二宮では天秤座はなく、その場所を蠍座の「はさみ」が占めていた。

(5) 極楽浄土。最初は西の果ての島と考えられたが、のちに地下にあると見なされた。

土塊《つちくれ》が西風に当たってもろく崩れるとき、
そのときこそ私は、雄牛が地中に差し込んだ犂《すき》を引いて
呻《うめ》き声をあげ、犂べらが畝溝で擦《こす》られて輝き始めるのを見たいものだ。
昼の暑さと夜の寒さを二度ずつ(8)感じた畑だけが、
貪欲な農夫の祈りに応えることができる。
そんな畑が収穫のとき、穀物倉をはち切れさせる。
　だが馴染みのない野に、鉄(9)の切り込みを入れる前に、
風と、天候の変わりやすい性格と、土地の昔ながらの
耕作法と性質を、またそれぞれの地方が何を生み出し、
何の耕作に適さないかを、まず学んでおくよう心がけよ。
こちらでは穀物が、あちらでは葡萄がいっそう豊かに実を結び、
別の場所では、樹木の苗や自然の牧草が青々と
生い茂る。ほら見たまえ、トモルス山(10)は香りよきサフランを、
インドは象牙を、柔弱なサバ人(11)は乳香を、
他方裸のカリュベス人(12)は鉄を、ポントゥスの地は強烈な臭いの
海狸香《カストレウム》を、エピルス(13)はオリュンピア競技の優勝馬を送ってくる。
これらの法と永遠の掟は、自然がおのおのの土地に定めており、

(6) ケレス（デメテル）の娘。冥界の王にさらわれ、母神に連れもどされたあとも、一年の三分の一を死者の国の女王として過ごした。

(7) すなわち神として崇拝されること。

(8) 暑い季節に二度、寒冷な季節に二度、年間計四度耕せということではなく、たんに犂で二度耕せという意味であろう。

(9) 犂べら。

(10) 小アジア西部のリュディア地方の山。

(11) アラビア半島南西部に住む種族。

(12) 黒海（ポントゥス）南東岸に住む種族。

(13) ギリシア北西部の地方。

それは、デウカリオン(1)が無人の大地に石を投げ、
そこから人間という、頑強な種族が誕生した
まさにそのときからなのだ。されば、元気を奮い起こし、
肥えた土地なら、一年の最初の月が始まればすぐ、
たくましい雄牛に耕させよ。そして土塊《つちくれ》を寝かせておいて、
埃っぽい夏に、燦々と照りつける太陽の熱で焼け。
だが、土地が肥沃でないならば、大角星《アルクトゥルス》(2)が昇るころに、
畝溝は浅く掘り、土を軽く盛り上げるだけでよい。
それで肥沃な土地では、雑草が豊かな実りを妨げないし、
痩せた砂地からは、わずかな水分も逃げないだろう。
　さらに、刈り入れがすむごとに、休閑地にして休ませよ。
何もしないで放置して、畑に力を回復させるのだ。
それとも、莢《さや》を揺さぶる多産な豆類や、
細い烏野豌豆《からすのえんどう》の実や、苦い羽団扇豆《はうちわまめ》(3)の
か弱い茎とざわざわ音立てる茂みを刈り取った土地には、
季節が変わったとき、黄金色の穀物を播けばよい。
亜麻《あま》や烏麦《からす》の作付け(4)は、畑の力を枯らし、

(1) プロメテウスの息子。妻ピュラとともに大洪水から生き残り、人類を再生させた人物。『牧歌』第六歌四一行註参照。

(2) 牛飼い座の首星で、九月初旬に昇る。

(3) これらの豆は畑の肥料と家畜の飼料になる。

(4) 麦を刈ったあとの。

忘却《レテ》の眠りの染み込んだ罌粟《けし》(5)も畑を枯らす。
だが輪作によって、土地の重荷は楽になる。ただ、枯れた土地に
豊かな堆肥をたっぷりと与え、疲れ切った畑に
汚い灰を撒き散らすのを嫌がってはならない。
こうして作物を変えることによっても、畑は休まる。
だがその間に、休耕地も、恩に報いないわけではない。
　収穫のすんだ畑に火を放ち、ぱちぱち鳴る炎で
軽い切り株を燃やすのもまた、しばしば有益であった。
それで大地が、隠れた力と豊かな養分を
吸収するためか、それとも火炎によって大地から、
あらゆる病毒が焼き尽くされ、有害な湿気が滲み出るからか。
またはそうした火熱が、より多くの通路や眼には見えない気孔を
開き、そこを通って滋養の液が、新しい草に届くためか。
あるいはむしろ、火が大地を固め、開いた導管を収縮させて、
染み込む雨の害を防ぎ、あまりにも激しく燃える太陽の力や、
北風の刺すような寒気をさえぎって、土が枯れないようにするためか。
　さらに、役立たぬ土塊《つちくれ》を鍬《くわ》(6)で打ち砕き、

(5) レテは冥界に流れる忘却の川。罌粟はふつう種を食用にするが、阿片の材料にもなる。

(6) 棒の端に二〜四本の曲がった鉄製ないし木製の歯を取り付けた農具。

その上に柳の耙《まぐわ》(1)をかける者は、たいそう耕地を喜ばせる。その人を
金髪のケレスは、高きオリュンプスから黙って(2)眺めてはいない。
また、まず畝溝を切って土床を盛り上げ、
つぎに犂《すき》を斜めに構えてそれをふたたび切り砕き(3)、
こうしてたえまなく大地を鍛え、畑に権威をふるう者も。
　夏は雨が多く、冬は晴れ渡るように祈りなさい、
農夫たちよ。穀物は、埃っぽい冬に最も豊かに育ち、
畑も喜ぶ。他のどんな条件で耕作しても、ミュシア(4)はあれほど豊作を
誇らないし、ガルガラの峰(5)さえその収穫に、さほど眼を見張りはしない。
　言うまでもなく、種播きのあとは、武器を手にして畑との
接戦が始まる。(6)痩せた砂地の畝の上部をならし、
つぎに川から水を引いて、その水路を種を播いた畑へ導くのだ。
畑が炎熱に焼け焦げて、植物も死にかけているときに、
見よ、農夫は、水路の掘られた丘の陵線から
水を引き入れている。水は、しわがれ声でざわめきながら、
滑らかな石の間を下り、ほとばしる流れで畑の渇きを和らげる。
さらにまた、穂が重くなって茎が前に倒れぬよう、

(1) 木枠に細枝の束をはめ込んだ農具。地均しに用いる。
(2)「豊かな報いを授けずに」の意。ケレスについては七行註参照。
(3) 前に耕した向きと交差する方向に耕すこと。
(4) 小アジア北西部の地方。
(5) 小アジア北西部プリュギア地方のイダ山の頂の一つ。
(6) 農作業を戦争に譬えている。

作物が畝と同じ高さになるや、葉がまだ若々しい間に、
穀物の育ちすぎた余計な部分を、家畜に食わせて取り除くこと。
沼地にたまった水は、吸収しやすい砂を用いて排出する。
とくに天候の変わりやすい月に(7)、川が増水して
溢れ、あたりのすべてを泥の層で覆い尽くして、
そのためうつろな窪地では、生暖かい蒸気が立ち昇るときには。
　しかし、人間と牛が苦労して、こうしたことを経験しつつ
懸命に大地を耕しても、なおも邪まな鵞鳥《がちょう》や、
ストリュモン川(8)の鶴や、苦い繊維の菊苣《きくぢしゃ》(9)が妨げとなり、
日陰もまた害となる。父なる神自身が(10)、耕作の道は
険しいことを望まれたのだ。この神が最初に、技術(11)を用いて
大地を耕作させ、人間の心を気苦労で研ぎ澄まし、
みずからの王国が、重い無気力でまどろまぬようはかられた。
ユッピテル以前(12)には、農夫は誰も畑を耕さなかった。
田園に標石を置き、境界で区切ることさえ
不敬であった。人々は共同の収穫を求め、大地はおのずと、
今よりもっと気前よく、誰が求めなくてもすべてを生んだ。

(7) 春と秋。
(8) ギリシアのトラキア地方とマケドニア地方の境を流れる川。
(9) 有害な雑草。
(10) 最高神ユッピテル（ゼウス）。
(11) 人間の農耕技術とも、あるいは神自身の巧みな策略とももとれる。
(12) サトゥルヌス（クロノス）の支配した黄金時代。『牧歌』第四歌六行註参照。

だが神は、黒い蛇に悪しき毒液を与え、
狼に掠奪を命じ、海を波立たせ、
木の葉から蜜を振り落とし(1)、火を遠ざけて(2)、
あちこちを流れる葡萄酒の小川を押し止めた。そのため人々は、
経験と修練によって、しだいに多様な技術を生み出した。
彼らは畝溝を掘って穀物の発芽を促し、
火打ち石の石目から、隠された火を打ち出した。
そのとき初めて、河川はうつろな榛《はん》の木(3)の船体を感じ、
そのとき水夫は、星の数をかぞえて、プレイアデス(4)、
ヒュアデス(5)、リュカオンの輝ける娘アルクトス(6)などと名づけた。
そのとき野獣を罠で捕らえたり、鳥もちで欺くことや、
大きな林を猟犬で取り囲むことも考え出され、
そしてある者は深き所を求めて、広々とした川を
投網で鞭打ち、ある者は海で水したたる網を曳いた。
そのとき硬い鉄と、甲高い音の鋸《のこぎり》の刃も作り出された
――なぜなら昔の人々は、木を楔《くさび》で割って切っていたから。
そのとき、さまざまな技術が生まれた。悪しき労苦(7)と、

(1) 古代では蜜は天から露になって降ってくるものと考えられたが、とくに黄金時代には、この蜜の露が柏などの木に豊富に生じた。『牧歌』第四歌三〇行参照。
(2) ヘシオドス『仕事と日』四七行以下では、ユッピテル（ゼウス）はプロメテウスの奸智に怒って火を隠したと語られた。
(3) 水辺に生えるので、丸木舟に用いられた。
(4) 神アトラスとプレイオネの七人の娘たち。昴《すばる》星団になった。
(5) プレイアデスの五人の姉妹。雨期を告げる雄牛座の星団になった。
(6) 大熊座。ユッピテルに愛されたカリストがその星座に変身した。
(7) 鉄の時代の人間に際限なく

つらい生活の中で差し迫る欠乏が、すべてを征服したのである。
ケレス(8)が最初に、大地を鉄の道具で耕すよう人間に
教えた。それは神聖な森に、団栗《どんぐり》と野苺(9)が
もはやなくなり、ドドナ(10)が食物を与えなくなったとき。
だが穀物にもまた、労苦が訪れた。つまり有害な銹病《さび》(11)が
茎を食い荒らし、不毛な薊《あざみ》が畑にぼうぼうと生い立った。
作物は死に、代わりに八重葎《やえむぐら》(12)や菱などの
刺々しい草むらが生い茂り、輝かしい耕地の間に、
無用の毒麦と、実の乏しい烏《からす》麦(13)が勢力を広げる。
それゆえ、もしもたえず鍬《くわ》を手にして雑草と戦い、
騒音を立てて鳥を脅かし、鎌で農地を暗くする
葉陰を減らし、神に祈って雨を呼ばなければ、
ああ哀れにも、他人の大きな収穫の山をむなしく眺め、
空腹を慰めるために、森で柏《かしわ》の木を揺さぶることになろう。
　さて、頑強な農夫が持つべき武器(14)について語らねばならない。
それがなければ、作物の種を播くことも、育てることもできはしない。
まず犂《すき》べら(15)と、曲がった犂のための重くて堅い木材、

課せられた苦難・苦労（『牧歌』第四歌三三行註参照）。「不屈の労働」と肯定的にとると、重要なニュアンスが失われる。

（8）七行註参照。

（9）アルブトゥス（ツツジ科の常緑低木）の果実で、苺の実に似ている。

（10）ユッピテル（ゼウス）の聖地（『牧歌』第九歌一三行註参照）。最初の人類はその地の柏の森に住み、団栗を食べて暮らしていた。

（11）銹菌の寄生によって起こる植物の病害。

（12）アカネ科の雑草で、茎に刺がある。

（13）『牧歌』第五歌三七行および註参照。

（14）農具のこと。一〇五行註参照。

（15）八六頁の1図参照。

エレウシスの母なる神(1)のゆっくりと進む荷車と、
脱穀用の板(2)と橇《そり》(3)、そしてきわめて重い鍬(4)。
さらに、ケレウス(5)の小枝細工の安価な道具(6)と、
野苺の木の耙《まぐわ》(7)と、イアックス(8)の秘儀で用いられる箕《み》(9)。
これら全部をずっと前から用意して、しまっておくのを忘れるな、
もしも聖なる農地の栄光が、ふさわしい報いとしてあなたを待つなら。
　楡《にれ》の木は、はや森にあるうちに、腕木(10)になるように
強い力で抑えつけてたわめておくと、曲がった犂の形に育つ。
この腕木に、その幹から八足《フィート》の長さに延びた轅《ながえ》(11)と、
二枚の耳(12)と、二重の背を持つ犂台(13)を取りつける。
またあらかじめ軛《くびき》(14)のために軽い科《しな》の木を、柄(15)として丈の高い橅《ぶな》を
切っておく。柄は、一番下の犂の向きを後ろから変えるためだ。
これらの木材は、炉の上に吊しておくと、煙が力を試してくれる。
　私はあなたに、古人が伝える多くの教えを語ることができる。
もしあなたが、細かい配慮を学ぶのを、厭って避けないならばだが。
何よりまず、脱穀場を大きな円筒で平らにし、
手でこね回しながら、粘り気の強い白粘土で固めねばならない。

(1) ケレス（ギリシア名デメテル）。聖地エレウシスで秘儀によって崇拝された。
(2) 大きな厚い板に石や鉄片をはめ込んだもの。
(3) 雪上で使う橇と同形の木製の道具。
(4) 九四行註参照。
(5) エレウシスの王。一九行註参照。
(6) 籠、篩《ふるい》、編み垣など。
(7) 九五行註参照。
(8) 『牧歌』第七歌六一行註参照。

1図. 犂

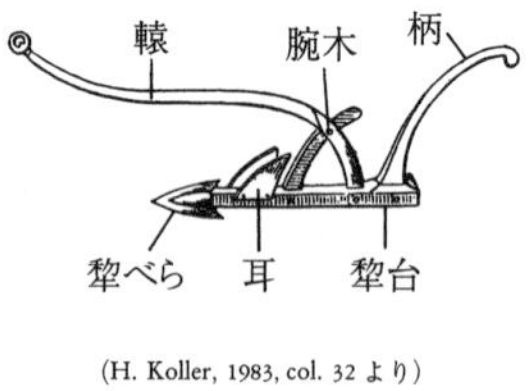

(H. Koller, 1983, col. 32 より)

雑草が生えてきたり、床が砕けて塵となり、割れ目が生じないように。
それから、いろいろな有害な生き物にからかわれないように。
しばしばちっぽけな鼠が、地面の下に家を構え、穀倉を建てもする。
眼の見えないモグラは寝室を掘るし、
穴の中にはひき蛙や、地中に生まれるあらゆる奇怪な生物が
見つかる。穀物の巨大な山を食い荒らすのは、
穀象虫《こくぞうむし》と、貧乏な老年を恐れる蟻ども(16)だ。
　また、よく観察すべきものは胡桃《くるみ》の木である。森でその木が
たくさんの花に装われ、香りよい枝をたわめるとき、
もし実を結ぶ花の数がまさるなら(17)、同じく穀物もそれにならい、
大いに暑くなるころには、脱穀のための多くの作物が実るだろう。
だが葉が茂りすぎて、陰があまりに多いなら、
脱穀場では、籾殻《もみがら》ばかり立派な茎を、むなしく砕くことになろう。
　播種のとき、多くの人が種に処理を施すのを私は見た。
種をあらかじめ、炭酸ソーダ(18)や黒い油の澱《おり》(19)に浸しておくのだ。
すると、あてにならない莢《さや》にもより大きな実がなり、
その実はわずかの火でも、早く柔らかく煮えるという。

(9) 穀類の殻や塵を分け除く道具。
(10)〜(15) 犂の各部分については、1図、2図参照。
(16) 蟻は冬に備えて食物を蓄えると考えられていたが、ここでは老後のためと擬人的に語られる。
(17) 結実しない花の数よりも。

2図. 犂で耕す農夫

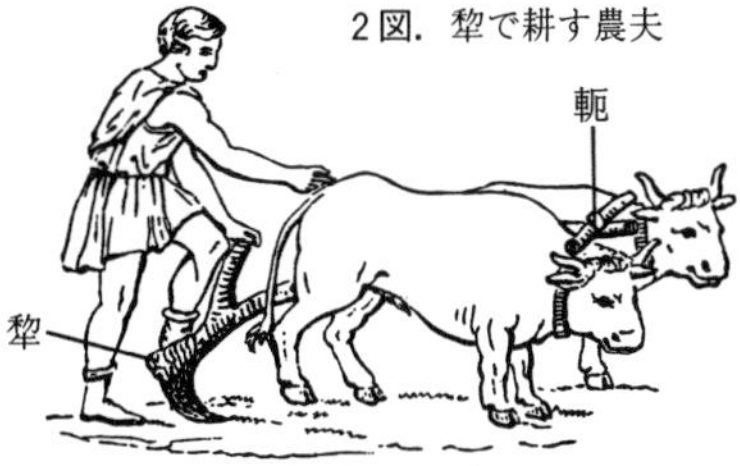

(出典は1図と同じ)

長い時間かけて選別され、大いに苦労して検査された種でも、
しかし人間の力が年ごとに、最も立派な粒を一つ一つ選《よ》り分けるのを
怠るならば、劣化するのを私は見た。こうして万物は運命によって、
すばやく悪いほうへ向かって進み、知らぬ間に後もどりする。
あたかも、川の流れに逆らって、何とか櫂で小舟を
漕ぎ進める人が、たまたま腕の力をゆるめたなら、
たちまち川床をまっしぐらに、下流へとさらわれていくように。
　さらにまた、大角星《アルクトゥルス》(1)と、子山羊座の昇る日と、
明るく光る竜座(2)を観察せよ。ちょうど、
風で荒れる海原を越え、祖国をめざして航海する人々が、
ポントゥス(3)と、牡蠣《かき》を産するアビュドゥス(4)の海峡に立ち向かうときのよう
に。
天秤座が、昼と眠りの時の長さを同じにし(5)、
今や天球(6)を、光と陰に二等分したとき、
男たちよ、雄牛どもを働かせ、畑に大麦を播け、
労働に適さぬ冬を告げる、最初の雨が降り始めるまで。
それはまた、作物となる亜麻《あま》と、ケレスの好む罌粟《けし》(7)の種を

(18) 天然の炭酸ナトリウム。
(19) オリーヴを搾ったあとの液状の滓。

---

(1) 六七行註参照。子山羊座とともに雨や嵐を告げる。
(2) 天の北極の近くに位置して沈まないため、北の方角の指標となる。
(3) 黒海。
(4) ヘレスポントゥス（現ダーダネルズ）海峡南岸の港町。
(5) 太陽が黄道十二宮の天秤座（三二行註参照）に入るころに秋分になる。
(6) 『牧歌』第四歌五〇行註参照。
(7) ケレス（デメテル）は娘プロセルピナを失った悲しみを和らげるため、罌粟の実を食べたと言われる。
(8) 豆類の種を播くのは南イタ

土で覆い、もはや遅しとばかり、犂《すき》に身をかがめる時期だ。
大地が乾いて耕作ができ、雲からまだ雨が降らないうちに。
　春には、豆の種を播く。(8) そのとき、メディア産の苜蓿《うまごやし》(9) よ、
柔らかくなった畝はおまえも迎え入れ、黍《きび》には一年の世話が始まる。
それは、金色の角《つの》もつ純白の雄牛座が一年を開き、(10)
大犬座が星の向きを変えて、場所を譲りながら消え去るときだ。
　だが、もしも小麦の収穫と、たくましいスペルト小麦のために
大地を耕し、ただ麦の穂だけをめざそうというつもりなら、
暁に昴《すばる》(11) が沈み、燦然と光る冠座の
アリアドネ(12) の星が消え去ったあとに、
播くべき種を畝に委ねよ。早まって、
気の進まない大地に一年の希望を託してはならない。
多くの人は、マイア(13) の星が沈む前に播き始める。だが彼らの
期待は欺かれ、作物は実のない烏《からす》麦ばかりとなる。
　他方、もし烏野豌豆《からすのえんどう》(14) や、ありふれた莢隠元《さやいんげん》を播くなら、
また、もしペルシウム(15) のレンズ豆の世話もあえてしようと思うならば、
沈む牛飼い座(16) が、はっきりとした合図を送ってくれよう。

リアでは秋だから、これは北イタリアの習慣か。
(9)『牧歌』第一歌七八行註参照。メディアはカスピ海とアラビア湾の間の地方。
(10) 四月中旬に太陽は黄道十二宮の雄牛座に入る。この月の名称 (Aprilis) は、「開く」を意味するラテン語 (aperire) に由来すると考えられた。またローマの凱旋式では、角に金箔を被せた白い雄牛を生け贄に捧げた。
(11) プレイアデス（一三七行註参照）。十一月初旬に夜明け前に見えなくなる。
(12) 原語は「クノッススの娘」。クレタの王ミノスの娘で、神バックスの妻になり、彼女に贈られた冠が星座になった。この星座の首星は、ゲンマと呼ばれる二等星。
(13) プレイアデスの一人。こ↙

種播きはそのときから始めて、霜降る真冬まで続けるがよい。
　そうしたことを示すために、天球は一定の諸部分に区切られていて、それを金色の太陽は、天の十二の星座[1]をめぐりながら支配している。天は、五つの帯で構成される[2]。その一つは、きらめく太陽のためにつねに赤く、いつもその火炎によって焼かれている。そのまわりの、一番外側に左右に[3]広がっている二つの帯は、黒っぽく、氷と暗い雨で固まっている。この二つと中央の帯の間[4]にある二つの帯が、か弱い人間に、神々の恵みによって授けられた。両者の間に、一つの道が切り開かれた。その道を、傾斜した星座の列[5]がめぐるようにと。天球は、スキュティア[6]とリパエイ[7]の峰々に向かって険しく昇っていき、南のリビュア[8]の土地のほうに低く傾いて沈んでいる。こちら側の天極[9]は、つねにわれらの頭上にあるが、あちらの極[10]は、われらの足下で、暗鬱なステュクス川と深淵の死霊たちが眺めている[11]。北極では、巨大な竜座[12]が曲がりくねって身をすべらせ、二つの熊座のまわりと間を、川のようにすり抜ける。オケアヌス[13]の水に、濡れるのを恐れている熊座[14]のあたりだ。

／こでは、その星は昴全体を表わしている。
(14) 七四行註参照。
(15) エジプトのナイル河口の都市。
(16) この星座が日没に見えなくなるのは、十月末から十一月初め。

(1) 黄道十二宮。
(2) 天球すなわち球状の宇宙の五つの帯は、その中心に位置する地球の五つの帯と対応している。
(3) 天球儀では上下（北と南）だが、天球上を進む太陽から見れば左右になる。
(4) 最初に述べられた天の赤道を含む炎熱の帯。
(5) 黄道十二宮。黄道は天の赤道に対して約二三度傾斜している。

だが南極では、人が語るように、真夜中の沈黙が永遠に続き、
暗闇が夜のとばりに包まれて、いっそう深みを増しているのか。
それとも、暁の女神《アウロラ》がわれらの所から帰って、そこへ日を連れもどし、
また昇る太陽が朝一番に、あえぐ馬の息をわれわれに吹きかけたときには、
そこでは宵の明星が赤く光り、夕べの明かりを灯すのか。
　それゆえにわれわれは、空の様子が不確かでも、天候の変化と、
収穫の日と、種播き時を予知できるのだ。
また、油断ならぬ海面を櫂で打つのはいつがふさわしいか、
艤装した艦隊をいつ進水させるのがよいか、
あるいは、森で松を伐採するのはどの時期が適切かを。
われわれは星座の出没や、四つの異なる季節に
均等に分かれた一年の流れを、いたずらに観察するのではない。
　冷たい雨が農夫を屋内に閉じ込めるときには、
やがて晴天になれば急いでせねばならぬ多くの仕事を、
頃よくなすことができる。農夫は鈍くなった犂《すき》べらの刃を
硬く鍛えなおし、木をくりぬいて桶(15)を作り、
家畜には焼き印を押し、貯蔵した作物を計量して札を貼る。

(6) 黒海の北部周辺に広がる地方。
(7) 極北の山脈。
(8) アフリカ北部の地方。
(9) 天の北極。
(10) 天の南極。
(11) ステュクスは地下の冥界を流れる川。ここでは神話と地理的観念とが混同されている。
(12) 二〇五行註参照。
(13) 大地のまわりを流れる大洋。
(14) 大小熊座は北極付近を回って沈まないので。
(15) とくに葡萄の貯蔵のための容器として。

ある者は、支え木と二叉の添え木(1)を尖らせ、
しなやかな葡萄の枝のために、アメリア(2)の細枝で止め綱を用意する。
そのときに木苺の枝で、手軽に籠を編んでおけ。
そのときに穀物を火であぶり、そのとき石ですりつぶせ。
なぜなら祭の日でさえも、幾つかの仕事をなすことは、
神と人間の掟では許されているのだから。神に対するはばかり(3)は、
小川の水を引き入れるのを禁じなかったし、畑に垣をめぐらすことや、
鳥に罠を仕掛けたり、茨の茂みに火をつけたり、
めえめえ鳴く家畜の群れを、体によい川の水に浸すことも妨げなかった。
しばしば農夫は、のろまな驢馬の両脇に、オリーヴ油や
ありふれた果物を積んで出掛けていき(4)、町からの帰りには、
刻みをつけた石臼や、黒い瀝青《れきせい》(5)の塊を持ち帰る。
　月の女神みずからが、日々に序列を与え、仕事にとって幸運な
さまざまな日を定めた。第五日は避けよ。蒼白の冥府《オルクス》の王と
復讐《エウメニデス》の女神たちが生まれた日だ。その日に大地は、おぞましい出産により、
コエウス、イアペトゥス(6)、そして獰猛なテュポエウス(7)と、
天界を打ち破ろうと共謀した兄弟(8)を生んだ。

(1) いずれも葡萄の枝を支えるため。
(2) イタリアのウンブリア地方の町。柳の産地。
(3) 原語は religio で、「宗教」をも意味する。
(4) 祭日はしばしば、市の立つ日でもあった。
(5) 容器の補修など多様な用途に使われた。
(6) いずれも天空の神ウラノスと大地の女神ガイアの子で、ティタン神族。兄弟クロノスらとともに、ユッピテル（ゼウス）が率いるオリュンポスの神々と戦った。
(7) ガイアが奈落の底の神タルタルスと交わって生んだ巨大な怪物。ユッピテルと戦って敗れた。
(8) アロイダエと呼ばれる巨人の兄弟オトゥスとエピアルテス。

いかにも彼ら(9)は、三度オッサの山をペリオン山に積み上げ、
さらにオッサの上に、木の葉茂るオリュンプス(10)を転がそうと企てた。
だが父なる神は、積み上げた山々を、三度雷電で撃ち散らした。
第十七日は幸先が良い。葡萄の植え付けにも、
牛を手なずけて馴らすにも、縦糸に綜絖《そうこう》(11)をつけるにも。
第九日は逃亡にはより良いが、窃盗には不利である(12)。
　さらに、多くの仕事は、涼しい夜や、太陽が昇り
暁《あけ》の明星が大地を露で濡らすころに、いっそうはかどるものだ。
夜には、軽い茎も乾いた牧草も、よりうまく刈り取れる。
夜には、草を柔らかくする湿気が不足しないから。
ある者は、冬の明かりになる炉の火のそばで遅くまで
夜なべして、鋭い刃物で松明《たいまつ》の穂先を尖らせる(13)。
その間に妻は、歌で長い仕事を慰めながら、
鋭い音を立てて筬《おさ》(14)を縦糸に走らせたり、
火で甘い葡萄汁を煮詰めて
ぐつぐつ煮える鍋から、沸き立つ泡を葉ですくい取ったりしている。
　だが赤銅色になった穀物は、真夏に刈り取り、

彼らを生んだのはガイアではなく、アロエウスの妻である。
(9) アロイダエ。
(10) 三つはいずれもギリシアのテッサリア地方の山。
(11) 織機で横糸を通すために縦糸を上げる道具。
(12) 明るい月夜になるためか。
(13) 麦の穂先のように先端を細くして切り裂く。
(14) 縦糸の位置を整え、横糸を打ち込むための櫛のような形の道具。

日焼けした作物は、真夏に脱穀場ですりつぶす。
裸で耕し、裸で種を播け。冬は、農夫にとって安逸のときだ。
寒い季節には、農夫はたいてい、産物を味わって暮らし、
仲間同士で楽しく、互いに宴を催しあう。
宴の季節の冬は彼らを楽しませ、気苦労から解き放つ。
それは、重荷を積んだ船がついに港に到着して、
水夫たちが嬉々として、船尾に花輪をかけるときのよう。
とはいえその季節は、柏《かしわ》の団栗《どんぐり》や月桂樹の実、
オリーヴの実やギンバイカ[1]の真っ赤な実を摘み取るときであり、
鶴[2]に罠を、鹿には網を仕掛け、
耳の長い野兎を追いかけるとき。雪が深く積もり、
川が氷塊を押し流せば、バレアレス[3]の投石器の
麻の長紐を振り回し、ダマ鹿を射止めるときだ。
　秋の嵐と星座について、どうして語るべきであろうか。
また、すでに日は短くなり、夏の暑さも和らいだとき、
男たちは何に注意すべきかについても。あるいは、雨降る春が来て、
畑にはもう、作物の穂が逆立って並び、穀物が

(1) フトモモ科の常緑低木。ミルテ、天人花《てんにんか》とも称される。愛の女神ウェヌスの神木。
(2) 害鳥。一二〇行参照。
(3) 地中海西部の群島で、住民は投石術に長けていた。

緑の株の上で、乳液を含んで膨らむとき、何に気をつけるべきかを。
私はしばしば見たのだが、農夫が刈り手を黄金色の畑に連れてきて、
もろい茎の大麦を、今や刈り取ろうとしていたそのときに、
風が四方八方から、戦いのように吹き寄せて、
重く実った作物を、あまねく根こそぎ引き抜いて、
空高く吹き散らしてしまったのだ。こうして嵐は、
黒い旋風をともなって、茎も株も軽々と飛ばしながら運んでいった。
さらにまた、しばしば天空には、巨大な雨の一群が出現し、
沖から集められた雲は、黒い豪雨を蓄えて、
恐ろしい嵐を生じさせる。高い天は崩れ落ち、
大雨を降らせて、喜ばしい作物と牛たちの労作を押し流す。
溝は水で満ち、うつろな[4]川床は轟音を立てて増水し、
波は吹き上がって海面は沸きかえる。
父なる神[5]みずからが、真っ黒な雲の中にいて、ぴかっと光る
右手から、稲妻を投げ放つ。その衝撃を受けて、
広大な大地はうち震え、獣どもは逃げまどい、
世界中の人間の心は、恐怖に打たれて縮みあがる。神は燃え立つ雷電で、

(4) 夏の暑さで干上がったため。
(5) 気象をつかさどる天空の神ユッピテル。

アトス山(1)やロドペ(2)の山々、あるいはケラウニア(3)の峰を打ち壊す。
南風は力を倍にして、雨は猛烈に降りしきる。
今や森が、今や海辺が、強い風に泣き叫ぶ。
このような災いを恐れて、天の月々のめぐりと天体を見守れ。
サトゥルヌスの冷たい星(4)がどこへ退き、
キュレネ山に生まれた神の星(5)が、天のどの軌道をさまよっているかを見よ。
　何によりもまず、神々を敬いなさい。そして冬の最後の日が過ぎて、
すでにうららかな春になったとき、豊かに茂った草の上で
毎年の儀式を催し、偉大なケレス(6)に感謝の生け贄を捧げよ。
そのとき子羊は太り、そのとき葡萄酒は最も芳醇。
そのとき眠りは心地よく、山の上の木陰も濃い。
田園のすべての若者が、ケレスを崇めるようにせよ。
ケレスのために、蜜蜂の巣を、乳とまろやかなバックスの酒に浸しなさい。
恵みをもたらす犠牲獣には、新たな作物のまわりを三度めぐらせよ。
仲間たちの歌舞の群れはいっせいに、喜びの声をあげて獣に付き添い、
大きな声でケレスを家に呼び入れよ。ケレスのために
こめかみを柏《かしわ》の冠で飾り、ひなびた踊りを

(1) マケドニア地方の山。
(2) トラキア地方の山。
(3) エピルス地方北西部の岬。
(4) 土星。太陽から最も遠い惑星とされていた。
(5) メルクリウス（ギリシア名ヘルメス）。その星は水星で、太陽に最も近い惑星。なおキュレネはアルカディア地方の山。
(6) 七行註参照。以下のケレスの祭礼の描写には、ローマ時代の異なる期日の宗教行事の特徴が混在している。

舞いながら、聖なる歌を口ずさむまでは、
誰も熟した麦の穂に、鎌を当ててはならないのだ。

　われわれが暑さと雨と、寒気をもたらす風を、
確かな徴候によって予知できるようにと、
父なる神はみずから、一月《ひとつき》をめぐる月の形が何を予告すべきか、
いかなる予兆ののちに南風はやみ、どんな現象を幾度も見るとき、
農夫が家畜の群れを小屋のそばに留めておくべきかを定めた。
風が起こるときには、まず海の波が
荒れて膨れ始め、山の高い所で、
物が割れるような乾いた音が聞こえる。あるいは浜辺では、
遠くまでざわめきが響き渡り、森ではどよめきが大きくなる。
また、海が湾曲した船に容赦なく猛威をふるおうとするときには、
鷗《かもめ》が沖からすばやく飛びもどってきて、
鳴き声を海岸まで届かせたり、海の大鷭《おおばん》(7)が
乾いた陸地で戯れたり、鷺《さぎ》がいつもの沼地を
離れて、天高く雲の上を飛んだりする。
大風が迫っているときはまた、しばしば天から星が

(7) クイナ科の鳥。

真っ逆さまに落下して、夜の闇の中を、
白く輝く炎の筋を背後に長く引きずっていくのが見えるだろう。
そのときにはしばしば、軽い籾殻《もみがら》や落葉が飛びかい、
水面に漂う羽毛が、戯れ合うのも見るだろう。
　だが狂暴な北風の起こる領域から、稲光りがしたり、
東風と西風の住居《すまい》で雷鳴が轟くとき、溝に水は溢れて、
田園はすべて水びたしになり、海では水夫がみな、
濡れそぼつ帆を巻き絞る。けっして雨は、予告せずに
害を与えはしない。大雨が発生するときは、天高く飛ぶ鶴は
谷底へ逃げ、雌牛は空を見上げ、
鼻孔を開いて風の匂いを嗅ぐ。
燕は鋭い声で鳴きながら、池の周辺を飛び回り、
泥の中では蛙が、昔ながらの嘆きの歌をうたう。
また蟻は、より足繁く狭い道を行き来しながら、
地中奥深い住居《すまい》から卵を運び出し、大きな虹は水を飲み(1)、
大烏《おおがらす》の群れは、長い隊列をなして餌場から退却しようと、
密生した翼を騒がしくはばたかせる。

(1) 虹は、その形が水を飲んでいるように見えるため、雨の徴候と見なされた。

今や、さまざまな種類の海鳥や、心地よい沼沢地に住み、
カユストロス川(2)のアジアの草原で餌をあさり回る鳥たちが、
競うように大量の水しぶきを肩にかけ、
あるときは頭を波間にもぐらせ、あるときは水に向かって走っていき、
目的もなく、ひたすら水浴びに興じるのが見えるだろう。
そのときうっとうしい小烏《こがらす》は、声を張り上げて雨を呼び、
乾いた砂地をたったひとりで歩き回る。
夜でさえ、糸紡ぎの仕事に励む娘たちが、
嵐に気づかぬことはない。燃えるランプの土器の中で、
油が火花を散らし、芯がしぼんで茸《きのこ》状に固まるのが見えるからだ。

　雨のあとに、陽が射して晴れ渡った天気になることも、
やはり確かな徴候によって、予測し知ることができるだろう。
なぜなら、そのとき、星の輪郭がぼやけて見えることはなく、
月は、兄弟(3)の光線の力を借りずに昇るように見え、
空には、羊毛のようにふわふわした薄い雲が漂うこともない。
テティス(4)の好む翡翠《かわせみ》が、浜辺で暖かい太陽に向かって
翼を広げることもなく、不潔な豚が

(2) 小アジア西部のリュディア地方の川。

(3) 太陽。

(4) 海の女神。

鼻で藁束をばらばらにして、撒き散らそうとも思わない。
一方、霧がより低い所を求めて野原へ下りてきて、
梟《ふくろう》は高い屋根から日没を見つめながら、
遅くまで飽きもせずに歌を繰り返す。
澄みきった空高く、ニスス(1)が現われて、
スキュラは紫の髪ゆえの罰を受ける。
スキュラが軽い空気を翼で切って逃げていくと、
見よ、怨《うら》みに燃えるニススは、空中をすさまじく音立てながら
どこまでも追跡する。ニススが空へ舞い上がると、
スキュラはすばやく、軽い空気を翼で切って逃げていく。
そのときには大烏《おおがらす》が、喉をすぼめて三、四度
澄んだ声で繰り返し鳴き、しばしば高い場所のねぐらでは、
何か異常な喜びに取りつかれて、楽しそうに
木の葉の中でさえずり合う。雨がやんで、
心地よい巣にもどり、小さな子供たちを見るのが嬉しいのだ。
それというのも、私は思うに、動物たちに神から知性が授けられているか
　らでも、

(1) メガラの王。頭に一本の紫の髪の毛があり、それを抜かれると国は滅びるという神託が下ったが、クレタの王ミノスがメガラを攻めたとき、ミノスに恋した娘スキュラが父を裏切ってその毛を抜いた。メガラを征服したあとミノスは彼女を見捨て、スキュラは彼の船を追おうと海に飛び込んでキリスという鳥(白鷺のことか?)になり、またニススも娘を追跡して尾白鷲《おじろわし》に変身した。

運命によって、人よりすぐれた予見の力が備わっているためでもない。[2]
じつはむしろ、天候と大気中の不安定な湿度が
変転して、南風に濡れた天空《ユッピテル》が、
少し前まで希薄だった所を濃密にし、濃かった所を薄めると、
生き物の心の相が変化して、それらの胸には、
風が雲を追い立てていたときとは、異なる動きが[3]
生じるからだ。そのために、野原に鳥の合唱が起こり、
家畜は喜び、烏《からす》は喉から歓声をあげるのだ。
　さて、灼熱の太陽と、規則正しく変化する月に
注意を払うならば、けっして明日の時[4]に欺かれることも、
晴れた夜の罠にかかることもないだろう。
月が、もどってくる火を集め始めるとき、
もし角《つの》の形がぼやけていて、その間に黒い靄を包んでいるなら[5]、
すさまじい雨が農夫と海を待ち構えている。
だが月の顔に、乙女らしい紅潮が広がっていたら、
風が吹くだろう。風が吹くとき、金色の月の女神《ポエベ》はいつも赤くなる。
しかし月が四度目に昇るとき[6]——これはきわめて確かな導きだが——、

(2) 詩人はここで動物の予言の能力について述べており、ストア的世界観を否定してエピクロス的な物質主義的自然観を採用しているのではない。小川正廣『ウェルギリウス研究』(京都大学学術出版会、一九九四年)、三七四頁参照。
(3) 原語 motus は身体の物質的・生理的変動のみならず、心と感情の変化も表わす。
(4) つまり明日の予想される気象。
(5) 新月のころ、地球からの太陽の反射光で月の暗面が淡く見える地球照と呼ばれる現象。
(6) 新月のあと三日目の夜。気象予測のうえで重要な時である。

光清らかで、角《つの》も霞まずに天空を行くならば、
その日まる一日と、それから月末までに
来る日々は、雨も降らず、風も吹かないだろう。
水夫たちは無事に帰港して、浜辺でグラウクス(1)とパノペア(2)と、
イノの子メリケルテス(3)に、誓願成就の供物を捧げるだろう(4)。
　太陽もまた、昇るときと波間に沈むときに、
徴候を示すだろう。太陽にともなう徴候は、朝にもたらされるにせよ、
星が昇るときにせよ、きわめて確かなものである。
太陽が昇るとき、雲に隠れてさまざまな斑《まだら》模様が
現われ、円の真ん中が窪んだように見えるなら、
雨になると予期せよ。まもなく沖合いから、樹木と作物と家畜に
災いをもたらす南風が襲いかかろうとしているから。
また明け方に、厚い雲の間から、光線が
さまざまな方向へ射し放たれるとき、あるいは暁の女神《アウロラ》が青ざめて、
ティトヌス(5)のサフラン色の臥所《ふしど》を離れて立ち昇るとき、
ああ、そのときは葡萄の葉も、熟れた房を守るのはむずかしいだろう。
それほど多量の荒々しい雹《ひょう》が、屋根の上で音立てながら跳ね返るのだ。

(1) 海の神。薬草によって不死になり、海に飛び込んで神になった。
(2) 海の神ネレウスの娘。
(3) ボエオティアの王アタマスとイノの息子。アタマスが狂って子供らを殺そうとしたとき、イノはその子を抱いて海に飛び込み、母子ともに神になった。
(4) 『牧歌』第五歌八〇行註参照。
(5) トロイアの王ラオメドンの息子で、暁の女神に愛された美青年。

さらにまた、太陽が天空を横断して、今や沈もうとするときに、
これを記憶に留めておけば、いっそう役に立つだろう。
しばしば太陽の顔に、さまざまな色が漂うのが見える。
黒ずんだ青は雨を、火のような赤は東風を予告する。
だがもし赤い火の色に、斑点が混ざり始めたなら、
そのときは、風と雨雲の両方のために、すべてが荒れ狂うのを
見るだろう。そんな夜には、誰も私に沖へ出よとか、
陸から舫《もや》い綱を解くようにとか、勧めてはならないのだ。
しかしもし、太陽が日を連れもどすときと、連れもどした日を隠すときに(6)、
丸い面《おもて》が明るく輝いているなら、雨雲を恐れる必要はなく、
透き通った北風が森を揺さぶるのを見るだろう。
　ようするに、夕暮れの明星が何をもたらし、どこから風は
うららかな雲を連れてきて、湿った南風は何をもくろんでいるのか、
そうしたことの徴候を太陽は示してくれる。誰があえて太陽を嘘つきだと
言うだろうか。太陽はしばしば、眼に見えない暴動が差し迫ることや、
謀反《むほん》や闇に隠れた戦争が起ころうとしていることも教えてくれる。
太陽はまた、カエサル(7)の死去のおり、ローマに哀れみを表わして、

(6) すなわち、日の出と日没のいずれのときにも。

(7) ユリウス・カエサル。前四四年三月十五日に共和政派の一群によって暗殺された（『牧歌』第五歌および三三頁註（1）参照）。彼の死後、ローマの内乱の再発を告げるさまざまな異変が起こったことは（そのすべてが事実かはわからないが）、多くの古代作家が伝えている。

光り輝く頭を、銹《さび》色の陰で覆い隠した(1)。そのとき、
不敬な世代(2)の人間たちは、永遠の夜に恐れおののいた。
さらにそのときには、大地も大海原も、
不吉な犬どもや、不気味な鳥どもも
前兆を表わした。幾たびわれわれは、煮えたぎるアエトナの山(3)が、
竈《かまど》を壊して溢れ出て、キュクロプスたちの野へ波打って流れ込み、
炎の球と、溶けた岩を転がしていくのを見たことか！
ゲルマニアは、空全体に響き渡る武器のぶつかる音を
聞き、アルプス山脈は慣れない震動におののいた。
また多くの人が、静寂な聖林を貫く大音声を聞き、
夜の闇が忍び寄るときに、不思議なほど青白い亡霊が
現われた。そして言うも恐ろしいが、家畜が人の言葉を
話したのだ。川の流れは止まり、大地はひび割れ、
神殿では象牙の像が悲しみに涙を流し、青銅の像は汗をしたたらせた。
川の王者エリダヌス(4)は、森を荒れ狂う渦に巻き込んで
押し流し、野原のいたる所に溢れて、
小屋もろともに家畜の群れを運び去った。同じころ、

(1) 日蝕のことかどうかは不明だが、前四四年のこのような太陽の異変については数人の作家が記している。
(2) 内乱の時代（『牧歌』第一歌七〇行参照）、あるいは鉄の時代（『牧歌』第四歌一三行および註参照）。
(3) シキリア島東部の活火山。一つ眼巨人キュクロプスたちはこの山の近くに住み、火山の地下にある「竈」で鍛冶の仕事をしていると考えられた。
(4) 北イタリアのパドゥス川（現ポー川）のギリシア名。
(5) 内臓占いにおける凶兆。
(6) マケドニア東部の都市。前四二年、その地の戦いでマルクス・アントニウスとオクタウィアヌスが共和政派を破った（四頁註（1）参照）。またそれ以前の前四八年には、テッサリア南

不幸な兆しの内臓には、険悪な筋が現われてやまず(5)、
井戸からは血が流れ出して止まらず、高く聳える町々では、
狼の遠吠えが夜通し響き渡ることが続いた。
晴れた空から、あれほど多くの雷電が落ちたことはなく、
不吉な彗星が、あれほど頻繁に輝いたこともない。
　こうして、ふたたびピリッピ(6)の野は、ローマ人の軍隊同士が、
同じ形の武器を手にして、戦いを交えるのを見たのである。
天上の神々も、エマティア(7)の地とハエムス山(8)の広い裾野が
二度もわれらの血を吸って肥えるのを、怪《け》しからぬとは思わなかった。
かならずや、いつか来るにちがいない。その地において、
農夫が曲がった犂《すき》で大地を耕しながら、
銹《さび》に食い尽くされてぼろぼろになった投げ槍を発見するときが。
あるいは重たい鍬《くわ》で、空っぽの兜《かぶと》に突き当たり、
墓を掘り起こして、大きな人骨(9)に驚きの眼を見張るときが。
　おお、祖国の神々よ、インディゲス神ら(10)よ、ロムルス(11)よ、エトルリアの
ティベリス川(12)とローマのパラティウム丘(13)を守るウェスタ母神(14)よ、
せめてこの青年(15)が、うちひしがれた時代に救いの手を差し延べるのを

部のパルサルスでカエサルがポンペイウスの共和政軍を破った。正確には同一の場所ではないが、内乱の二大戦役がいずれもローマの属州マケドニア（かつてのテッサリアとトラキアの一部を含む）で起こったことに着目している。

(7) パルサルスの北に位置するマケドニア地方南部の地域。

(8) ピリッピの北東に位置するトラキア地方北部の山脈。

(9) 人類はつねに退化し続け、身の丈も小さくなるという観念の反映か。

(10) ローマ国家を守る古い神格。

(11) ローマ建国の英雄で、神格化された。

(12) 北のエトルリア地方からローマ市中を流れる川。

(13) ローマ建国の最初の地。

(14) 竈《かまど》の女神で、ローマ国↙

妨げないでください。もうかなり長い間われわれは、みずからの血で、
ラオメドン(1)のトロイアの背信の罪を償ってきた。
すでに久しく天の王宮は、カエサル(2)よ、あなたのゆえにわれらを
妬み、あなたが人間どもの勝利を気にかけていると嘆いている(3)。
まことに、ここでは、神が定めた正と不正は逆転している。世界で戦いは
　頻発し、
罪業はじつに多くの形で現われている。犂《すき》には
ふさわしい敬意が払われず、耕地は農夫を奪われて、荒れ果てている。
曲がった鎌さえ溶かされて、硬直した剣が作られている。
こちらのエウプラテス川(4)でも、あちらのゲルマニアでも戦争が起こり、
隣り合う諸都市は、同盟の掟を破って
武器を取る。非道な戦い《マルス》の神は、世界中で荒れ狂っているのだ。
それはまるで、出発地点(5)の囲いを飛び出した四頭立ての戦車が、
一周ごとに速度を増すときのよう。御者は手綱を引き締めてもむなしく、
馬の力に運ばれていき、戦車を引く馬どもは制御に耳を貸そうとしない。

／家の守護神。
(15) ユリウス・カエサルの後継者となったオクタウィアヌス。この表現については、『牧歌』第一歌四二行参照。

(1) トロイアの王。プリアムスの父。神アポロとネプトゥヌスに城壁を築かせたが、約束の報酬を支払わなかった。この行では、トロイア人に民族の血統をさかのぼるローマ人は、この遠い祖先の罪を内乱によって償っているとされる。
(2) オクタウィアヌス。
(3) ローマ人が「カエサル」を地上に引き止めていることに対する神々の妬みと不満は、表面上はこの人物の神格化を前触れしているが、戦争にひたすら関心を向けてきた「青年」政治家への警告とも受け取れる。

(4) メソポタミア地方の大河。
(5) 競技場の。

第二歌

これまでは、畑の耕作と天の星を歌ってきた。
さて今度は、バックス(1)よ、あなたを歌おう。あなたとともに、
森の若木と、ゆっくり生育するオリーヴの若枝も。
こちらへ、おお、父なるレナエウス(2)よ。ここではすべてが、あなたの
恵みで満ちている。あなたのために、野は秋の葡萄の葉を満載して
光り輝き、取れた葡萄は桶いっぱいに泡立っている。
こちらへ来てください、おお、父なるレナエウスよ。編み上げ靴(3)を脱いで、
私とともに、新しい葡萄汁に脛《すね》を浸してください。
まず第一に、樹木の繁殖には、自然にもとづくさまざまな方法がある。
ある樹木は、人間が強いて手を加えずとも、

(1) 葡萄と酒の神ディオニュスス。第二歌は、葡萄、オリーヴなどの果樹とその他の樹木の栽培を主題とする。

(2) バックスの別名で、「葡萄搾り桶の神」の意。

(3) 狩猟用でバックスの愛用する靴。悲劇役者の履く靴でもある。

おのずから生えてきて、野原や曲がりくねった川一帯を
居場所とする。たとえば、柔らかい川柳《かわやなぎ》(4)、しなやかな金雀枝《えにしだ》(5)、
ポプラ、青緑の葉の白っぽい柳である。
だがある樹木は、落ちた種から生えてくる。背の高い栗や、
森で最も大きくなり、ユッピテルのために葉を茂らせる楢《なら》、
ギリシア人が神託を告げると信じた柏《かしわ》(6)など。
桜や楡《にれ》のようなある種の木々では、根元からひこばえが、
密生して発芽する。パルナススの月桂樹(7)も、
幼いときは、母木の大きな陰の下に芽を出した。
自然は最初に、そのような方法をもたらした。それらの方法に従って、
灌木も聖なる森の木も、あらゆる種類の樹木は緑に色づく。
　他にも、人が経験の道を進みながら、発見した方法もある。
ある人は、若枝(8)を母木の柔らかい体から切り取り、
畝に植えた。またある人は、茎を十字に切り込んだ棒にしたり、
先を尖らせた杭にして(9)、畑に埋めた。
ある樹木は、取り木の枝を弓のように押し曲げられ、
同じ土地に、生きたまま若木として芽を出すのを望む(10)。

(4) 原語は siler。通説に従って柳の一種としたが、正確には実体不明。
(5) マメ科の落葉低木。黄色い花をつける。
(6) ギリシアのドドナでは、柏の葉ずれの音を聞いてユッピテル（ゼウス）の神託が告げられた。
(7) ギリシア中部の山。麓にアポロの聖地デルポイがある。月桂樹はアポロが愛した木。
(8) 一七行の「ひこばえ」（吸枝）のこと。
(9) いずれも土に根づかせるため。
(10) こうして発育したら親木から切り離す。

またある樹木は根(1)を必要としないので、人はためらわずに
梢の先端の枝を切り取って、もとの土にふたたび委ねる。
いやそればかりかオリーヴは、語るも不思議なことに、
幹を切断しても、その乾いた木から根を生やすのだ。
またしばしば、ある木の枝が害を受けずに別の木の枝に変わり、
こうして梨の木が変身して、接《つ》ぎ木に林檎《りんご》の実をならせ、李《すもも》の木に、
石粒を含む山茱萸《やまぐみ》(2)の実が赤く色づくのを見ることもある。
　それゆえ、さあ農夫たちよ、それぞれの種類に適した栽培法を
学びなさい。野性の果実を栽培によってまろやかにし、
大地を無為のままに寝かせておかぬよう。イスマルス(3)の山一面に葡萄を植え、
偉容を誇るタブルヌス山(4)を、オリーヴの衣で覆うのは楽しいことだ。
　おお、マエケナス(5)よ、ここへ来て、始めた仕事を一緒に成し遂げたまえ。
おお、わが栄光よ。私の名声の大部分は、当然あなたに帰すべきもの。
さあ、帆を上げて、広々とした海を軽やかに走ってください(6)。
私はこの詩で、すべてのことを集めて語ろうとは望まない。
いや、たとえ私に、百の舌と百の口、鉄のような声があろうとも。
さあ、ここへ来て、海岸の最前の縁に沿って進んでください(7)。

(1) 親木の根。ここでは挿し木について述べている。

(2) ミズキ科の落葉小高木。果実に核がある。

(3) ギリシアのトラキア地方の山。

(4) イタリアのサムニウム地方の山。

(5) 第一歌三行註参照。

(6) 詩作を航海に譬えている。

(7) 海岸線に沿った航海は、叙事詩のような大規模な作品を目指さないことを暗示する。

陸地はまだ手の届く所にある。私はここであなたを、作りごとの詩や、
遠回しな話や、長々しい前置きなどで引き止めようとは思わない。
　おのずと光の世界に生え出る樹木[8]は、
たしかに実を結ばないが、しかし豊かに、力強く伸びていく。
なぜなら、土の下には自然の力が潜むからだ。だがこうした木々も、
人が接《つ》ぎ木を施したり、移植して、深く耕して掘った穴に委ねるなら、
野性の気質を捨て去って、そしてたえず世話すると、
教え込まれるどんな技術にも、ほどなく従うようになろう。
また、根元から生え出る不毛な若木[9]は、
空いた土地に並べて植えると、同じようになるだろう。
今のままでは、高く茂った母木の葉と枝が陰で覆っていて、
伸びゆく若木が実を結ぶのを妨げ、実をなす力を枯らせている。
さらに、落ちた種から発芽した木[10]は、
生育が遅く、ずっとのちの孫の世代にようやく陰を作るだろう。
その果実は劣化して、昔の果汁の味を忘れ、
葡萄は情けない房をつけ、鳥の餌食になるだけだ。
　こうして明らかに、あらゆる樹木に労力を費やし、すべての木々を

(8) 一〇－一三行参照。
(9) 一七－一九行参照。
(10) 一四－一六行参照。

力をふるって畝に植え、大いに骨折って馴らさねばならない。
だがオリーヴはとりわけ幹から(1)、葡萄は取り木の枝から、
パプスのギンバイカ(2)は固い挿し木の茎から、それに応えてくれる。
若枝からは、とても固い榛《はしばみ》や、巨大なトネリコ(3)、
ヘルクレスが冠にした陰なす木(4)や、カオニアの
父なる神の団栗《どんぐり》(5)が生まれ出る。さらに、高く聳える棕櫚《しゅろ》や、
いつか海難を見ることになる樅《もみ》(6)も、そこから生じる。
他方刺々しい野苺の木(7)には、胡桃《くるみ》の若枝が接《つ》ぎ木され、
実を結ばぬ篠懸《すずかけ》の木が、たくましい林檎《りんご》の木を生やす。
橅《ぶな》は栗の花で、マンナの木(8)は梨の花で
白く染まり、豚が楡《にれ》の木の下で、団栗を噛み砕く。
　接ぎ木と芽《め》接《つ》ぎの方法は、同じではない。
芽接ぎの場合、芽が樹皮の内側から膨らみ出て、
薄い皮膜を突き破ろうとしているとき、その隆起した所に
細い切り込みを入れ、その中へ、別の木から取った芽を
挿し込み、湿った内皮の中で育つようにと手引きする。
ところが接ぎ木では、瘤《こぶ》(9)のない幹を切断し、

(1) 三〇―三一行参照。
(2) 第一歌三〇六行註参照。パプスはウェヌス崇拝で有名なキュプロス島の都市。
(3) モクセイ科の落葉小高木。
(4) ポプラ。『牧歌』第七歌六一行参照。
(5) 第一歌一四九行註および『牧歌』第九歌一三行註参照。
(6) 船を造る材料に用いられたので。
(7) 第一歌一四八行註参照。
(8) ヒイラギ科トネリコ属の木。甘い液を分泌する。
(9) 七五行の、芽が吹き出る「隆起した所」を指す。
(10) クレタ島の山。
(11) 実が楕円形の品種。

その芯に楔《くさび》で深い割れ目を作る。それから
実を結ぶ若枝を挿し入れる。すると、たちまち木は
豊饒な枝を広げながら、天に向かって大きく育ち、
新奇な葉と、自分のとは違う果実を驚き眺める。
　さらに、丈夫な楡《にれ》も、柳も、榎《えのき》も、
イダ山(10)の糸杉も、種類はけっして一つではない。
多産なオリーヴの実も、ただ一つの形に生まれるのではなく、
オルカス種(11)、ラディウス種(12)、苦い実のパウシア種(13)などがある。
アルキノウス(14)の園に生える果樹も同様である。また挿し枝の種類も、
クルストゥメリウム(15)梨とシュリア梨(16)、重いウォレマ梨(17)ではそれぞれ異なる。
われらの土地の木に垂れ下がり、収穫される葡萄の実は、
レスボス島で、メテュムナ(18)の若枝から摘み取られるのと同じではない。
タスス(19)の葡萄があり、マレオティス湖畔(20)の白い葡萄もある。
後者は肥えた土地に合い、前者はより軽い土に適している。
プシティア種(21)は干し葡萄酒を造るのに役立ち、体に染みるラゲオス種は、
いつか足をふらつかせ、舌をもつれさせるだろう。
紫葡萄や早生《わせ》葡萄もあり、それにラエティア種(22)よ、おまえをどんな歌で

(12) 実の細長い品種。
(13) 実を熟す前に収穫する品種。
(14) 英雄オデュッセウスを歓待したパエアクス人の王。その庭園については、ホメロス『オデュッセイア』第七歌一一二行以下参照。
(15) イタリア中部のサビニ人の都市。
(16) 地中海東岸の地方。シュリアの梨は皮が黒かった。
(17) 実の大きな梨の品種。正確な語源は不明。
(18) 葡萄酒の産地レスボス島北岸の都市。
(19) エーゲ海北部の島で、葡萄酒の産地。
(20) エジプトのアレクサンドリア付近の湖。
(21) ラゲオス種とともにギリシア語源だが、意味は不明。
(22) アルプス山脈の北の地方。

ほめようか。とはいえ、ファレルヌス[1]の酒蔵とは競ってはならないが。
アミンネア[2]種という、最もこくのある酒になる葡萄もある。これには
トモルス[3]の酒も、王者たるパナエ[4]の酒さえも、敬意を表して立ち上がる。
小粒のアルギティス種[5]は、果汁をふんだんにもたらすことと、
長年貯蔵に耐えることでは、どんな葡萄も太刀打ちできはしないだろう。
神々と二番目の食卓に歓迎されるロドス[6]の葡萄と、
膨れた房のブマスタ種[7]よ、おまえたちも挙げないではすまされない。
だが、どれほど多くの種類があり、どんな名前があるのかを
数えることはできないし、すべてを数え尽くす必要もない。
それを知ろうと思うのは、リビュア[8]の砂漠で西風が吹くと、
どれほどの砂粒が乱れ舞うかを数えたり、
東風が激しく船を襲うとき、イオニア海の幾つの波が、
岸辺に打ち寄せるかを知ろうとするのと同じである。
　また、すべての大地は、あらゆる種類を生み出すことはできない。
柳は川辺に、榛《はん》の木はどろどろした沼地に、
実のならないマンナの木[9]は岩ばかりの山に生育する。
ギンバイカ[10]の茂みは海岸を最も喜ぶし、それから葡萄は

(1) 南イタリアのカンパニア地方の一地域。
(2) イタリアの地名か。正確な場所は不明。
(3) 小アジア西部のリュディア地方の山。
(4) エーゲ海のキオス島の港。
(5) 白葡萄の品種。
(6) 酒宴は食後、神々に献酒をしたあとに始まる。
(7) 「大きな乳房」を意味するギリシア語に由来。
(8) アフリカ北部の地方。
(9) 七一行註参照。
(10) 第一歌三〇六行註参照。

開けた丘を好み、一位《いちい》[11]は北風と寒さを愛する。
見よ、最果てまで人が世話して征服した世界を。
東方のアラビア人の住居《すまい》や、入れ墨したゲロニ人[12]を。
樹木にも、それぞれ異なる祖国がある。インドのみが、
黒い黒檀を生産し、乳香の枝はサバ人[13]の所にだけ生える。
香りよい木からしたたるバルサム[14]や、
つねに葉の茂るゴムの木の実についても語るべきか？
また、柔らかい綿毛で白く染まったエチオピア人の栽培園[15]や、
支那人が葉から細い毛の房[16]を梳《す》き取る方法について、
あるいはオケアヌスに近いインドには、どんな森があるのかも。
――その世界の果ての湾曲した土地では、樹木は天にまで達し、
木の頂上は、放たれた矢でさえも届かぬほどである。
とはいえそこに住む種族は、矢筒を取れば見事な腕を見せるのだが。
メディア[17]では、汁が苦く、味は舌に残るけれど、
体によい果実[18]がなる。もしも残忍な継母が、
[毒草と不吉な呪文を調合し、[19]]
飲み物に毒を入れたなら、これ以上に早く効く

(11) 葉の細長い常緑高木。『牧歌』第九歌三〇行註参照。
(12) 北方のスキュティア地方の種族。
(13) アラビア半島南西部に住む種族。第一歌五七行参照。
(14) 芳香性の樹脂。
(15) 綿の栽培園。
(16) 絹のこと。樹木から生じるものと思われていた。
(17) カスピ海とアラビア湾の間の地方。
(18) 檸檬《レモン》のこと。
(19) この一行はM写本にはなく、底本では削除すべきとされる。

治療薬はなく、それは五体から、忌まわしい毒を追い払う。
その木は大きくて、姿が月桂樹にきわめて似ている。
もしも異なる香りをあたり一面に放たなければ、
ほとんど月桂樹だと言えよう。葉は風にも散らず、
花はとくにしっかりとついている。メディア人はその果物で、
口の臭い息を爽やかにし、老人の喘息を治している。
　しかし、メディアの森の豊饒このうえない大地も、
美しいガンジス川も、黄金で濁ったヘルムス川(1)も、
イタリアとは栄誉を競えないだろう。バクトラ(2)もインドも、
全土が乳香を生む砂に恵まれたパンカイア島(3)も。
この土地では、鼻から火を吹く雄牛たちが、
恐ろしい竜の歯を播くために耕したことはなく、兜《かぶと》をかぶった
兵士の作物が、槍を密集させ、奮い立って生えてきたこと(4)もない。
むしろこの地に溢れるのは、豊富な穀物の実りと、マッシクス山(5)の
葡萄の酒。オリーヴと、多産な家畜の群れはここをわが家とする。
ここから戦闘の馬は、堂々と野に躍り出て、
この地から、クリトゥムヌス川(6)よ、白い群れをなす最高の生け贄の

(1) 小アジア西部のリュディア地方を流れる砂金を含む川。
(2) 東方の国バクトリアの首都。
(3) アラビア海の伝説的な島。
(4) いずれも、英雄イアソンがアルゴ船に乗って黒海東岸の蛮地コルキスに着いたとき、金毛羊皮を得るために体験した試練を指している。
(5) 南イタリアのカンパニア地方の山。
(6) イタリア中部のウンブリア地方の川。

雄牛が、おまえの聖なる流れに幾度も身を浸したのち、
ローマの凱旋の行列を、神々の社へ導いてきた。
ここでは永遠に春であり、夏は夏でない月まで続く。
家畜は年に二度身重になり、木は年に二度果実をもたらす。
それに狂暴な虎や、獰猛な獅子の種族は棲息せず、
鳥兜《とりかぶと》(7)が摘む人々を欺いて、不幸にするようなこともなく、
鱗に覆われた蛇が、巨大な輪を地面にすばやくすべらせて、
長い体をうねらせながら、とぐろを巻いたりすることもない。
さらに加えて、あれほど多くの傑出した都市と、労を費やした建造物、
切り立った岩山に人手をかけて築き上げた多数の町々と、
古い城壁の下を流れる川。
あるいは、上の岸辺を洗う海(8)と、下の浜に寄せる海(9)を、
また、あの大きな湖を語るべきか。最も広いラリウス湖(10)よ、おまえをも？
海のように波立ちざわめくベナクス湖(11)よ、おまえをも？
あるいは港(12)と、ルクリヌス湖に造成された堤防と、
憤って激しくどよめく海原について話すべきか。
そこでは海水が打ち返され、ユリウス港の波音が遠くまで轟き、

(7) キンポウゲ科の多年草で、根に猛毒を含む。
(8) ハドリア海。
(9) テュレニア海。
(10) 北イタリアの湖（現コモ湖）。
(11) 北イタリアの湖（現ガルダ湖）。
(12) 前三七年にアグリッパによって造成されたナポリ湾のユリウス港。海岸に近いルクリヌス湖に堤防を造って海への出入口を設け、少し北にあるアウェルヌス湖と運河で結んで完成された。

テュレニア海の上げ潮が、アウェルヌス湖への運河に流れ込んでいる。
この地はまた、鉱脈の中にある銀の流れと銅の鉱石を
明るみに出し、黄金も、きわめてふんだんに産出してきた。
この土地は、強壮な男たちも生み出した。マルシ人(1)に、サベリ人(2)の若者ら、
辛苦に慣れたリグリア人(3)や、投げ槍にたけたウォルスキ人(4)を。
この地は、デキウス氏(5)やマリウス氏(6)、偉大なカミルス家(7)、
戦いで仮借ないスキピオ一族(8)と、最も偉大なカエサル(9)よ、あなたも生んだ。
あなたは今、アジアの最果ての土地ですでに勝利を収め、
戦いに向かないインド人(10)を、ローマの砦から遠ざけている。
健やかであれ、作物の大いなる親、サトゥルヌス(11)の大地よ、
男たちの偉大な母よ。あなたのために、私は古えからの誉れと技の
仕事に取り組み、あえて聖なる泉(12)を拓《ひら》こうとする。
私はローマの町々で、アスクラ人(13)の歌をうたおう。
　さて、今は土地の性質を語るときだ。それぞれの土地に、
どんな力と色があり、ものを生み出すどのような自然の素質があるのかを。
まず、扱いにくい土地と意地の悪い丘。
それは、藪に覆われて、痩せた粘土と砂利だらけの土地だが、

(1)ラティウム地方の種族。
(2)イタリア中部の種族。
(3)イタリア北西部の種族。
(4)ラティウム地方南部の種族。
(5)前四－三世紀に執政官となり、ローマのために献身的に戦った父子で名高い。
(6)前二世紀末にイタリアへ侵入しようとしたゲルマニア系部族を破ったガイウス・マリウスなど。
(7)前四世紀初めにウェイイを攻略し、またローマに侵入したガリア人を撃退したマルクス・フリウス・カミルスで有名。
(8)第二次ポエニ戦争でハンニバルを破った大アフリカヌス、第三次ポエニ戦争でカルタゴを殲滅した小アフリカヌスなど。
(9)オクタウィアヌス。前三一年のアクティウムの海戦で勝利したのちエジプトの王朝を滅ぼ

パラス[14]が好む長寿のオリーヴ畑には喜ぶ。
それを見分ける印は、そのあたりに野性のオリーヴがたくさん
生えていて、地面には野性の実が散乱していることだ。
だが、肥沃で、甘い水分の豊富な土地、
また草が多く茂り、土に養分をたっぷり含んだ平地
――そんな土地をわれわれは、山の窪んだ谷間の下によく見かけ、
そこへ渓流が、岩山の頂から流れ入り、
肥えた泥を運び込む――、そして南向きの斜面で、
曲がった犂《すき》には嫌われる羊歯《しだ》を養う土地、
そうした土地が、いつか丈夫このうえなく、多量の酒を産出する
葡萄を育ててくれるだろう。そこでは、たわわに房が実り、
金の杯で神々に捧げるための酒もふんだんにできる。
そのとき豊満なエトルリア人は、祭壇のそばで象牙の笛を吹き[15]、
われらは湾曲した大皿で、湯気の立つ内臓[16]を供えるのだ。
　しかしむしろ、家畜の群れや子牛、子羊や、
作物を枯らせる山羊[17]の飼育に熱意があるなら、
肥沃なタレントゥム[18]の林の空き地や遠い野を、あるいは

し、その後、前二九年まで東方を勝利者として巡回した。
(10) ここでは東方のアジア人一般を指す。
(11) イタリアの古い神で、「種播き」を意味する satus と結びつけられて農耕の神と見なされた。またギリシア神クロノスと同一視されて、黄金時代の神とも考えられた（第一歌一二五行註、『牧歌』第四歌六行註参照）。
(12) 新しい詩の領域を象徴する。
(13) 農耕教訓詩『仕事と日』を作ったギリシア詩人ヘシオドス。『牧歌』第六歌七〇行註参照。
(14) オリーヴの木を人間に与えた女神ミネルウァ（ギリシア名アテナ）の呼称。第一歌一八―一九行参照。
(15) ローマ人の宗教儀式の多くはエトルリアに由来し、生け贄の際しばしばエトルリア人が↙

不幸なマントゥア(1)が失ったような平原――草茂る川(2)で、
真っ白な白鳥を養っているような平原をめざすがよい。
群れには、澄みきった泉も、牧草も欠くことはなかろうし、
家畜が長い昼の間に、どれほど草を食べても、
冷たい露が、短い夜の間に元どおりにしてくれるだろう。

　およそ黒々としていて、犂《すき》べらで押すとどっしり肥えた土地、また
もろい土壌の土地――われわれは耕して、この状態を真似るのだから――、
それらは穀物に最適である。他のどんな平地からも、そこより多くの
荷車が、ゆっくりと雄牛に引かれ、家路につくのを見ることはないだろう。
あるいは、農夫が腹を立てて(3)木々を運び出し、
長年の間無為のまま生えていた森を伐採して、
昔からの鳥の住居《すまい》を、根元もろとも抜き取ってしまった土地も
穀物に適している。鳥たちは巣を捨てて、天をめざして去っていくが、
未開であったその野原は、犂べらに耕されて光り輝く。
なぜなら、傾斜した土地の痩せた砂礫層について言うと、蜜蜂に
つつましい沈丁花《じんちょうげ》や迷迭香《まんねんろう》(4)を供給することもほとんどなく、
でこぼこだらけの凝灰岩や、黒い毒蛇(5)に食い荒らされた白亜の場合、

／笛を演奏した。
(16) 犠牲獣を殺した直後に、内臓を取り出して捧げるため。
(17) 三七八行註参照。
(18) イタリア半島東南端の都市。

---

(1) 農地没収の対象となったウェルギリウスの故郷の都市。『牧歌』第九歌二七行註参照。
(2) マントゥア近郊を流れるミンキウス川を暗示しているのか。
(3) 土地が有効に利用されていないので。
(4) シソ科の常緑小低木。別名ローズマリー。
(5) 白亜を食べる毒蛇がどんな種類のものかは不明。

取り柄は、他のどの土地にもまして、蛇どもに甘い食物と、
曲がりくねった隠れ場を提供することなのだから。
希薄な靄《もや》と、漂うような蒸気を発散し、
水分を吸うと思えば、またそれを気の向くままに吐き出し、
いつもおのずと生えてくる緑の草に覆われて、
腐食と塩分による銹《さび》で鉄の農具を傷つけない土地、
そのような土地こそが、楡《にれ》の木(6)に豊饒な葡萄の枝をからませるだろう。
その土地はオリーヴ油も豊かにもたらし、実際に耕せば、
家畜にも適し、曲がった犂べらにもよく耐えることがわかるだろう。
富めるカプア(7)や、ウェスウィウス(8)の峰に隣接する地方、人家少ない
アケラエ(9)の町には非情なクラニウス川付近が、このような耕地をもつ。
　ではつぎに、それぞれの土地を、どんな仕方で見分けるかを語ろう。
土が粗いか、普通より緻密であるかを調べたいなら
——一方は穀物に、他方は葡萄に適する。つまりより緻密な土は
ケレス(10)に合い、きわめて粗い土はみなリュアエウス(11)に好まれるから——、
まず見回して場所を選び、詰まった土の奥深くまで
穴を掘らせよ。つぎにすべての土を

(6) 葡萄の支柱として生やす木。
(7) 南イタリアのカンパニア地方の都市。
(8) ナポリの東にある火山。後七九年に大噴火を起こした。
(9) ナポリの北東の町。クラニウス川の氾濫でよく被害を受けた。
(10) 穀物の女神。
(11) 葡萄の神バックスの別名。

埋めもどし、砕けた土の表面を、足で踏んで平らにせよ。
もし土が足らずにへこむなら、それは粗い沃土であり、家畜と
恵みの葡萄にいっそう適しているだろう。だが、もとの場所に
収まり尽くさず、穴を埋めもどしても土が余るのなら、
畑土は緻密である。土塊《つちくれ》は頑固で、畝は固くしまっている。
そのことを覚悟して、力強い雄牛を使って土を耕さねばならない。
　他方、塩分を含む土地、いわゆる「苦い」土地は
——それは作物に実りなく、耕しても性質を和らげず、
葡萄の血統も、果実の名声も保つことができない——、
つぎの仕方で見分けられる。煙でくすんだ天井から、
葡萄搾り器の篩《ふるい》に用いる細枝を密に編んだ籠をおろして、
この中へ、質の悪いその畑土と、泉の甘い水を
いっぱい入れながら踏みつける。もちろん、水はすべて
土をかき分けて流れ出て、大きな滴が細枝を通り抜けていくだろう。
だがその水の味が、はっきりと証拠を示してくれる。試しに舐めてみると、
苦い味のために、顔は辛《から》そうに歪むだろうから。
同じく、どれが肥沃な土地であるかは、結局つぎの方法で識別できる。

二四〇

土を手と手の間で投げ合ってみる。ところが、けっして砕けないし、
むしろ指でもてあそぶうちに、瀝青《れきせい》のように粘り気を増してくる。
湿った土地は、あまりにも背の高い草を育て、土そのものも、
過度に肥沃である。ああ、私の土地があまりに肥えていないよう！
そして穀物の穂が出るころに、強すぎる力を発揮しないように！
重い土地は、まさにその重さによって、黙っていても明らかであり、
軽い土地も同様である。黒い土地は、眼ですぐに見分けがつくし、
他のどんな土地の色も同様だ。しかし、有害な冷たい土を調べ上げるのは
むずかしい。わずかに唐檜《とうひ》(1)や、毒性のある一位《いちい》(2)、
あるいは黒い木蔦《きづた》が、ときおりその形跡を示すのみである。
　これらの点に注意したのち、まず土地を陽に当ててよく焼き、
広大な丘に溝を掘りめぐらし、鋤《す》き返した土塊《つちくれ》を
北風にさらすことを忘れるな。そのあとかなり経ってから、
成長盛んな葡萄の苗を植え込むとよい。砕けやすい土の畑が
最良である。そのような土になるように、風と凍てつく霜は気を配り、
人はたくましく溝を掘って、広い畑土を掘り返しては切り崩すのだ。
だが、いかなる用心も怠るまいとする農夫ならば、まず、

(1) マツ科の常緑針葉樹。
(2) 一一三行註参照。

最初の苗を支え木に添えるまでに育てるための場所として、やがて
育った苗を移植して整然と並べ植える所と似ている性質の土地を探す。
土が突然変わって、苗木が母に見覚えがないと困るからだ。
それだけでなく、天の方位を樹皮に印しさえもする。
苗木がめいめいどんなふうに立っていたか、つまりどの部分に
南風の熱を受け、北極にはどこが背を向けていたかを、
そのまま再現するためだ。幼時につく習慣は、それほど重大なのである。
　葡萄を植える際、丘と平地のどちらがよいか、
まずこれを調べよ。肥沃な平地に畑の区画を設けるなら、
間を詰めて植えなさい。密に植えても、葡萄の神《バックス》の生産力は鈍らない。
だが小山の勾配のある土地や、ゆるやかに傾斜した丘ならば、
配列には充分な間隔を空けなさい。この場合も同様に、木を植える際、
すべての通路が、交差する道とちょうど直角に交わるようにせよ。(1)
その様子は、しばしば大きな戦争で、軍団が歩兵大隊を
長い列に配備して、広々とした平原に行軍が静止した状態さながらだ。
そのとき戦列は整然と組まれ、大地ははるか遠くまで一面に、
きらめく青銅の武器に波立って、いまだ恐ろしい戦闘は交えられず、

(1)（骰子《さいころ》の）五の目形配列を指す。

3図. 五の目形配列

軍神《マルス》の意志はどちらとも定まらずに、両軍の間をさまよっている。
畑全体を測定し、均斉のとれた通路で区分けせねばならないのは、
たんにそうした景観で、いたずらに人の心を楽しませるためだけではない。
そのようにしなければ、大地はすべての若株に均等な力を分け与えず、
枝は外に向かって、自由に伸びることができないからだ。
　溝の深さはどれほどがよいかと、おそらく尋ねる人があろう。
私なら、葡萄はあえて浅めの畝溝に委ねるだろう。
だが支え木は、もっと深く、大地の奥まで植え込まれる。
とくに楢《なら》は、頂が高い天まで達するのと
同じだけ深く、奈落《タルタラ》の底に向かって根を張る。
だからその木は、嵐や突風にも、雨にも
倒されることはなく、不動のままに留まって、過ぎていく
幾多の子孫、人間の多くの世代に耐えて生き残る。
そうしてたくましい枝と腕を、遠くまで伸ばしながら、
みずからは真ん中で、四方に広がる巨大な陰を支えている。
　葡萄畑は、日没の方角に向いていてはいけない(2)。
葡萄の間には、榛《はしばみ》を植えてはならないし(3)、葡萄の蔓の

(2) 丘の斜面の畑の場合。
(3) 葡萄の支柱として。榛は大きく根を広げるため。

先端を切り取ったり、木の天辺から若枝を折り取る(1)のもよくない。
それほどに、大地への愛は大きいからだ。切れの鈍い刃物で、
苗を傷つけるな。また野性のオリーヴの幹に、接《つ》ぎ木(2)をしてはならない。
なぜなら、しばしば不注意な牧人が火の気を落とし、
初めは油を含む樹皮の下でひそかに隠れているが、そのあと
火は幹の中心部をとらえ、葉の茂る高い枝まで這いのぼり、
空に大きな音を放つからだ。それから火は、枝から枝へ、
高い梢から梢へと広がって、勝ち誇るように勢力をふるい、
果樹園全体を炎に巻き込み、瀝青《れきせい》のような
濃い暗闇の黒煙を、天に向かって激しく噴き出す。
ことに、嵐が真上から林を襲ったり、
風が吹いて火を煽り、火災を膨れ上がらせたら重大だ。
こうなれば、木(3)は根元から力を回復せず、伐採してももとにもどらず、
地面の下から、以前のような緑の芽をふたたび吹き出すことはない。
生き残るのは、実り乏しく葉も苦い野性のオリーヴだけである。
　いかにも賢そうな権威者が、北風に吹かれて固くなった大地を
掘り返せと言うならば、それに説き伏せられてはならない。

(1) 挿し木などのため。
(2) 栽培のためのオリーヴのこと。
(3) 接ぎ木されたオリーヴ。

そのときは、冬が氷霜で田野を固く閉ざし、苗を植えても、
凍てついた根は大地につくことができない。
葡萄畑の植え付けに最適なのは、紅色の春が来て、
長い蛇に嫌われる白い鳥(4)が訪れるとき、
あるいは秋が肌寒くなり始め、まだ灼熱の太陽が馬を駆って、
冬に達していないけれども、もう夏は過ぎ去ろうとするときである。
春こそは、森の葉を茂らせ、春こそ木々の発育を促す。
春には大地は膨らみ、命の種を求める。
そのとき全能の父、天空の神は、豊沃の雨となって、
喜び溢れる妻の膝に降り(5)、その大きな肉体と
力強く交わって、すべての生命の芽を養い育てる。
そのとき、道なき藪は妙なる鳥の声で鳴り響き、
家畜の群れは、定まった日々にふたたび愛を求める。
恵みの畑地は作物を生み、暖かい西風の息吹きに
野は胸を開き、穏やかな湿り気がすべてに満ち渡る。
新しい太陽に、草は安心して身を委ねようとし、
葡萄の若枝は、立ち起こる南風も、

(4) コウノトリ。蛇を餌にする。

(5) ここでは天空と大地の聖婚を語っている。

激しい北風に追われて空から降りしきる雨も恐れず、
　蕾《つぼみ》を大きく膨らませ、すべての葉を広げる。
私は思うに、天地創成の最初のころも、
このように毎日は輝いて、こうした気候がいつも続いていたのだろう。
そのときは春であり、広大な世界は春を生き、
東風は冬の息を控えていた。
そのとき、最初の獣が光を吸い込み、土から生まれた
人間の種族が、固い野原に頭をもたげ、
野獣は森に、星は天に放たれた。
もしこの大いなる安らぎの季節が、寒さと暑さの間にめぐり来ず、
天の慈愛が、大地を迎え入れないなら、
まだひ弱な生き物は、この地上の労苦に耐えられはしまい。
　さてつぎは、農地にどのような若木を植えるにせよ、
豊かな肥料を撒き、多量の土で覆うことを忘れるな。
水をよく吸う石か、ざらざらした貝殻も土に埋めよ。
その間を水が通り抜け、呼吸のための薄い空気も地中に通い、
作物は元気づくだろうから。石や重い大きな土器の破片を、

若木の上を覆うように置く人も、今までに幾人もいた。
これは、雨が滝のように降るときや、暑さをもたらす天狼星《てんろう》(1)が
畑を乾かし、地面がぽかりとひび割れるとき、若木を守るものになる。
　苗木を植えたあともまだ、いっそうよく株の根元の土を砕き、
どっしりした二叉鍬《ぐわ》をふるう仕事が残っている。
あるいは犂《すき》べらを押し込んで土を耕し、葡萄畑の
植え込みの間を、蹴り返す雄牛を操って行き来せねばならない。
つぎに滑らかな葦と、皮を剝いだ槍状の枝と、
トネリコ(2)の杭と、丈夫な叉木を準備せよ。
それらの力に助けられ、若木は這い上がり、風にも立ち向かい、
楡《にれ》の枝を一段ずつ、頂上めざしてよじ登っていくのに慣れるだろう。
　木が幼少で、新しい葉を茂らせて成長している間は、
その幼弱な体をいたわらねばならない。また若枝が、手綱をゆるめられ、
澄んだ大気の中に放たれて、嬉々として空へ伸びているうちは、
まだ枝そのものを、鎌の刃で攻めてはならない。指を曲げて
葉を摘み取り、葉の間を透かすだけにせよ。
だがその後成長して、今やしっかりした幹を楡の支え木に

（1）大犬座の首星シリウス。この星は猛暑の時期（七月初め－八月中頃）に太陽とともに出没する。

（2）六五行註参照。

巻きつけたら、そのときこそ茂った葉を刈り、枝を切り取れ
――それまでは葡萄は刃を怖がっている。今こそついに、
厳しい権力を行使して、しまりなく広がる枝を抑制せよ。
　垣根も編んでこしらえて、すべての家畜を遠ざけるべきだ。
とくに葉が弱々しく、まだ労苦を知らない間には。
苛酷な冬と強烈な太陽に加えて、
森に住む野牛や、しつこいノロ鹿がたえず
葉をもてあそび、羊や食欲旺盛な雌牛が食べにくるから。
白い霜の凍てつく寒さも、
焼けつく岩の高台に重くのしかかる夏の暑さも、
家畜の群れや有毒な硬い歯と(1)、嚙まれて
幹に印された傷痕《きずあと》ほどには、葉に重大な害をおよぼしたことはない。
ほかならぬこの悪事のために、山羊がすべての祭壇で殺されて、
バックスに捧げられ、古えからの芝居(2)が舞台で演じられるのである。
またテセウスの子孫たち(3)は、村々や四つ辻のあたりで
才ある人に賞を設け(4)、柔らかい牧場《まきば》では陽気に飲んで、
油を塗った皮袋の上で踊ったものだ(5)。

(1) とくに山羊は樹皮も食べて木を枯らせる。そのため、山羊の歯に嚙まれた木には、有毒な唾液が浸透すると考えられた。
(2) 酒神ディオニュススの祭の歌舞に由来する悲劇。一説では、「山羊の歌」を意味する悲劇（tragoidia）は、その祭礼で雄山羊（tragos）が生け贄として捧げられたからと言われる。
(3) アテナエ人。テセウスは彼らの伝説的な王。
(4) 喜劇の競演の起源に言及している。ただし、喜劇（komoidia）が村（kome）から村へとさすらう旅芸人に由来するというのは民間語源説。
(5) 田舎のディオニュススの祭の行事で、アスコリアと呼ばれた。

トロイアから送られた種族、アウソニア(6)の農民たちも、
粗野な歌(7)で戯れては、奔放に笑い興じ、
樹皮を窪ませた恐ろしい仮面を着けて、
喜びの歌で、バックスよ、あなたを呼び、あなたのために、
高い松の木には、柔らかい小さな面(8)をぶら下げる。
こうして葡萄はすべて熟し、ふんだんな実りをもたらして、
窪んだ谷も、奥まった林の間の空き地も、
神が美しい顔を向けた場所は、どこも収穫で満たされる。
それゆえわれらはしきたりに従い、祖先より伝わる歌でしかるべく
バックスの誉れを讃え、皿(9)と菓子とを供えるだろう。
そして生け贄の雄山羊を、角《つの》で導いて(10)祭壇のそばに立たせ、
脂ぎったその内臓を、榛《はしばみ》(11)の串に刺して焼くだろう。
　葡萄の手入れには、まだ他の仕事があり、
それにはいくら労力を費やしても、けっして充分とは言えない。
つまり毎年三度も四度も、すべての土を犂《すき》で耕し、
土塊《つちくれ》をたえず二叉鍬《ぐわ》の背で打ち砕き、すべての木々は、
葉を減らしてやらねばならないのだ。農夫の労働は輪をなしてもどり、

(6) もとは南イタリアの一地方だが、のちにイタリア全体を指した。ここでは、トロイア人を神話的祖先とするローマ人の風習について述べられる。

(7) フェスケンニア詩と呼ばれた即興の対話詩。イタリアの演劇の起源となった。

(8) 豊穣を祈願するための神をかたどった仮面。「柔らかい」とは布などの素材を示すと思われるが、表情の温和さを指すとも解釈できる。

(9) 供物の内臓を盛った皿。一九四行参照。

(10) 綱をつけてゆるやかに連れていく。角をつかんで無理やり引っ張るのは縁起が良くない。

(11) 榛は、山羊と同様葡萄の敵である。二九九行参照。

一年は、みずからの足跡をめぐりながらもとに帰る。
ゆえに葡萄が、遅くまで残った葉を散らし、冷たい北風が
木々の美しい飾りを吹き落としたら、すでにもうそのときには、
精力的な農民は、やがて来る年にまで注意を払い、
サトゥルヌスの曲がった刃(1)で、放置していた葡萄の木を
執拗に刈り込んで、枝を切り詰めて姿を整える。
誰よりも早く地面を掘れ。切り払った枝も、誰より早く運び出して
燃やし、誰よりも早く支柱を屋根の下に運びもどせ。
収穫は、誰よりも遅いほうがよい。葉陰は二度、葡萄の木にのしかかり、
草は二度、藪を密生させて葡萄畑を覆ってしまう(2)。
どちらの仕事もつらいものだ。大きな農地をほめるがよい。
だが狭い土地で栽培せよ(3)。さらに森では、刺々しい梛筏《なぎいかだ》(4)の
細枝と、土手では川辺に生える葦を切り取り、
栽培を必要としない柳の林にも、配慮と手入れを怠らない。
さて今や、葡萄は枝を結びつけられ、今や葡萄園は鎌を休ませる。
今や刈り込みの農夫は、木の列の最後に達し、仕事の終わりを歌っている。
それでもまだ、大地をかき動かして土埃を立て(5)、

(1) 鎌のこと。鎌は農耕の神サトゥルヌスの象徴。
(2) 年に二度の刈り込みと除草を勧めている。
(3) ヘシオドスの航海についての忠告「小さな船をほめよ。だが荷は大きな船に積め」(『仕事と日』六四三行)を逆転して農事に応用している。
(4) ユリ科の小低木。
(5) 葡萄を土埃で覆い、悪天候から守るため。

すでに熟した房のために、ユッピテル(6)を警戒せねばならぬのだ。
　それに対してオリーヴは、何らの世話も必要としない。
一度土地に根を下ろし、風に耐えるようになれば、
曲がった鎌や、強靭な鍬《くわ》の力を期待しない。
大地は湾曲した犂《すき》の刃で切り開かれると、おのずから
充分な水分を与え、犂べらで耕されれば、豊富な実をならせる。
こうして、多くの実を結び、平和の女神に喜ばれるオリーヴ(7)を育てなさい。
　果樹もまた、幹が丈夫になったと感じ取り、
自分の力がつくとすぐに、天に向かって勢いよく、
われわれの助けを必要とせずに、生来の力だけで伸びていく。
その間には、さらに森の木々もみな、重々しく実をならせ、
鳥が巣くう未墾の地も、血の色の果実で赤く染まる。
苜蓿《うまごやし》(8)は家畜にかじられる。高い森は松の木をもたらし、
それで夜の火は灯されて、あたりに光を注いでいる。
それでも、人々は木を植えて、労を費やすのをためらうだろうか。
　なぜ私は、主要な木ばかり取り上げるのか。柳やつつましい金雀枝《えにしだ》(9)、
それらもまた、家畜には葉を、牧人には日陰を

(6) 気象をつかさどる神。

(7) オリーヴは平和の象徴。『アエネイス』第八歌一一六行参照。

(8) 『牧歌』第一歌七八行註参照。

(9) 一一二行註参照。

与えるし、作物に垣根を、蜜蜂には餌をもたらすのだ。
黄楊《つげ》の波打つキュトルス山(1)や、ナリュクム(2)の
松脂《まつやに》の森を見るのは楽しく、鍬《くわ》の恩恵も受けず、
人間の気づかいにも頼らない土地を眺めるのは喜ばしい。
カウカスス山脈(3)の頂の、実を結ばない木々でさえ、
荒れ狂う東風にたえず砕かれ、引き裂かれているが、
おのおの異なる産物を生み、有用な木材を供給する。
たとえば船に使える松や、家に役立つ杉や糸杉などを。
それらを材料にして、農夫は車輪の輻《や》や、荷車の鼓形車輪を
削ってこしらえ、船には湾曲した竜骨が造られる。
柳は細枝を、楡《にれ》は葉を豊富にもたらし、
一方ギンバイカ(4)と、戦いに役立つ山茱萸《やまぐみ》(5)からは、丈夫な槍の柄が
たくさん作れる。一位《いちい》(6)は曲げられて、イトゥラエア人(7)の弓になる。
滑らかな科《しな》の木と、轆轤《ろくろ》で削られる黄楊《つげ》は、
鋭い刃で刳《く》りぬかれて、形ある物になり、
また軽い榛《はん》の木は、パドゥス川(8)に下ろされて、
急流の波の上を漂い、蜜蜂の群れは、

(1) 黒海の南のパプラゴニア地方の山。
(2) ギリシア中部のロクリス地方の町。しかしここでは、イタリア半島最南端のロクリス人の植民都市を指すのかもしれない。
(3) 黒海とカスピ海の間の山脈。
(4) 第一歌三〇六行註参照。
(5) 三四行註参照。
(6) 一一三行註参照。
(7) シュリア地方の一地域。その住民は弓術に長けていた。
(8) 北イタリアの川(現ポー川)。

西洋古典叢書

第Ⅲ期＊第3回配本

月報49

2004年5月
京都大学学術出版会

『牧歌』の翻訳
――ヴァレリーの場合

沓掛良彦

Tityre, tu patule recubans sub tegmine fagi
Silvestrem tenui musam meditaris avena;

今世紀のドイツの生んだ大ロマニストとして令名のあったE・R・クルツィウスは、かの記念碑的大著『ヨーロッパ文学とラテン中世』の中で、すべてのヨーロッパ人の教養は、ウェルギリウスの『牧歌』のこの詩句を唱することから始まったと述べている。ヨーロッパ文化が、古代ローマ文化の直系であり、その後身であることを考えれば、ラテン作家の著作とりわけその精華であるラテン詩を学ぶことが、長らくヨーロッパ人の教養の基盤と中核をなしていたのも、また当然のことであった。それはちょうど中国と、日本、朝鮮、ベトナムといったその周辺文化の国々で、人々の教養がまずは「子曰、学而時習之、不亦説乎」と『論語』の「学而篇」の冒頭を唱えたり、「国破山河在　城春草木深」といった名詩を唱することから始まったのにも似ていた。国や地域を問わずラテン語を学び、ウェルギリウスの『牧歌』を読むことは、ヨーロッパでは長い間、知識人、教養人として認められるための基本的な条件となっていたのである。『牧歌』というこの小品が、さほどにまで重んじられてきたという事実は、古来農耕民族であって牧畜に縁が薄く、『牧歌』というジャンルの詩を持たなかったわれわれ日本人には、なかなか理解しがたいところであろう。しかし事実として、ルネサンス以降のヨーロッパにおいて、ウェルギリウスの『牧歌』というわずか十篇、全体で六七〇行程度の小さな作品は、学校でのラテン語教育に用いられたこともあって、必読の書として広くまた深く人々の知的土壌に根を下ろしていたのであった。ダンテ、ミルトンを始めさまざまな詩人たちが、ウェルギリウスに倣って『牧歌』を書いていることも、この作品の重要性をいっそう高めることとなった。

これは、「ラテン中世」を経たヨーロッパにおけるラテン語の位置と深い関わりがある。アジア文化圏における漢文と同様に、中世、ルネサンスから十八世紀に至るまで、ラテン語はヨーロッパ共通の学問の言語であり、文学の言語でもあったから、なにほどか教養ある人士は、否応なしにラテン詩を学ぶことになったのである。言うまでもなく、人々はラテン語でそれに親しんだのであり、翻訳を通じてラテン詩を楽しんだり、鑑賞したりするということは、かつてはあまりおこなわれなかった。ウェルギリウスの『牧歌』の翻訳がなされることがあっても、それは後世の詩人が、翻訳不可能と見えるウェルギリウスに挑戦し、詩人としての己の力量をかけて、いわば創作的態度でこれに臨むといった趣のものであった。しかし十九世紀以後、ことにも今世紀に入ってからヨーロッパでも古典語教育が急速に衰え、ラテン語を解さぬ人々が増えたためであろうが、『牧歌』の翻訳は実に数多くなされている。ラテン語の知識こそ衰退したものの、ヨーロッパでは依然として、ウェルギリウスの『牧歌』という作品が、根強い人気を保っていることがわかる。かつてほどではないにせよ、今日なおこの小さな作品が、ヨーロッパ知識人の教養を形作る基礎的な書目に入っていることは疑いない。

その大方の翻訳は専門の古典学者の手になるものであって、原詩を解さぬ読書人のためにその代替品として提供されているか、対訳の形で原詩の理解や解釈を促すためになされているから、翻訳それ自体を楽しみ、味わうというわけには必ずしもいかないのが実際のところである。

その中にあって、異色の作で翻訳それ自体が興味を惹くものとして、ヴァレリーによる『牧歌』の韻文訳がある。訳者がアランによって「現代のルクレティウス」と呼ばれた今世紀の傑出した詩人であり、精緻をきわめた厳密な詩作の方法を標榜しているだけに、その訳詩はおのずと関心をかきたてずにはおかない。この翻訳は詩人ヴァレリーにおける詩作の問題を考える上でも役立つ。しかしそれ以上に、ラテン語の特質ないしは特長を極限にまで生かしたウェルギリウスの詩句を、他の言語に移すことがいかに至難の業であるかを、如実に示している点で、甚だ興味深い。ヴァレリーはその翻訳に、Variation sur les Bucoliques「『牧歌』の変奏曲」と題する長文の序を付しており、そこで『牧歌』翻訳の方法、態度を明らかにし、また彼自身の『牧歌』観を洩らしている。

　さてこの序文によれば、翻訳の要請を受けた詩人が課せられていた課題は、フランス語の訳詩を、原詩と各行を厳密に一致させる、というものであった。これはおそらく想像以上に困難であったに違いない。ヨーロッパの詩人や文人の翻訳にしばしば見受けられるような、詩人がその特権を利用して、訳詩の詩句を整えるために、原詩に無い語を補ったり削ったりしてなされる自由な翻訳ならば、それもさほどむずかしくはなかろう。しかし、ヴァレリー自身が「近似作業（ce trvail d'apprpximation）」と呼んでいる『牧歌』翻訳における態度は、より厳格なものであった。詩人は、彼が「この完成した詩篇、且ついわば栄光のうちに結晶した詩篇」（佐藤正彰訳、以下同）とみなしている作品、「光栄の十九世紀間によって、崇敬すべきもの、ほとんど神聖なものとなった、これらの偶成作品の原文に、能うるかぎり忠実にする」（傍点－引用者）と自らに誓って、翻訳に臨んだのである。それだけに、原詩と訳詩とを厳密に一致させ対応させるのに困難を極めたことは、容易に想像がつく。

　ヴァレリー自身が指摘しているように、ラテン語とその後裔すなわちネオ・ラテン語のひとつであるフランス語とでは、言語の密度、言語空間に大きな相違がある。分析的言語となってしまったフランス語が、語順や語の配列に関しては極度に窮屈なのに対して、その点ラテン語は遥かに大きな自由を有するし、総じて言語としての密度もロマンス諸語などよりも遥かに高い。ホラティウスの『カルミナ』は、そのラテン語の語順の自由さと言語密度の高さを最大限に利用した華麗にして巧緻な詩として知られるが、ウェルギリウスの『牧歌』にしても、この特性は十二分に活かされている。

　第四歌の Ultima Cumaei venit iam carminis aetas（今やクーマエの最後の時代がやってきた）という、言葉のモザイクから成る巧緻を極めた名高い詩句を前にして、たじろがない訳者はあるまい。第八歌の non omnia possumus omnes という omnia と omnes との対比の妙を得た詩句にしても、これを他の言語に移すことはまず絶望的である。それを承知の上で、ウェルギリウスの訳者としてヴァレリーが取った方法は、原詩と訳詩を一句ずつ対応させ、原詩のヘクサメトロン（六脚韻）に対してアレクサンドラン（十二音綴句）を充てるというものであった。ヴァレリーは訳詩に脚韻を踏ませることはしなかったが、詩の翻訳はあくまで詩の形でなされねばならないという、詩人としての堅い信念に基づき、諧調の探索を追求して、アレクサンドランの採用に踏み切ったのである。詩人は、韻文訳とした理由として、「詩に関するかぎり、この探索なく、ただ意味のみに極限される忠実さとは、一種の裏切りなのである。散文化された、すなわちその意義的実体化された詩作品の多くが、文字通り、もはや存在しなくなることであろう」と主張している。その上「世にも美しい詩句とても、ひとたびその諧調的運動を破られて、韻律を整えた伝播の詩句固有の時間のうちに展開する、その音響的実体を変えられ、そして内在する音楽的必然性もなく、反響もない表現に置き換えられたが最後、無意味もしくは馬鹿げたものになってしまうからである」とまで断言している。いかにも詩人の立場からすればもっともな主張ではあるが、元来修辞的性格が強く、内容よりも、他言語ではまずは再現不可能なその言語表現自体のうちに、詩の生命や真骨頂があるラテン詩を、他の言語に詩の形で翻訳し原詩の面影を映し出そうとするのは、やはり無理があるようだ。ヴァレリーによる『牧歌』の仏訳は、二十世紀の生んだ最高の詩人の一人であり、精緻な詩風で知られる詩人の手になるものだけに、原詩を離れ、独立した一個のフランス語の詩としてこれを味わえば、確かに美しい。しかし肝心なことは、そこにはもうウェルギリウスの面影はないということだ。アレクサンドランを用いた訳詩は諧調が整い、美しく響きはしても、それはもうヴァレリー自身の詩となっていて、ウェルギリウスのものではない。先に引いた名高い詩句が、Voici finir le temps marqué par la Sibylle と変じ、同じく non omnia possumus omnes が à chacun son talent と変貌している例を見ても、もうそこにはウェルギリウスの詩句の美しさや妙味は消え失せている。可能なかぎり忠実な翻訳を標榜した大詩人の翻訳にしてなおかくの如しで、ラテン詩の翻訳は実にむずかしい。ラテン語の後裔であるフランス語の翻訳にしてこれであるから、文化的コンテクストが大きく隔たっているばかりか、言語的にもまったく性質を異にする邦訳の困難さは、想像するに余りある。わが国でウェルギリウス研究の頂点に立つ俊秀小川氏が、どのようにこの困難に立ち向かい、『牧歌』の邦訳という難事業を成し遂げられたか、それを見るのが楽しみである。

（西洋古典学・東京外国語大学名誉教授）

連載

西洋古典ミニ事典 (3)

オリュンピア

古代オリンピックは、前七七六年に最高神ゼウスに捧げる祭典として開始され、後三九三年廃止されるまで、およそ一〇〇〇年にわたってペロポンネソス半島西部の聖地オリュンピアにおいて開催された。オリュンピア紀(オリュンピアス)とは、よく知られているように、四年に一度開かれる祭典をもって数えるギリシア特有の年号のことである。年代記の作者は、通例オリュンピア紀の何年目という仕方で年代を記録する。古代の祭典には、ほかにピュティア、ネメア、イストミアの競技会があったが、なんと言ってもオリュンピアの競技会は歴史も古く、ギリシア各地のみならず小アジア、シリア、エジプトからも選手たちが長い路程を事ともせず、栄冠を求め、技を競うべく参集した。

今日でも、国際オリンピック委員会が提唱して、オリンピック休戦の実施が世界の各国に要請されているが、古代ギリシアにも同様のものがすでにあった。祭典は農閑期にあたる夏に開かれるが、その数ヵ月前から使者がギリシア全土に休戦を触れ回った。したがって、その間は旅路の安全が保証されたわけである。古代の世界大戦とも称すべきペロポンネソス戦争においても例外ではなく、休戦期間中に軍事行動を起こしたスパルタが、祭祀にも競技にも参加することができなかった、と歴史家は記している。

当時のギリシア世界全体から見ればほんの片田舎でしかなかったオリュンピアで、競技会とともに世に知られていたのはゼウス神殿である。競技会が始まった当初すでに簡素な神殿があったが、祭典がますます盛んになるにつれて、オリュンポスの大神にふさわしい神殿が必要になった。エリスのリボンの意匠による神殿が完成したのは前四五六年であった。神殿はドリス様式の建物であったが、そこに奉納されるべきゼウス像がなかったので、その作成を、パルテノン造営の監督を務めていたペイディアス(フィディアス)に委託することになった。ペイディアスはパルテノンには高さ一〇メートル程のアテナ像を造ったが、オリュンピアのゼウス像はそれよりも大きかったという。ペイディアスは神殿の西方に工房を構えると、黄金や象牙を駆使してついに一〇年後に完成させた。ただ、神殿と像の比率を見誤って、ゼウス像が立ち上がれば、神殿の天井を突き破ってしまうだろうと、ストラボンはやや辛口の批評をしている。いずれにしても、古代世界の七不思議のひとつとして今日にも名を留めている。

参考文献――

村川堅太郎『オリンピア』中公新書、一九七三年。

アゴラ

古代ギリシアのアゴラは「広場」とも「市場」とも訳されるが、動詞アゲイロー（集める）と関連をもっており、要は人の集まる集会所の意味である。ギリシア人にとってアゴラは市民の生活の中心であり、数世紀にわたって、商人、職人、農民が行きかう喧噪にみちた市場であるとともに、市民が政治を、戦争を直接に論じあう社交の場でもあった。アゴラから派生したギリシア語にアゴレウオーという語があり、これは公の場所で話すということである。よく似た言葉にカテーゴレオーというのがあって、こちらは法廷において糾弾する、告発するといった意味をもっているが、どういうわけかアリストテレスが論理学で述語するの意味に用いたので、これがいわゆるカテゴリーのもとになった。ともかくも、アゴラにはこのように「語る」に通じる意味を含んでいるが、もうひとつ「売買」に関わるような一面をもっている。たとえばアゴラゾーという動詞は、（アゴラで）購入するというような意味で用いられる。このようにアゴラは哲学論議から行政や裁判に関わる論議をすることと、商取引との二つの役目を果たしたわけである。ローマにも同様の広場があり、これはフォールムと呼ばれるが、今日言うところのフォーラムはこの語から来ている。

アテネのアゴラ遺跡に入ると、南にアクロポリスとアレイオス・パゴスの丘が見え、西に鍛冶の神ヘパイストス神殿、東にアッタロス・ストアーと呼ばれる柱廊建築物が建っている。ヘパイストスの神殿は前四五〇年の造営が始められたものであるが、今日でもほぼ完全な姿で残っていて、その威容を目にすることができる。一方の、アッタロス・ストアーはペルガモンの王アッタロス二世（前二世紀）によって建立されたが、一九五〇年代に発掘される遺物の保管保護を目的に博物館として再建された。彫像や工芸品などを収蔵し、アゴラを訪れる者にとっては一見の価値のあるものである。アゴラの南西角には、前三九九年ソクラテスが毒杯を仰いだという牢獄があったと推測されているが、特定することはできない。

参考文献――

三浦一郎編著『エーゲとギリシアの文明』講談社、一九八七年。

大地の測定

「大地の測定」と言うだけでは何のことか分からないが、これは前三世紀のエラトステネスが書いた書物の名（ギリシア語ではアナメトレース・テース・ゲース）で、地球の外周を測るということである。外周を測るというからには、大地を球体として考えていることは言うまでもない。

現在のリビアのシャハット、当時はキュレネと呼ばれた都市に生まれたエラトステネスは、アテナイで研鑽を積み、その後アレクサンドリアに招聘され、ロドスのアポロニオスの後を襲って、図書館長に就任したのは前二三五年頃のことである。学問のペンタトロス（五種競技者）、つまり万学に秀でた人と呼ばれた人はほかにもいるが、彼は古喜劇や神話学などに優れた業績を残しながらも、一方で数学や地理学において歴史に名を残している。「エラトステネスの篩（コスキノン）」というのは、素数を消去法で求めていく比較的単純な方式である。地理学の面で著名なのがはじめに述べた地球の外周計測である。夏至の日の正午に北ナイルのシュエネ（現アスワン）の井戸の真上に太陽がきたとき、北方のアレクサンドリアでは七・一二度の緯度差があることを計測した。七・一二度というのは現在の表記で、エラトステネスは円周を五〇に分割して考えていた。両地点の緯度差が全体の五〇分の一、距離は五〇〇〇スタディオン離れているので、これによって地球の外周は二五万スタディオンだと算出した。一スタディオンは一七七・四二メートルなので四四万三五五〇キロメートルとなり、現在の測量結果の約四〇万キロメートルと大差ない数値を得たことになる。もっとも両地点の経度には若干の差があるから、この計測は必ずしも正確とは言えない。

中期ストア派のポセイドニオスはエラトステネスより一〇〇年ほど後の人であるが、同じようにあらゆる学問に精通しているとの評判を得ていた。彼はエラトステネスに対抗して地球の大きさを測定したが、誤って一八万スタディオンと計算してしまった。その著作の中で、彼はもし大西洋から西に七万スタディオン航行するならば、インドに辿り着くであろうと述べている。この記事はストラボン、プトレマイオス、近代ではロジャー・ベーコンなどに現われるが、コロンブスが新大陸を発見した折に、インドと間違える遠因となった。

参考文献——

ジョージ・サートン『古代の科学史』河出書房新社、一九八一年。

（文／國方栄二）

西洋古典叢書

［第Ⅲ期］全22冊

★印既刊　☆印次回配本

●ギリシア古典篇

アテナイオス　食卓の賢人たち　5★　柳沼重剛 訳

アリストテレス　動物部分論・動物運動論・動物進行論　坂下浩司 訳

アルビノス他　プラトン哲学入門　久保　徹他 訳

エウセビオス　コンスタンティヌスの生涯　秦　剛平 訳

ガレノス　ヒッポクラテスとプラトンの学説　1　内山勝利・木原志乃 訳

クイントス・スミュルナイオス　ホメロス後日譚　森岡紀子 訳

クセノポン　キュロスの教育★　松本仁助 訳

クセノポン　ソクラテス言行録　内山勝利 訳

クリュシッポス　初期ストア派断片集　4　中川純男・山口義久 訳

クリュシッポス他　初期ストア派断片集　5　中川純男・山口義久 訳

セクストス・エンペイリコス　学者たちへの論駁　2　金山弥平・金山万里子 訳

ディオニュシオス／デメトリオス　修辞学論集　木曽明子・戸高和弘・渡辺浩司 訳

テオクリトス　テオクリトス詩集　古澤ゆう子 訳

デモステネス　デモステネス弁論集　1　加来彰俊他 訳

デモステネス　デモステネス弁論集　2　北嶋美雪・木曽明子 訳

ピロストラトス　エクプラシス集　川上　穣 訳

プラトン　ピレボス　山田道夫 訳

プルタルコス　モラリア　11☆　三浦　要 訳

ポリュビオス　歴史　1　城江良和 訳

●ラテン古典篇

ウェルギリウス　牧歌／農耕詩★　小川正廣 訳

クインティリアヌス　弁論家の教育　1　森谷宇一他 訳

スパルティアヌス他　ローマ皇帝群像　2　南川高志・桑山由文・井上文則 訳

中空の樹皮や、朽ちた姥目樫《うばめがし》の空洞に身を隠す。
はたしてバックスの贈り物は(9)、これらと並べて語るべき、どんなものをも
　たらしたか。
バックスは、罪悪の原因をも作り出した。この神はケンタウルスらを
狂乱させ、死にいたらしめて鎮圧した(10)。すなわちロエクスとポルスと、
大きな酒混器でラピタエ族を脅かしたヒュラエウスを。
　おお、自己のよきものを知るならば、あまりにも幸運な
農夫らよ！　争いの武器から遠く離れて、彼らのために、
最も正しい大地はみずから、地中からたやすく日々の糧を注ぎ与える。
たとえ堂々たる玄関を構えた宏壮な館が、毎朝挨拶に訪れる人々(11)の
巨大な波を、すべての部屋から吐き出すことがなく、
また美しい鼈甲《べっこう》をはめ込んだ扉や、
金で飾り立てた衣裳や、エピュラ(12)の青銅に見惚れることもなく、
白い羊毛をアッシュリアの染料でそめもせず、
澄んだオリーヴ油に肉桂《にっけい》(13)を混ぜて使わなくても、
しかし彼らには、不安のない休らいと、欺くことを知らぬ生活があり、
さまざまな富が満ちている。広大な土地でのくつろぎも、

(9) 葡萄酒。

(10) テッサリアのラピタエ族の王ピリトウスの結婚式で、半人半馬の怪物ケンタウルスたちは酒に酔い、その一人が花嫁ヒッポダメを奪おうとしたため戦闘が起こった。その戦いで、ロエクス以下三名を含む怪物たちが討ち取られた。

(11) ローマ社会の庇護民。早朝に保護者の家を訪問するのが日課であった。

(12) コリントゥスの古名。

(13) 香料として。

洞窟や清冽な水をたたえる湖も、涼しい谷間も、
牛の鳴き声や、木陰での快い眠りも
欠くことはないのだ。そこには林間の牧場《まきば》や、獣たちの隠れ家や、
仕事によく耐え、質素に慣れた若者たちや、
神々の崇拝や、祖先に対する敬意がある。この人々の中にこそ、
大地を去りゆく正義の女神(1)は、最後の足跡を残していった。
　だが私が何よりもまず願うのは、麗しきムーサたち(2)が、
大いなる愛に打たれて神聖な印を捧げ持つこの私を
受け入れて、教えてくれることである——星辰が進む天の道を、
太陽のさまざまな蝕と月の労苦(3)を、
大地の震えの原因は何か、いかなる力で海は高く膨れ上がって
堰を切り、ふたたびもとの所へもどるのか、
冬の太陽は、なぜあれほど急いでオケアヌスに身を浸し、
何が夜明けを妨げ、遅らせるのかを。
しかし、もしも心臓のまわりの冷たい血液(4)に妨げられて、
そのような自然の領域に近づくことができないならば、
私は田野と、谷間を潤す水の流れを楽しみながら、

(1) ユスティティア。黄金時代のあと地上を去った（『牧歌』第四歌六行註参照）。
(2) 一般には文芸の女神とされるが、哲学・科学・天文などあらゆる知識と知的活動をつかさどる。
(3) 満ち欠け（月相）のこと。
(4) 心臓のまわりの血液が人間の知性の働きを支配しているという考え方は、前五世紀のギリシアの哲学者エンペドクレスにさかのぼる。
(5) ギリシアのテッサリア地方の川。
(6) スパルタを中心とするギリシアの地方。
(7) ラコニア地方の山脈。その麓にバックスの神殿があり、女性のみの秘儀が行なわれた。

無名のままに、川と森を愛して生きよう。おお、スペルケオス川[5]と
その平原は、ラコニア[6]の娘らが酒神を讃えて乱舞するタユゲトゥス山[7]は
どこにあるのか！　おお、誰か私を、ハエムス山[8]の冷涼な谷間に
立たせ、大きな枝の陰で覆ってくれるだろうか！
　宇宙の因果を知りきわめ、
すべての恐怖と、冷厳な運命と、飽くことを知らぬ
アケロン川[9]のざわめきを、足下に踏みつけた人[10]は幸せである。
だが、田園の神々を、パーン[11]や年老いたシルウァヌス[12]や、
ニンフの姉妹たちを知る人も、やはり幸せなのである。
そのような人は、国家の高貴な官職にも、王が着る深紅の衣にも、
兄弟同士の不信を煽り、互いに争わせる内乱にも、
ヒステル川と共謀して襲いかかるダキア人[13]にも、
ローマ国家の権勢や、いずれ滅びる王国にも心を動かされず、
貧しい者を哀れんで嘆くことも、富める者を妬むこともない。
彼はただ、枝になる果実を、田園の土地がみずから進んで
快く生み出してくれる実りを摘み取り、冷酷な法律も、
狂騒の中央広場[14]も、国民の公文書館[15]も目にすることはない。

（8）ギリシアのトラキア地方北部の山脈。
（9）冥界の川。
（10）自然研究によって宗教的迷信と死後の世界に対する恐怖を克服しようとした哲学者、とくにエピクロス哲学を当時のローマ人に教えたルクレティウスを暗示している。
（11）『牧歌』第二歌三一行註参照。
（12）パーンと同一視された森の神。
（13）ヒステル川（現ドナウ川の下流）の流域に住む部族。前三十年代のローマの内乱期にはマルクス・アントニウスに加担し、オクタウィアヌスと敵対した。
（14）ローマの政治の中心地。
（15）ローマの中央広場の西端にあり、政治や軍事の記録を保管していた。

ある人々は、危険の潜む海を櫂でかき乱し、まっしぐらに
剣の戦いへと走り、宮殿や王の住居《すまい》に入り込む。
またある人は、宝石の杯で飲み、テュロス(1)の紫の床に眠るために、
都を襲撃して破壊し、家々に悲惨な境遇をもたらす。
ある人は財産を隠し、埋めた黄金の上にうつ伏したまま離れず、
ある人は演壇(2)に眩惑されて呆然とし、ある人は、ぽかんと口を開けて、
劇場の全座席から何度も鳴り響く平民と貴族の拍手喝采(3)に
うっとりとする。また、兄弟の血を浴びて喜ぶ者もあれば、
愛《いと》しい家庭と家を、亡命の地と交換し、
異郷の太陽の下に広がる祖国を求めていく者もいる。
　しかし農夫は、曲がった犂《すき》で大地を耕す。
これこそ一年の労働であり、これで祖国と小さな孫らを
養い、これで牛の群れと、働きものの雄牛たちを飼育する。
一年が、果実や、家畜の子らや、穀物の茎の束に
満ち溢れ、収穫の重みが畝にのしかかり、
倉をつぶさんばかりになるまでは、休むことさえありえない。
冬が来れば、シキュオン(4)の実は圧搾器ですりつぶされ、

(1) フェニキア地方の都市で、紫の染料の産地。
(2) ローマの中央広場にある民衆に演説をするための壇。
(3) 人気のある政治家に対しての。
(4) オリーヴ。シキュオンはペロポネスス半島北東部の都市で、オリーヴの産地として有名。

豚は団栗《どんぐり》に満足して帰り(5)、森は野苺の実をならせる。
秋はさまざまな果実をもたらし、岩の高台の
陽当たりのよい土地では、葡萄の実がまろやかに熟している。
一方かわいい子供たちは、口づけを求めて首にまつわりつき、
家族(6)は清く貞潔を守る。雌牛は乳房を
重く垂れ、みずみずしく茂った草原では、
肥えた子山羊らが、互いに角を突き合わせて格闘している。
農夫みずからは、祭日を祝う。彼は草の上に身を伸ばし、
真ん中に火を置いて、仲間たちが混酒器を花輪で飾ると、
酒を捧げて注ぎながら、レナエウス(7)よ、あなたを呼ぶ。そして楡《にれ》を
的に定めて、家畜の番人たちのために投げ槍の試合を催したり、
鍛え抜かれた体を裸にして、野相撲が始まることもある。
　かつて古えのサビニ人(8)も、またレムスとその兄弟(9)も、
このような生活を営んでいた。むろん、こうしてエトルリア(10)が
強大に成長し、ローマは世界で最も壮麗な都になり、
七つの丘を一つの城壁で取り囲んだのだ。
ディクテの王(11)が王権を握り、不敬な人種(12)が

五二〇

(5) 豚を森に放牧することがあった。

(6) とくに農夫の妻を指す。

(7) バックスの別名。四行註参照。

(8) ローマの北東に住むイタリア人。素朴でたくましい種族として知られた。

(9) ローマの建国者ロムルス。レムスの双子の兄弟。

五三〇

(10) 王政時代末期には、エトルリアのタルクイニウス王家がローマを支配した。

(11) ユッピテル（ゼウス）。クレタ島のディクテ山で育てられ、成長して父サトゥルヌス（クロノス）を戦いで破った。

(12) 青銅の時代の人間。黄金時代には、牛を食べる習慣はなかった。

牛を殺して宴を催す以前にも、
黄金のサトゥルヌス（1）が、こうした生活を地上で送っていた。
人はまだ、戦闘喇叭《らっぱ》が鳴り響くのも、
硬い鉄床《かなどこ》の上で、剣が打ち鍛えられる音も聞いたことはなかった。
　しかしわれわれは、広大な平野の走路を走り尽くした。
今やもう、汗煙る馬どもの首を馬具から解き放つときだ。

（1）黄金時代に君臨した神。一七三行註参照。

第三歌

偉大なパレス(1)よ、あなたも歌おう。アンプリュスス川の名高い牧人(2)よ、
あなたも。またリュカエウス山(3)の森と川よ、おまえたちも歌おう。
他の題材は、かつては暇な心をとらえたかもしれないが、
今ではもう、すべて語り古された。誰が冷酷なエウリュステウス(4)や、
憎らしいブシリス(5)の祭壇について知らないだろうか。
誰が少年ヒュラス(6)や、ラトナ(7)の島デロスや、ヒッポダメと、
象牙の肩で世に知られ、馬を駆っては勇敢なペロプス(8)のことを
語らなかっただろう。新たな道を試みるべきだ。この私もまた、
大地から舞い上がり、勝利者として人々の口から口へ飛び回れるように。
この命さえ続けば、私こそ最初に、アオニアの頂(9)から
祖国へムーサたちを連れて帰ろう。

(1) イタリアの牧畜の女神。第三歌は、牧畜と家畜の飼育を主題としている。冒頭四八行は序歌。

(2) 神アポロ。キュクロプスたちを殺した罪を償うために、テッサリア地方のペラエの王アドメトゥスの家畜を飼った。アンプリュススはその地方の川。

(3) ギリシアのアルカディア地方の山。第一歌一七行参照。

(4) ミュケナエの王。ヘルクレスに十二の難業を課した。

(5) エジプトの暴虐な王で、異邦人を神の祭壇に供したが、ヘルクレスによって殺された。

(6) ヘルクレスが愛した美少年。『牧歌』第六歌四三行註参照。

(7) アポロとディアナの母(ギリシア名レト)。身重になったときユーノ(ヘラ)に迫害されてさまよい、ついにデロス島で

私が最初に、マントゥア[10]よ、イドゥマエア[11]の棕櫚《しゅろ》をあなたの所へ持ち帰り、
緑の平原に、大理石で神殿[12]を建てよう。
水のほとり、広大なミンキウス川[13]がゆるやかにうねりながら流れ、
岸辺をしなやかな葦で縁取っているあたりに。
　私は中央にカエサル[14]を据え、その神殿の主にしよう。
彼のために私は、勝利者としてテュロス[15]の紫の衣も眼にまばゆく、
百台の四頭立ての戦車を、川のそばで走らせよう[16]。
全ギリシアは私の呼びかけに応え、アルペウス川[17]とモロルクスの森[18]を去り、
競走や、生皮《なまかわ》の籠手《こて》の試合[19]に挑むだろう。
私自身は、刈り込んだオリーヴの葉で頭を飾り、
供物を捧げよう。今やもう、厳かな行列を神殿へ導いて、
生け贄の雄牛たちが屠られるのを眺め、あるいは
舞台装置の前景が回って、背景が退いていくさまや[20]、織り込まれた
ブリタニア人たちが深紅の幕を持ち上げる[21]のを見て、喜びが湧いてくる。
神殿の扉には、黄金と無垢の象牙で、
ガンジス川の部族[22]と戦い、勝利したクイリヌス[23]の武器を描こう。
そこにはまた、戦いで波うねるナイル川の

この双子の神々を生んだ。
(8) タンタルスの子。タンタルスは神々の全知を試そうとその子を殺し、料理して食事に供したが、神々はそれに気づいた。ただデメテルのみがペロプスの肩を食べたので、神々は彼を生き返らせたとき、肩は象牙で作った。彼はのちにピサの王オエノマウスと戦車競争に勝って、王女ヒッポダメを妻とした。
(9) ヘリコン山。ギリシアの教訓詩人ヘシオドスに歌を教えたムーサたちが住む。『牧歌』第六歌六五および七〇行註参照。
(10) 北イタリアのウェルギリウスの故郷の都市。第二歌一九八行および註参照。
(11) パレスティナ地方南部の地域。棕櫚は勝利の象徴。
(12) 詩作品のメタファー。
(13) マントゥア近郊を流れる、

滔々たる流れと、聳え立つ青銅の海戦記念柱[1]も。
さらに、征服されたアジアの諸都市や、敗北したニパテス山[2]、
逃亡と矢の反撃に頼るパルティア人[3]や、
最果ての敵[4]から力で奪った二つの戦勝記念品と、
東西両岸の民族から勝ち取った二つの凱旋式も加えよう。
パロス[5]の大理石で生き生きと、アッサラクス[6]の子孫で
ユッピテルの血統を引く栄光の一族と、その祖先トロス[7]、
トロイアの創建者キュントゥス[8]の神の像も建つだろう。
嫉妬《インウィディア》の神は力を失い[9]、復讐の女神や峻厳なコキュトゥス川[10]を、
蛇に巻きつかれたイクシオン[11]とその恐ろしい車輪を、そして
永久に征服できぬ岩[12]を見て、恐れおののいているがよい。
　だがそれまでは、マエケナス[13]よ、あなたの容易ならざる命令に従って、
ドリュアスたち[14]の森と、未踏の林間の牧場《まきば》を追い求めよう。
あなたがいなければ、心は高遠なことを企てない。さあ立ち上がり、
怠惰な遅れを中断せよ。キタエロン山[15]が、タユゲトゥス山[16]の猟犬が、
馬を馴らすエピダウルス[17]が、大きな叫び声で呼んでいて、
その声は、森が共鳴して倍になり、ふたたび響き返ってくる。

川。『牧歌』第七歌一二行註参照。
(14) オクタウィアヌス。
(15) 第二歌五〇五行註参照。
(16) 神殿の建立を祝う競技会の催しとして。
(17) ギリシア最大の競技会で有名なオリュンピアを流れる川。
(18) ネメアの獅子退治のときヘルクレスを歓待した貧しい牧人。ネメアもギリシア人の競技会で名高い。
(19) 拳闘。
(20) 劇場の舞台では、両端に配置される三角柱の回転式前景と、左右に移動させるパネル型の背景が用いられた。
(21) 幕は下から引き上げられたので、そこに描かれたブリタニア人はまるで幕を持ち上げるように見える。
(22) 東方の民族一般を指す。第

しかし、やがて私は身を引き締めて、カエサルの灼熱した戦いを歌い、
その名声を、カエサルがティトヌス(18)の血統の始まりから
遠く隔たるほども長き年月の間、人の噂に伝えるだろう。

オリュンピア(19)での優勝の賞品に憧れて
馬を飼う者であれ、たくましく犂《すき》を引く雄牛を養う者であれ、
母体はとくに注意して選ばねばならない。最良の雌牛の姿は、
獰猛な顔つきで、頭は醜く、首はきわめて太く、
喉袋が顎から脚まで垂れ下がっている。
また横腹ははなはだ長く、すべての部分が大柄で、
足まで大きい。角《つの》は内側に曲がっており、その下の耳は毛深い。
白い斑点が目立つのや、軛《くびき》を拒み、
ときどき角で刃向かってきて、顔は雄牛のようなのや、
全体に背が高くて、歩きながら、
足跡を尻尾の先で掃くようなのも悪くない。
　出産と適正な婚姻に耐えうる年齢は、
十歳の前に終わり、四歳ののちに始まる。

二歌一七二行註参照。
(23) 建国の英雄ロムルスと同一視された古いローマの神。ここでは、ローマ国民あるいはオクタウィアヌスを指す。

(1) 海戦で破った敵軍の船の舳先《さき》を取り付けた円柱。オクタウィアヌスは前三一年のアクティウムの海戦で、マルクス・アントニウスと連合したエジプトの女王クレオパトラの艦隊を破った。第二歌一七〇行註参照。
(2) アルメニア地方の山。
(3) カスピ海の南東の地方に住む民族。『牧歌』第十歌五九行註参照。
(4) 次行と同様、最東方と最西方の民。
(5) エーゲ海のキュクラデス諸島の島。大理石の産地。
(6) ユッピテルの子ダルダヌ

それ以外の年齢は繁殖に適さず、犂《すき》も力強く引けない。
雌牛の群れに、多産な若さが満ち溢れているその時期に、
雄牛どもを解き放て。いち早く家畜の群れを愛の営みに委ね、
繁殖によって、次々と新しい子孫を補充せよ。
哀れな死すべきものにとって、生涯の最も良い日々は、
つねに真っ先に逃げていく。あとには病気と惨めな老年と
苦しみがやってきて、冷厳な死が無慈悲に命を奪い取る。
雌牛の中にはいつも、体を取り替えたほうがよさそうなのがいるだろう。
むろん、いつも新しい牛と入れ替えよ。失ったものをあとで惜しまぬよう、
先手を打ち、群れのために毎年若い世代の家畜を選別せよ。
　馬を飼う場合にも、同じように選別する。
もしも品種の繁殖を期待して育てることに決めるなら、
すでに馬が幼いころから、特別念入りに世話をするよう心がけよ。
血統のよい品種の子馬は、野原に出れば最初から、
とても高く脚を上げて歩み、しなやかに地に脚を下ろす。
そのような子馬は勇敢にも、先頭に立って道を進み、
危ない川に挑み、知らない橋にも身を委ね、

／スを曾祖父とするトロイアの王。アンキセスの祖父であり、ローマ建国の英雄アエネアスの曾祖父にあたる。
(7) アッサラクスの父。
(8) アポロ（『牧歌』第六歌三行註参照）。ネプトゥヌスとともにトロイアの城壁を築いた。
(9) 妬みの欠如は黄金時代の特徴でもある。
(10) 冥界の川。
(11) ラピタエ族の王。神に対して罪を犯して地獄に落ち、永遠に回転する火の車に蛇で縛られ、引き回されるという罰を受けた。
(12) シシュプスの岩。この罪人が地獄で受けた刑罰は岩を山頂に運ぶことで、岩は頂の寸前でいつも転げ落ちた。
(13) 第一歌三行註参照。
(14) 森のニンフたち。
(15) ギリシアのボエオティア地

取るに足らぬ騒音を怖がらない。首を高く上げ、
頭を敏捷に動かし、腹は短く、背中は肉づきがよく、
雄々しい胸には、筋肉が隆々と盛り上がっている。上等なのは、
栗色と灰色、最低の色は、白と焦げ茶色だ。
そして、遠くに武器の音が響くと、
その場に留まってはおれず、耳をそばだて、全身を震わせ、
火のような息を、鼻の下に押し集めて転がすように吐く。
たてがみは密に生え、振り上げると右肩に落ちる。(1)
一方背骨は、二筋の起伏(2)をなして腰に走り、蹄《ひづめ》は
大地をえぐると、その堅固な角《つの》が荘重な響きを立てる。
このような馬こそ、アミュクラエのポルクス(3)の手綱が馴らした
キュラルスであり、ギリシアの詩人たちが語ったものでは、
マルスの二頭立ての馬(4)と、アキレス(5)の戦車を引いた一組の馬だった。
サトゥルヌスみずから(6)も、そのような馬になり、妻が来たとき大急ぎで、
たてがみを今や馬の首に振り乱しながら逃げていき、
高いペリオン(7)の山を、鋭いいななきで満たしたのだ。
こうした馬でも、病気に苛まれたり、年齢ゆえに動きが鈍って

方南部の山。
(16) 第二歌四八七行註参照。
(17) ペロポネスス半島のアルゴリス地方の都市。
(18) トロイアの王ラオメドンの息子(第一歌四四七行註参照)。オクタウィアヌスの属するユリウス氏の家系はトロイアの王家にさかのぼるとされた(『牧歌』第九歌四七行註参照)。
(19) 一九行註参照。

(1) 右側からたてがみをつかんで馬に乗るためか。
(2) 背骨に沿った筋肉の盛り上がりのこと。
(3) ユッピテル(ゼウス)とレダの子で、カストルと双子の兄弟。戦争にすぐれ、キュラルスという名馬に乗った。アミュクラエはラコニア地方の町で、ポルクスの生まれ故郷。

衰弱したら、小屋に閉じ込めよ。醜い老年に手加減してはならない。
年を取ると、愛の欲望は冷め、実りなき務めに
いたずらに時を費やすのみだ。戦いに臨むときが来ても、
ときおり藁についた大きな火が、力なく燃え尽きるように、
荒れ狂うばかりで役立たない。だから、精力と年齢には何よりも
注意を払え。それから、他の長所と親の血統と、
それぞれの馬の敗北の苦しみや、勝利に誇るさま(1)を見よ。
　ほら眼に浮かぶだろう、猛烈な速さの競走で、戦車がいっせいに野へ
走り出た光景が。戦車は出発地点の囲いを飛び出し、疾駆する。
そのとき、若い御者たちの胸は希望で高鳴り、躍る心臓は、
打ち続ける動悸に疲れ果てる。彼らは鞭を振り回して速度を上げ、
前かがみになって手綱をゆるめ、過熱した車軸は猛烈な勢いで飛翔する。
ときには低く走り、ときには高く、虚空を飛ぶかようのに
運ばれて、天に舞い上がるかのごとくに見える。
休止や休息どころではない。黄褐色の砂は雲となって
立ち昇り、追いついてくる馬の吐く泡と荒息で体は濡れる。
それほどに、栄誉への愛着は強く、勝利をめざす思いは熱い。

(4) 軍神マルスの馬については、ホメロス『イリアス』第十五歌一一九－一二〇行参照。
(5) ホメロス『イリアス』の主人公。この英雄はクサントゥスとバリウスという二頭の馬が引く戦車に乗った。
(6) クロノスと同一視された農耕の神。ニンフのピリュラと会っているのを妻オプス（レア）に見つかり、馬の姿になって逃げたという。
(7) ギリシアのテッサリア地方の山。

(1) 次行以下に描写される戦車競技を念頭に置いている。

戦車と四頭の馬をつなぐのを最初に企てたのは
エリクトニウス(2)であり、彼は疾走する車輪の上に立って勝利を得た。
ペレトロニウム(3)のラピタエ族は、馬の背にまたがり、
手綱をつけて輪乗り(4)する技を伝授し、武装した騎士に、
地面から躍り跳ねて進んだり、誇らかに早駆けすることを教えた。
どちらの苦労も同じであり、どちらの場合も飼う人は、若くて、
元気潑剌として、足の速い馬を探し求める。
たとえ、幾度も敗走する敵勢を追いかけたことがあり、
生まれ故郷をエピルス(5)や勇壮なミュケナエ(6)だと誇り、
血統の起こりは、ネプトゥヌス(7)にまでさかのぼる馬(8)がいるとしても。
　これらの点に留意したのち、時が近づけばただひたすら、
群れの頭《かしら》に選んで婿と定めた馬に
しっかりとした脂肪をつけ、太らせるよう世話を尽くす。
花の咲いている草を刈り取り、川の水と穀物を与えて、
甘美な仕事(9)に耐えうるように、また
ひ弱な子供が生まれて、父親の痩せた体を受け継がぬようにする。
だが雌の群れのほうは、故意に痩せ細らせ、

(2) 伝説的なアテナエの王。四頭立ての戦車を最初に駆った人とされる。
(3) ギリシアのテッサリア地方の一地域。ラピタエ族の居住地。
(4) 輪の形に馬を乗りまわすこと。
(5) ギリシア北西部の地方。
(6) ギリシアのアルゴリス地方の古い都市。
(7) 馬を最初に生み出した神。第一歌一二―一四行参照。
(8) 九五行以下のような老馬を指す。
(9) 雌馬との愛の営み。

すでに馴染みの欲望に駆られて、交わりを求め始めたらすぐ、
葉の餌を与えるのはやめ、泉の水からも遠ざける。
しばしば群れを急き立てて走らせ、太陽の下で疲れさせることもあるが、
それは、穀物が打たれ、脱穀場が重々しく呻《うめ》くころ(1)、
吹き立つ西風に向かって、空《から》の籾殻《もみがら》を投げつけるころ(2)だ。
このようにするのは、飽食のあまり生殖の畑の働きが鈍り、
畝溝がふさがれて役立たなくなるのを防ぎ、
畑が渇いてウェヌス(3)をとらえ、より深くまで埋め込むためである。
　ところが、父親の世話が減少すると、それに代わって母親の世話が
始まる。身重になった雌が、月満ちてぶらぶら歩くころには、
誰も、そんな姿で重い荷車の軛《くびき》を引かせたり、
飛び跳ねながら道を走破させたり、猛烈な速度で
牧場《まきば》を疾駆させたり、急流の川を泳がせたりしてはならない。
むしろ静寂な林間の牧場で、たっぷりと水の流れる川のほとりに放って
草を食《は》ませてやる。苔が生えて、岸辺に牧草が青々と茂り、
身を隠す洞窟もあり、岩の陰が長く延びているような所に。
シラルス川(4)の森や、姥目樫《うばめがし》の緑豊かなアルブルヌス山(5)のあたりには、

(1) 初夏の収穫のころ。
(2) 穀物の粒と殻をふるい分けるため。
(3) 愛欲の女神。
(4) 南イタリアのルカニア地方北部を流れる川（現セレ川）。
(5) ルカニア地方の山。

おびただしい羽虫の群れが棲息する。それをローマ人は虻《アシルス》と名づけ、
ギリシア人は「オイストロス」という異なる名前で呼んでいる。
虫は鋭い羽音を唸らせてしつこく迫り、恐れおののく家畜の群れは、
いっせいに森の中を逃げまどう。その鳴き声に、天空は揺り動かされ、
森も、水涸れのタナゲル川(6)の岸辺も、空とともに狂乱に陥る。
かつてユーノは、この憎むべき生き物を用いて恐ろしい怒りをあらわにし、
雌牛になったイナクスの娘(7)に災厄を企てた。
この虫は、真昼の暑いときに、いっそう激しく攻撃してくる。
だからこの虫からも、身ごもった家畜を守りなさい。そして群れは、
太陽が昇ったばかりのときか、星が夜を連れてくるころに放牧せよ。
　出産のあとは、すべての世話は子牛に移る。
生まれたらすぐに、目印と血統の名称の焼き印を押し、
群れを維持するために育てたいものと、
祭壇に生け贄として供えたいもの、あるいは土地を耕すもの、つまり
土塊《つちくれ》を砕いて野を掘り返し、畝を高く盛り上げるものを選別する。
群れはみな、緑の牧草地で草を食《は》ませるが、
ただし、農耕の仕事に使うために仕付けようと思う牛は、

(6) ルカニア地方の川。水涸れは夏の季節を示す。

(7) アルゴリス地方の河神イナクスの娘イオ。ユッピテルは彼女を愛し、妃ユーノを欺くために雌牛に変えた。だがユーノは夫の策を見抜き、虻を送って彼女を苦しめたので、イオは世界中をさまよい歩いた。

すでに子牛のときから訓練し、まだ心が若く従順で、
柔軟な年齢の間に、調教の道に入るがよい。
まず最初は、柳の細枝をゆるい輪にして、
首に結びつけよ。そのあと、自由だった首が
隷従に慣れたとき、同じ首輪で、釣り合いのとれた別の牛と
組み合わせてつなぎ、その二頭の若牛に、歩調をそろえて歩ませよ。
そのとき、空《から》の荷車を引かせて、地面を幾度も歩かせ、
土埃の表面に轍《わだち》の跡をつけさせよ。
そのあとに、橅《ぶな》の車軸は重い積み荷の下で踏ん張って軋《きし》り、
銅板で覆われた轅《ながえ》が、連結した車輪を引くことになろう。
その間、まだ馴らされていない若牛(1)には、牧草や
柳の痩せた葉や沼地の水草だけでなく、
生育中の麦も手で刈り取って与えよ。また出産したばかりの雌牛は、
祖先の時代にしていたように、搾乳桶を白い乳で満たしてはならない。
乳房の乳はすべて、かわいい子供たちに飲み尽くさせるべきである。
　しかしもし、戦争や勇猛な騎兵隊にいっそう関心を抱くのなら、
あるいは、ピサ(2)のアルペウス川のほとり(3)に車を滑走させ、

(1) 生後三年未満の牛。

(2) ペロポネスス半島北西のエリス地方の都市。

(3) オリュンピア。一九行註参照。

ユッピテルの森(4)で、飛ぶように戦車を駆り立てたいと望むならば、
馬にとっての最初の務めは、戦士の闘志と武器を眺め、
戦闘喇叭《らっぱ》の音に耐え、引かれる車輪の唸りにも我慢し、
小屋で轡《くつわ》の触れ合う音をも聞くことである。
つぎは、主人のやさしい賛辞にますます大きな喜びを覚え、
首を軽く叩く音にも、親しみを感じるようになることだ。
これらのことは、母親の乳房から引き離されたなら、ただちに
思い切ってやらせてみよ。その間に、ときどき口に柔らかい端綱《はづな》(5)をつけて
　やれ。
まだ弱々しくおどおどしていて、まだ命の力も知らないうちに。
しかし、夏が三度過ぎて、四度目が来たならば、
すぐに輪を描いて歩み(6)、歩調を整えて足音を鳴らす訓練を始めよ。
そして脚を交互に輪をなすように曲げて走らせたり(7)して、
はや仕事に従事する馬に見えるように扱え。そのあとは、今度こそ
風との競走を挑ませよ。まるで手綱から放たれたように、開けた平原を、
地表の砂に足跡がほとんどつかぬほどに疾走(8)させるのだ。
それはあたかも、強力な北風が極北の地域から襲ってきて、

(4) アルティスと呼ばれる野性のオリーヴの森。そこにオリュンピア競技会の競走路があった。

(5) 馬の口につけて引く綱。

(6) 一一六行参照。

(7) 普通駆け足（キャンター）。

(8) 競走駆け足（ギャロップ）。

スキュティア(1)の寒気と乾いた雲をあちこちに拡散させるときのよう。
そのとき高く伸びた穀物と波打つ海原は、
まず穏やかに吹く風に震えおののき、木々の梢はやがて
ざわめき、長い波は岸辺に強く打ち寄せる。
ついに北風は疾駆して、野も海もいっせいに吹き払いながら飛んでいく。
このような馬は、エリスの野(2)の長大な走路の折り返し点で
汗したたらせ、血まみれの泡を口から吹くであろう。
あるいはしなやかな首で、ベルガエ人(3)の二輪戦車を引くのがよかろう。
調教が終わったら、そのとき初めて栄養豊富な雑穀飼料を与え、
体を大きく太らせるがよい。調教の前にそうすると、
馬はあまりに意気盛んになり、捕らえられても、
しなやかな鞭を受け、硬い歯のついた馬銜《はみ》(4)に従うのを拒むだろう。
　だが、どんなに熱心な世話よりも、いっそう馬の体力を強めるのは、
性欲と、盲目の愛の刺激を遠ざけることである。
それは、牛と馬のどちらを好んで扱うにせよあてはまる。
そのために、雄牛を、遠く、視界をさえぎる山の背後や
広い川の向こう岸の寂しい牧場《まきば》に追放したり、

(1) 黒海の北部周辺に広がる地方。
(2) オリュンピア。
(3) ガリア地方北部の種族。
(4) 轡《くつわ》で、馬の口にくわえさせる部分。

小屋の中に閉じ込め、餌を満した秣《まぐさ》桶のそばに留めておく。
なぜなら、雌を見ると、力は少しずつ弱まり、燃え尽きて、
甘い魅惑を備えた彼女の姿に、森も牧草も
忘れてしまうからである。そしてしばしば、雌の魅力に駆り立てられて、
誇り高い恋人（5）たちは、角《つの》を突き合わせた戦いで勝負をつける。
　大きなシラの森に、美しい一頭の雌牛が草を食《は》んでいる。すると
二頭の雄牛は、交互に襲いかかりながら、力を尽くして戦闘を交える。
互いにおびただしい傷を負い、体は黒い血に洗われ、
角は執拗に対抗する敵に向かって、大きな呻《うめ》き声とともに
押しつけられ、その呻きが、森と広大な天空に響き渡る。
戦う敵同士が、一つの小屋に住む慣わしはない。いずれか
負けたほうは立ち去って、遠い見知らぬ国にさすらう身となるのだ。
敗者は、恥辱と、尊大な勝利者から負った傷と、そして
愛する者を失って、復讐も果たさなかったことを幾度も嘆きながら、
小屋を振り返りつつ、父祖の王国をあとにした。
　こうして負け牛は、力を鍛えることに専心する。夜はずっと
固い岩の間で、藁も敷かないねぐらに伏し、

（5）イタリア半島最南端のブルッティウム地方の森林地帯。

刺だらけの葉や尖った菅《すげ》を食物とする。
そして木の幹に頭を突きつけては、力を試し、
角に怒りを集中させることを学ぶ。また風に向かって何度も
突きかかり、砂を蹴り散らして戦いの下稽古をする。
やがて力が蓄えられ、精力が回復したとき、
彼は戦いに出発し、もう自分のことを忘れた敵にまっしぐらに突進する。
それはあたかも、波が海の真ん中で白く立ち始め、
はるかかなたの沖合いから長いうねりをもたらし、陸に向かって
転がり進むと、岩礁ですさまじい轟音を立て、じつに山ほど
巨大な姿になって崩れ落ちるかのよう。そして波は、海底から渦巻いて
沸き上がり、深みから黒い砂を投げ上げるのだ。

　まさに地上のすべての種族は、人間も獣も、
海の種族も、家畜の群れも、色鮮やかな鳥たちも、
この狂おしい炎の中へ突き進む。愛は、すべてにとって同じである。
他の(1)どんな季節にも、雌獅子がわが子らを忘れて、
あれほど獰猛な様相で野をさまようことはなく、醜い姿の熊も、
あれほど多くの死と破滅を、森全体にもたらしはしない。

(1) すなわち発情期以外の。

そのとき猪は残忍で、そのとき虎は最も邪悪になる。
ああ、そのときリビュア(2)の寂しい野をさまようのは災難だ。
ほら眼に浮かぶだろう、よく知っているあの匂い(3)が
そよ風に運ばれてきただけで、馬が全身の震えに襲われるのが。
するともはや、人の手綱も厳しい鞭も、断崖も
渓谷の絶壁も、山を剝がして波間に巻き込んで流れる
川の障害も、馬を引き止めることはできない。
サベリ(4)の豚でさえ、猛進し、歯を研ぎ澄まし、
足で前の地面を掻き削り、脇腹を木に擦《こす》りつけ、
どちら側の肩も傷に耐えるように堅くする。
冷酷な愛の激しい炎に骨まで焼き焦がされた
あの若者(5)はどうだろう。見よ、嵐が襲来して荒れ狂う海峡を、
真っ暗な夜遅くに、彼は泳いで渡ろうとする。頭上では、
天空の巨大な門が雷鳴を轟かせ、海は断崖に打ちつけられて、
もどれと叫ぶが、不幸な両親への思いも、自分のあとを追って、
乙女(6)が非情な死を遂げる心配も、彼を呼びもどすことができない。
またバックスの斑点のある山猫(7)や、狼や犬の猛々しい種族、

(2) アフリカ北部の地方。
(3) 雌馬の匂い。
(4) イタリア中部に住む種族。第二歌一六七行参照。
(5) アビュドゥスの青年レアンデル。ヘレスポントゥス海峡の北岸の町に住む恋人ヘロと会うため、毎夜彼女がかかげる明かりを目標に海峡を泳いで渡っていたが、ある夜嵐で明かりが消え、対岸の方向を見失って溺死した。翌日海岸に打ち上げられた彼の死体を見て、ヘロも身を投げて死んだ。
(6) ヘロ。
(7) バックスの東方への旅で、神の車を虎とともに引いた。『牧歌』第五歌二九行註参照。

戦いは好まないのに、戦闘を始める鹿についてはどうだろう。
　だがもちろん、何よりも雌馬の愛の狂気はいちじるしい。
ポトニアエで戦車を引く四頭の雌馬は、グラウクス(1)の五体を顎で
食い尽くした。そのとき乱心を吹き込んだのも、ウェヌス自身であった。
愛に駆られて雌馬らは、ガルガラの峰(2)のかなたへ、波騒ぐ
アスカニウス川(3)のかなたへと走っていく。山を越え、川も泳いで渡るのだ。
愛の炎が、逸る骨髄に忍び入ると
――春はとくに。春に熱は骨にもどるから――、
ただちに(4)すべての雌馬は高い崖の上に立ち、西風(5)のほうへ顔を向けて、
軽やかな風を吸い続ける。するとしばしば、語るも不思議なことに、
雄との交わりもなく、風で子を孕み、
岩や、断崖や、深い谷間を
逃げるように駆けていく。東風よ、おまえや日の出の方角へではなく、
北風と北西風のほうへ、あるいは真っ黒な南風(6)が起こり、
冷たい雨で空を暗鬱にする方向へである。
ただこのときにのみ、牧人たちが「馬の狂気《ヒッポマネス》」と正しく名づけた(7)
粘り気のある分泌液が、雌馬の腿の付け根からしたたり落ちる。

(1) シシュプスの息子。ボエオティアのポトニアエで雌馬を飼っていたが、戦車競走で敗れたあと、自分の雌馬に食われて死んだ。雌馬に交尾をさせなかったので、愛の神が怒ったためと言われる。
(2) 第一歌一〇三行註参照。
(3) 小アジアのビテュニア地方の川。
(4) ここから二八三行までの雌馬に関する部分については、アリストテレス『動物誌』第六巻五七二a一〇–三〇に対応する記述がある。
(5) アリストテレスでは、西風と特定されていない。
(6) 嵐の雲をもたらすので。
(7) 媚薬として用いられたヒッポマネスは、他にも、生まれたばかりの子馬の額の小さな隆起物、あるいはアルカディア地方

しばしば意地悪い継母たちが集めてきて、薬草と
不吉な呪文を混ぜ合わせるのが、この「馬の狂気《ヒッポマネス》」なのである。
　しかし、こうするうちに時は過ぎ去る。われわれが愛情に捕らわれて、
一つ一つを遍歴している間に、時間は逃げて取りもどせない。
牛馬の群れは、もうこれで充分だろう。まだ仕事の半分は残っている。
羊毛を生む群れと、毛深い山羊を追うことだ。
そこには苦労はある。だが不屈の農夫らよ、ここから栄誉を望むがよい。
私は、こうした題材を語って成功し、細々とした素材に
ふさわしい誉れを与えるのが、いかに困難であるかよくわかっている。
だが私は、甘美な愛に心奪われ、パルナスス山(8)の人なき険路に
向かっていく。カスタリアの泉(9)へと、先人の轍《わだち》の跡のない脇道が
ゆるやかに傾斜しながら下っている。そんな峰を行くのは楽しいことだ。
さあ、尊いパレス(10)よ、今や荘重な調べで歌わねばならぬ。
　まず初めに、葉の茂る夏がやがてもどってくるまで、
羊は心地よい小屋で草を食《は》ませよ、と私は命じる。
また、下の固い地面には、多量の藁と羊歯《しだ》の束を
敷かねばならない。冷たい氷霜のために、か弱い家畜が

で採れるある種の薬草を指すとも言われた。

(8) 麓にアポロの聖地デルポイがあるギリシア中部の山。

(9) アポロとともにムーサたちの神聖な泉で、詩人にとっては霊感の源泉を象徴する。

(10) 一行参照。

害されて、疥癬《かいせん》や醜い腐蹄症《ふていしょう》に罹らぬようにするためだ。
そのつぎは山羊に移ると、葉の多い
野苺の枝と、新鮮な川の水を与え、
小屋を風に当たらぬよう、冬の太陽に面して
南向きに配置せよと命令する。それは冷たい水瓶座(1)が、
今や沈もうとして、年の終わりに雨を注ぐときだ。
　この山羊も、羊に劣らず注意深く世話すべきである。
その利益は小さくなかろう。たとえテュロス(2)の紫に染められた
ミレトゥス(3)の羊毛が、どれほど高い値で売られようとも。
山羊からは、より多くの子が生まれ、ふんだんな量の乳が出る。
乳房を搾り尽くし、搾り桶に泡立つ乳が多ければ多いほど、
つぎに乳房を押したとき、流れ出る乳の量は多くなろう。
それのみか一方、キニュプス(4)河畔の雄山羊の
白い顎髭と長い剛毛は刈り取られ、
野営の天幕に用いられたり、哀れな水夫の衣類になる。
さらに山羊は、リュカエウス山(5)の森や頂で、
刺だらけの木苺や、急斜面を好む茨の藪を食べて身を養っている。

(1) 黄道十二宮の一つで、太陽は一月にそこに入る。この星座が沈むのは二月中旬。それで古い農事暦の一年は終わる。
(2) 第二歌五〇五行註参照。
(3) 小アジア西岸カリア地方の都市。高級な羊毛製品の産地。
(4) 北アフリカのリビュア地方の川。
(5) 二行註参照。

それにひとりでに、子供らを連れて忘れずに小屋へ帰ってくる。
そのとき乳房を重く垂れ、敷居をまたぐのも難しいくらいだ。
それゆえ、山羊は人間の世話をあまり必要としないなら、
なおさらあらゆる注意を払って、氷霜や風雪から守ってやり、
食物と若枝の飼料を喜んで与え、
冬の間はいつも、干し草小屋を閉ざしてはならない。
　だが喜ばしい夏が、西風の招きに応えて、
羊と山羊の群れを林間の牧場《まきば》や牧草地へ送り出すときには、
暁《あけ》の明星が昇り始めるや、涼しい野原へ
急いで行こう、まだ日が新鮮で、牧草が白く光り、
家畜の大好きな露が、柔らかい草の葉に残っている間に。
そのあと、天の第四時(6)が渇きをもたらし、
悲しげな蟬《せみ》の歌が果樹園をつんざくとき、
井戸や深い池のそばへ行き、
姥目樫《うばめがし》の水路に流れる水を飲めと私は命じるだろう。
だが真昼の暑い盛りには、陰の多い谷間を探し求めよ。
どこかにユッピテルの古い幹の巨大な柏《かしわ》(7)が、

(6) 午前九―十時。

(7) 第二歌一六行註参照。

大きな枝を広げていたり、あるいは姥目樫の
欝蒼と茂った暗い森が、神聖な陰を横たえていようから。
そのあと、細く流れる水をふたたび与え、ふたたび日没まで
草を食《は》ませよ。そのときには、涼しい宵の明星が大気を
冷やし、すでに月は露を注いで林間の牧場《まきば》を蘇らせ、
岸辺には翡翠《かわせみ》の、藪では五色鶸《ごしきひわ》の声が響き渡っている。

さてリビュアの牧人たち(1)や、その放牧地と、まばらに点在する
小屋に住む彼らの野営部落について、なぜこの詩で語る必要があろう。
しばしば彼らの家畜は、昼も夜も、まる一月《ひとつき》の間ずっと、
果てしない砂漠を宿りの小屋もなく、草を食《は》みながら
漂泊する。それほど平原は広大なのだ。アフリカの牧夫は
あらゆる物を持ってさすらう。家屋も家の守護神も、
武器も、アミュクラエ(2)の犬もクレタの矢筒(3)も。
それはまるで、祖国の軍隊を編成した勇壮なローマ人が、
異常に重い荷物を背負ってすみやかに行軍し、敵の
意表を突いて陣営を敷き、隊列を組んで立ち現われるかのようである。

他方、スキュティア(4)の種族が住むマエオティス湖(5)のあたり、

(1) 遊牧民のこと。
(2) ギリシアのラコニア地方の町。猟犬で有名なスパルタに近い。
(3) 『牧歌』第十歌五九行註参照。
(4) 黒海の北部周辺に広がる地方。
(5) 黒海北部の内海(現アゾフ海)。

濁流のヒステル川[6]が黄色い砂を渦巻かせ、北極の中央まで延びた
ロドペ山[7]が南にもどってくる地域では、事情は異なっている。
そこでは、家畜の群れを小屋に閉じ込めたままにする。
野にはまったく草が生えず、木には一つの葉も茂らない。
大地はあまねく、雪の堆積と厚い氷の下に
形を現わさずに横たわり、七尺も盛り上がっている[8]。
いつまでも冬であり、いつも凍てつくような北西風が吹いていて、
そのうえ太陽は、馬に運ばれて高い天に達するときも、
車を急降下させ、赤く染まったオケアヌス[9]の水に浸すときも、
青白い靄を消し散らすことはけっしてない。
流れる川に、突然氷が固まって表面を覆い、
やがて水は、鉄の車輪をその背に支え、
以前には船を歓迎した水も、今や幅の広い荷車を迎える。
あちこちで青銅の容器が割れ[10]、身に着けた衣服は
凍結し、液体であった葡萄酒を斧で叩き割る。
湖水はすべて固い氷に変わり、
尖った氷柱《つらら》が、もじゃもじゃの顎髭に固く垂れ下がる。

（6）西から黒海に注ぐ川（現ドナウ川の下流）。
（7）ギリシア北東部のトラキア地方の山脈。
（8）すなわち氷雪の厚さが加わって。
（9）大地のまわりを流れる大洋。
（10）中の水が凍って膨張するため。

その間にも、雪は満天から休みなく降り続け、
家畜は死に絶え、巨体の牛が白雪に覆われて
立ち尽くす。多数の群れをなした鹿は、
異常な積雪の重みに痺れて、角《つの》の先が雪上に突き出て見えるだけとなる。
こうした鹿を狩るためには、猟犬を放ったり、網を張ったり、
深紅の羽根の脅し(1)で怖がらせる必要はない。
行く手をふさぐ雪の山を胸で押し分けようと逸る鹿を、
近づいて刃物で殺し、苦しそうに鳴き騒ぐのを
切り倒して、大きな歓声をあげて持ち帰るのである。
一方人間たちは、地下深く掘った穴の中で、
気楽にのんびりと暮らしている。彼らは集めてきた堅い薪や
楡《にれ》の木まるごとを、炉の上へ転がして火にくべる。
ここでは夜を遊んで過ごし、葡萄酒を真似て、
酸っぱい七竈《ななかまど》(2)の実を発酵させた飲み物を楽しむ。
このような粗野な人種が、極北の北斗七星の下に住むのだ。
彼らは、リパエイ山脈(3)から吹く東風に打たれ、
褐色の動物の毛皮で体を包んでいる。

(1) 獲物を網に追い込むために、色鮮やかな羽根をつけて猟場の周囲に張り渡した綱。

(2) バラ科の落葉小高木。赤い果実がなる。

(3) 極北の山脈。第一歌二四〇行参照。

もし羊毛に関心があるなら、まず八重葎《やえむぐら》(4)や菱などの
刺々しい草むらから遠ざかれ。豊かな牧草も避けるべきだ(5)。
そして初めから、柔らかい毛並みの白い羊の群れを選ぶがよい。
だが雄羊の場合、毛がどれほど白く輝いていても、
湿った口蓋の下にある舌が黒いならば、ただそれだけで
追い払わねばならない。生まれる子羊の毛皮を、黒っぽい斑点で
汚さないためだ(6)。そして野に満ちた群れを見回して、別の雄羊を探せ。
もしも信じるに値するなら、そのような純白の羊毛の贈り物で、
アルカディアの神パーンは、月の女神《ルナ》よ、あなたを魅了して欺き、
深い森の中へ呼び寄せたが、その誘いを、あなたは退けはしなかった(7)。
　だが乳を求めるならば、多量の苜蓿《うまごやし》(8)と萩《はぎ》と
塩を含ませた草を、自分の手で小屋へ運ぶがよい。
そうすれば、家畜はもっと水を欲しがって、乳房をいっそう膨らませ、
そのうえ乳には、ほのかに塩味がつくのである。
多くの人々は、生まれたばかりの子山羊でも、母親から引き離し、
その鼻先に、鉄釘のついた口輪を取りつける(9)。
日が昇るころや、昼の時刻に搾った乳は、

(4) 第一歌一五二行註参照。
(5) 豊かな牧草を食べさせると、羊毛の品質が損なわれると考えられた。
(6) アリストテレスによると、雄羊の舌の下の血管が白いと子は白くなり、それが黒いなら子は黒くなるという(『動物誌』第六巻五七四a五―八)。
(7) パーンが白い雄羊に変身して女神ルナ(セレネ)を欺き、彼女と交わった、あるいは美しい白い羊毛を見せて彼女をおびき寄せ、交情したとか伝えられる。
(8) 『牧歌』第一歌七八行註参照。
(9) 母山羊が乳房を刺されて嫌がり、乳を子山羊に吸わせなくなる。

夜の間にチーズにし、夜や日沈のころに搾った乳は、明け方に
凝固させる。それは牧人が町へ行くときに、籠に入れて持っていくか、
少量の塩を振りかけて、冬のために蓄えておく。
　犬の世話についても、最も後回しにしてはならない。
敏速なスパルタの子犬(1)も、猛々しいモロッシアの犬(2)も、同様に
養分豊かな乳漿《にゅうしょう》(3)で養え。そうした犬が見張っていれば、
家畜小屋をつけ狙う夜の強盗も、狼の襲撃も、
背後から襲う物騒なヒベリア人(4)も、恐れることはないだろう。
さらに、しばしば、小心な野性の驢馬《ろば》を走って追い回したり、
犬を用いて野兎や鹿を狩ることもあるだろう。
またしばしば、犬に吠え立たせ、森の泥沼から猪(5)を
狼狽させて狩り出したり、高い山々を走り、
叫び声をあげて大きな鹿を網に追い詰めることもあろう。
　家畜小屋で香り高い杉を燃やすことや、
楓子香《ふうしこう》(6)の煙で、有害な毒蛇を追い払うことも学べ。
掃除をしていない小屋の下にはしばしば、触れると危険な
蝮《まむし》が隠れている。天の光を恐れて、身を潜めているのだ。

(1) 良い猟犬に育つ。三四五行註参照。
(2) ギリシアのエピルス地方の内陸部で、すぐれた番犬の産地。
(3) チーズを作るとき、凝乳と分離した液。
(4) スペイン人。当時近隣地域から家畜を盗むという悪評が立っていた。
(5) 泥の中で転げまわる習性がある。
(6) ガルバヌム。大茴香《おおういきょう》の一種から採れるゴム状の樹脂。

あるいは牛には大敵で、いつも屋根の下の
暗い場所へ入り込み、家畜に毒を撒き散らす蛇が、
地面にじっと伏している。牧人よ、手に石を取れ。棍棒をつかめ。
脅かすように起き上がり、首を膨らませて、しゅうしゅうと音立てる蛇を
打ちのめせ。すると蛇は逃げ、おびえる頭を地中に隠し、
胴の真ん中のとぐろと、尾の先のうねりを
解きながら、最後の曲線を描いて、ゆるやかに体の輪を引きずっていく。
さらにカラブリア(7)の牧場《まきば》には、あの悪しき蛇(8)がいる。
そいつは鱗のついた背をぐるぐる巻いて、胸を直立させ、
長い腹には大きな斑《まだら》模様がついている。
川が泉から勢いよく流れ出て、
大地が春の湿り気と、雨をもたらす南風で濡れている間は、
その蛇は沼に出没し、岸辺に住みながら、そこで容赦なく
魚やおしゃべりな蛙を捕まえては、陰険な胃袋を満たしている。
だが沼が干上がって、大地が暑さでひび割れると、
乾いた陸地に跳び出し、燃える眼であたりを見回しながら、
渇きに苛立ち、猛暑に逆上して、野原で荒れ狂う。

(7) イタリア半島東南端の地方。
(8) 水陸両棲の蛇。

そいつが脱皮して蘇り、(1)若さに輝いて
くねり進むとき、あるいは子や卵を巣に残して、
太陽に向かって聳え立ち、口から三叉の舌をちらちらと震わせるとき、
私は戸外で、心地よい眠りを味わおうとか、
森の尾根の草むらに、寝ころんでみたいとか思うまい。

　病気についても、原因と徴候を教えよう。
羊が醜い疥癬《かいせん》(2)に罹るのは、冷たい雨と、
白い霜降る厳しい冬の寒さが、生身にまで深く染み透ったとき。
あるいは、毛を刈った羊に、汗が洗い落とされずに
こびりついたり、刺々しい茨の茂みで、体に引っ掻き傷ができたときだ。
そのため羊飼いたちは、家畜のすべてに清流の水を
浴びさせる。雄羊は深い所に浸され、ふさふさした毛を
濡らし、そのまま流れに身を委ねて川を下る。
もしくは、毛を刈った体に苦い油の澱《おり》(3)を塗るが、
それには、密陀僧《みつだそう》(4)、天然の硫黄《いおう》、
イダ山(5)の松脂《まつやに》、油で柔軟にした蠟《ろう》、
海葱《かいそう》(6)、強烈なヘレボルス根(7)、黒い瀝青《れきせい》を混ぜ合わせる。

(1) 春と秋に脱皮する。

(2) 寄生虫によって生じる伝染性の皮膚病。

(3) 第一歌一九四行註参照。

(4) 一酸化鉛。銀の鉱石を溶かしたときに生じる浮き滓。

(5) 小アジア北西部のプリュギア地方の山。松の森林で有名。

(6) ユリ科の多年草で、鱗茎を薬に用いる。

(7) ユリ科バイケイソウの乾燥根茎。粉末にして薬にする。

しかしその病気の治療法として、何より効果的なのは、
腫れ物の頭を刃物で思い切って
切除することである。牧人が傷に治療の手を施すのを拒み、
神々により良い前兆を求めて座っている間にも、
病患は眼に見えない所で養われ、生き続ける。
さらにまた、痛みがめえめえ鳴く羊の骨髄に達するまでに
猛威をふるい、焼けつく熱が四肢を苛んでいるとき、
蹄《ひづめ》の内側で血管を切り開いて血を噴き出させ、(8)
燃え盛る熱を追い払うのも効き目がある。
この方法は、ビサルタエ人(9)や荒々しいゲロニ人(10)がよく用いる。
それは彼らが、ロドペ山(11)やゲタエ族(12)の荒野へ移っていき、
馬の血(13)で凝固させた乳を飲むときである。
　羊があまり頻繁に、遠くの心地よい陰の下へ退いたり、
いつもより元気なく草の先だけをかじりながら、
一番遅れてついてきたり、あるいは草を食《は》みつつ野原の真ん中に
うずくまり、夜更け前にひとり寂しげに帰ってくるのを見たならば、
ただちに刃《やいば》によって、その病魔に冒された羊を断ち、

(8) 瀉血《しゃけつ》。
(9) マケドニア地方の種族。ゲロニ人とともに北方の遊牧民。
(10) スキュティア地方の種族。第二歌一一五行参照。
(11) トラキア地方の山。
(12) ヒステル川（現ドナウ川の下流）流域に住む種族。
(13) 蹄から瀉血した血液。

恐ろしい伝染病が、無防備な群れに広まらぬようにせよ。
海から押し寄せる旋風も、家畜に襲いかかる疫病の数ほど
おびただしい豪雨をもたらしはしない。病気は一頭ずつ
家畜を捕らえるのではなく、突然に夏の牧場《まきば》全体を——
群れも、群れの希望も、種族のすべてを同時に根こそぎ奪っていく。
それを知るには、天高く聳えるアルプス山脈と、ノリクム(1)の
丘の上の村々と、ティマウス川(2)のほとりのイアピュディア(3)の野を
訪れてみるがよい。そこでは長い年月を経た今でも、牧人たちの王国は
見捨てられたままであり、牧場《まきば》はあまねく人気《ひとけ》がない。
　かつてその地では、病毒を帯びた大気のゆえに、悲惨な季節が
到来した。その季節は、秋の暑さをすべて集めて燃え上がり、
あらゆる家畜を、あらゆる野性の動物を死滅させ、
悪疫で湖水を毒し、牧草を汚染した。
死への道は単純ではなかった。火のような渇きが
すべての血管をめぐり、哀れにも四肢を萎縮させたあと、
つぎは逆に、体液が溢れるように流れ出し、病気で
少しずつ崩れた骨を、すべて溶かしていった。

(1) アルプス山脈とドナウ川に挟まれた地方。現在のオーストリアの一部にあたる。
(2) 現在のトリエステ湾に注ぐ川。『牧歌』第八歌六行参照。
(3) イリュリア地方の北部。

しばしば神々への供犠のさなかに、祭壇のそばに立った犠牲獣が、
純白のリボンのついた羊毛の紐を額に巻かれているとき(4)、
手間取る従者たちの間で倒れて、悶え死んだ。
あるいは、たとえ神官がその前に刃物で犠牲獣を屠ったとしても、
そこから取り出した内臓は祭壇の上で燃え立たず(5)、
占い師は問われても、答えを返すことができなかった(6)。
また、喉の下に当てられた小刀はほとんど血に染まらず、
わずかに地面の砂が、薄い血糊で黒ずむのみであった。
それから子牛たちは、あちこちの豊かな草地で死んでいき、
飼い葉のいっぱい入った桶のそばにいて、心地よい命を失う。
そして従順な犬も狂犬病に襲われ、病気の豚は
息苦しい咳で体を揺すり、喉が腫れて息を詰まらせる。
優勝した馬は、いつもの努力もむなしく、牧草を忘れて
くずおれ、泉からも顔をそむけて、蹄《ひづめ》で地面を
しきりに叩く。その耳は垂れ下り、そこに汗が断続的に
流れるが、しかし汗は、死が近づくと冷たくなる。
皮膚は乾燥して硬くなり、手で触っても弾力がない。

(4) 神への生け贄の印として。
(5) 神が供物を拒んでいると見なされ、凶事の前兆。
(6) 内臓が病気に冒されているため、正常な内臓占いができない。

最初の時期には、死ぬ前の徴候はこのようなものだった。
だが病勢が進んで、猛威をふるい始めると、
そのときこそ眼は燃えるように赤くなり、息は胸の奥から引きずりながら、
ときに呻《うめ》き声とともに苦しげに吐き出され、下腹は
長いしゃっくりで引きつり、鼻からは黒い血が
流れ、ざらざらになった舌は、喉をふさいで詰まらせる。
口に角《つの》を差し込んで、レナエウスの液(1)を注ぎ込めば
効き目があった。それが、死に直面した家畜を救う唯一の道かと思われた。
だがやがて、これさえも死の原因となった。元気を取りもどした動物は、
いきり立って狂乱し、すでに死に際にありながら――ああ神々よ、
敬虔な者にはもっと幸せな運命を、敵にこそ狂気を与えよ!――、
歯をむき出し、自分の四肢を噛みちぎり、引き裂いたのだ。
　見よ、重い犂《すき》を引く雄牛が、汗煙りながら
倒れ、口から泡まじりの血を吐き出し、
断末魔の呻きをあげている。農夫は悲しげに近寄り、
兄弟の死を悼む若牛(2)を軛《くびき》から解き放ち、
仕事のさなかの犂を、畑に差し込んだままにして立ち去る。

(1) 葡萄酒。第二歌四行註参照。興奮薬として馬に酒を飲ませることは昔から行なわれていた。

(2) 病死する牛とともに犂を引いてきた同僚の牛。

深い森の陰も、柔らかい牧草地も、
岩間を流れ下り、野原へと走る琥珀《こはく》よりも清い川も、
もはや牛の心を動かすことはできない。
脇腹は下までたるみ、両眼はぼんやりとかすんで動かず、
首は重みで垂れ下がり、大地に傾いていく。
骨折りや功労が、何の役に立つのか。犂べらで重い大地を耕したことが
何の益になろう。とはいえ牛どもは、マッシクス山(3)のバックスの
贈り物や、度重なるご馳走で体を害したわけではない。
身を養うための食べ物は、木の葉や粗末な草にすぎず、
飲み物は、澄んだ泉と勢いよく流れる川の水であり、
健康な眠りが、心労によって破られることはない。
　言い伝えによると、そのときだけは、その地方では
ユーノの祭礼(4)のために雌牛を求めても見つからず、
車は似合わない(5)野牛に引かれて、高い神殿へ運ばれたという。
それゆえ、人々は鍬《くわ》で土地を苦労して掘り返し、
みずからの爪で種を埋め、高い丘の上を、
首の筋肉を張り詰めて、軋《きし》む荷車を引いていくこととなる。

(3) 南イタリアのカンパニア地方の山で、美酒の産地。第二歌一四三行参照。

(4) ギリシアのヘラ（ユーノ）の崇拝地アルゴスでは、祭礼のとき女神官を乗せた車を白い牛が引いた。ノリクムでも同様の宗教的慣習があったのかは不明。

(5) 組み合わされた二頭の野牛が大きさや力の点で釣り合わないのみならず、立派な祭礼の車にもふさわしくない。

狼は、羊小屋のまわりで待ち伏せの場所を探さなくなり、
夜に家畜の群れを狙ってうろつくこともない。いっそう深刻な不安(1)が、
狼をおとなしくさせるのだ。臆病なダマ鹿や逃げ腰の鹿が、
今や猟犬たちの間に混じって、人家の周囲を歩き回る。
また今や、果てなき海に生まれたものや、あらゆる泳ぐ種族が、
まるで難破者の遺体のように、波で浜辺に
打ち上げられ、川へ馴染みのない海豹《あざらし》が逃げてくる。
蝮《まむし》は、曲がりくねった隠れ家に守られていたが、それもむなしく
息絶え、水蛇も、恐怖で鱗を逆立てて死に果てる。
大気(2)は鳥にさえも無慈悲である。鳥たちは、
高い雲の下で命を失い、真っ逆さまに落ちていく。
　さらにまた、餌を変えても、もはや効き目はなく、
探し求めた治療法は、ただ害になるだけだ。ピリュラの子キロン(3)や
アミュタオンの子メランプス(4)のような熟練の医師も、治療を諦めた。
蒼白のティシポネ(5)が、ステュクス川(6)の闇から光明の中へ送り出されて
荒れ狂い、病気《モルブス》と恐怖《メトゥス》を前方に駆り立てながら、
身を起こして、日ごとに貪欲な頭を高く聳え立たせていく。

(1) 伝染病に対する恐怖。
(2) 病毒で汚染された大気。四七八行参照。
(3) ケンタウルスの一人。医術や音楽などにすぐれ、医神アエスクラピウスや英雄アキレスらを養育した。母ピリュラはオケアヌスの娘。
(4) 予言者および医師として名高い人物。
(5) 復讐の女神の一人。
(6) 冥界の川。

羊や山羊の鳴き声と、牛がしきりに唸る声が、
川にも、乾いた岸辺にも、なだらかに傾斜した丘にも響き渡る。
今やティシポネは、群れごとにまとめて殺戮し、家畜小屋の中にまでも、
醜い疫病で腐敗した死骸を積み上げる。
やがて人々は、死体を土で覆い、穴に埋めることを学ぶにいたる。
なぜなら、皮は利用できなかったし、肉のほうは、誰もその病毒を
水で洗い消したり、炎で打ち負かしたりできないからだ。
病気と汚物に蝕まれた羊毛は、刈ることさえできず、
織ろうとしても、触れるとぼろぼろに砕けた。
それのみか、誰かがその忌まわしい衣を着てみたなら、
熱い腫れ物と汚い汗が、悪臭を放つ
全身に吹き出して、その後長い時間待つまでもなく、
呪われた火(7)は、感染した五体を食い尽くした。

(7) 原語は sacer ignis。ルクレティウス『事物の本性について』第六歌六六〇行では丹毒を指すが、ここでは特定の病名ではなく、一般的に疫病の炎のごとき破壊力を表わしている。

第四歌

さて続いて、空中から生じる蜜という天界の贈り物[1]について語ろう。
この分野にも、マエケナスよ[2]、眼を向けてください。
小さな世界[3]の称賛すべき光景、すなわち
気宇壮大な指導者たちや、種族全体の
風習と営み、そして部族と戦いを、順序よく歌っていこう。
小さなものに労を注ぐが、しかし栄光は小さくない、もしも
敵意ある神々が妨げず、アポロが祈りを聴いてくれるなら[4]。
まず最初に、蜜蜂のために、定まった住みかを探さねばならない。
風は食物を家へ運ぶのを邪魔するから、
風が吹いてこない所がよい。また、羊や元気のよい子山羊が

（1）古代では蜜は天から露になって降ってくるものと考えられた（第一歌一三一行註、アリストテレス『動物誌』第五巻五五三b二九参照）。第四歌は、蜜蜂の飼育（養蜂）を主題とする。
（2）第一歌三行註参照。
（3）蜜蜂の社会。
（4）『牧歌』第六歌三行以下では、音楽と歌の神アポロは「王と戦い」をテーマとする叙事詩の創作を詩人に許さなかったと語られた。

花の上を跳びはねたりせず、野原を歩き回る雌牛が
露を振り落としたり、生えてくる草を踏みつけたりしない場所を求めよ。
豊かな巣箱からは、多彩な鱗の背を持つ蜥蜴《とかげ》も、
蜂食い鳥やその他の鳥、例えば血に染まった
手の跡が胸についている燕(5)なども遠ざけよ。
それらはあちこち荒らし回り、飛んでいる蜂を口で捕まえ、
冷酷な雛たちのためのおいしい餌にして運んでいく。
だが、澄んだ泉や、苔むした緑色の池や、
草地を細く流れる小川は近くになければならない。また、
棕櫚《しゅろ》や、大きな野性のオリーヴが入り口を陰で覆っている所がよい。
そうすれば、待望の春が来て、新しい王たち(6)が最初の群れを
率い、若い蜂が巣から放たれて戯れ飛ぶとき、
近くの川岸が、暑さを避けてやってくるように誘い、
通り道にある樹木が、葉陰で迎え入れてくれるだろう。
水は淀んで流れを休めていても、さらさら流れていても、
その真ん中に柳を差し渡し、大きな石を投げ入れよ。
それがあちこちで橋になり、もしものんびり飛んでいる蜂が、たまたま

(5) 燕は、息子を殺して料理し、夫テレウスに食べさせたプロクネが変身した鳥。『牧歌』第六歌七八行註参照（ただしそこでは、テレウスの妻はピロメラになっている）。

(6) 古代では一般に、蜂の集団の王は雌ではなく雄であると信じられていた。

東風のもたらす雨に濡れたり、その突風を受けて水中に投げ込まれたなら、
そこに立ち止まり、夏の太陽に翅《はね》を広げることができるように。
これらの周囲には、緑の沈丁花《じんちょうげ》や、遠くまで匂う
麝香草《じゃこうそう》や、強い香りを放つ多量の木立《きだ》ち薄荷《はっか》を
花咲かせ、菫《すみれ》の花壇を作って、泉から水を引いて潤すとよい。

一方巣箱(1)そのものは、窪んだ樹皮を縫い合わせたものにせよ、
しなやかな細枝で編んだものにせよ、
入り口を狭くしなければならない。なぜなら蜜が、
冬の寒いときに固まり、暑いときは柔らかくなり溶けるからだ。
寒暑いずれの力も、蜂のために警戒すべきである。
蜜蜂が家の細い隙間に競い合って蠟《ろう》を塗り、
裂け目の縁を花から採った糊(2)で埋め、
まさにその務めのために、鳥もちやプリュギアのイダ山(3)の松脂《まつやに》よりも
粘り気のある膠《にかわ》を集めて蓄えるのは、理由のないことではない。
さらにまた、言い伝えが真実なら、蜜蜂はしばしば、
地下に掘られた隠れ場に心地よい住居《すまい》を作り(4)、
軽石の穴や、朽ちた木の洞《ほら》の奥深くにも見つけられたりした。

(1) 巣箱の例として左図参照。

4図. 蜜蜂の巣箱

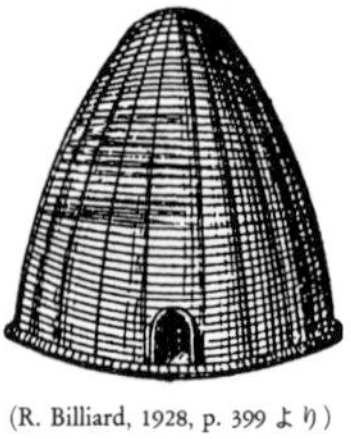

(R. Billiard, 1928, p. 399 より)

(2) 蜂蠟《はちろう》あるいは蜂膠《はちにかわ》と呼ばれる粘着力のある油性物質(propolis)。実際は花からではなく、ある種の樹木の芽や皮から採られる。

(3) 第三歌四五〇行註参照。

(4) 地下に巣を作るのは蜜蜂ではなく、丸花蜂《まるはなばち》など他の種類の蜂である。

それでもやはり、隙間の多い住みかのまわりに滑らかな粘土を塗り、
その上にわずかな木の葉を振りかけて、暖かくしてやりなさい。
巣箱のあまり近くに、一位《いちい》(5)の木がないようにせよ。
また火床で、蟹を赤く焼いてはいけない(6)。深い沼や
泥の匂いが強い所、あるいは叩くと鳴り渡る岩穴があり、
岩に当たった声が反響して跳ね返る所も用心せよ(7)。
　さてつぎに、金色の太陽が冬を打ち負かして
地下に追いやり、夏の輝きで天空を開け放つと、
蜂はただちに牧場《まきば》や森を飛び回り、
色鮮やかな花々から収穫を集め、軽やかに川面《かわも》を舞って水を吸う。
このようにして蜂は、不思議な喜びに捕らわれて、楽しげに
巣の中の子供たちを慈しみ育て、こうして巧みに
新しい蠟《ろう》(8)を作り出し、粘りのある蜜を作り上げる。
　こうして、今や蜂の群れが巣箱から飛び立ち(9)、下から見上げると、
天の星めざして澄んだ夏空を泳ぐように進んでいき、
まるで風にたなびく黒い雲かと驚かされるとき、
よく観察してみるがよい。蜂はつねに甘い水と、葉の茂みで

(5) 毒性があると信じられた。第二歌二五七行、および『牧歌』第九歌三〇行註参照。

(6) 蟹は、灰を薬用にしたり、木の病気を治すために焼かれたが、蜜蜂は強い臭気を嫌う。

(7) 実際は、蜜蜂にどの程度の聴覚があるのか不明である。アリストテレス『動物誌』第九巻六二七a一七参照。

(8) 蠟は蜂の体内から分泌する。しかし古代では、蜜蜂が花や樹液を材料にして作るものと思われていた。

(9) 増殖した蜜蜂の群れが、古い巣から離れて新しい巣に移る分封と呼ばれる現象。

覆われた所を求めているのだ。その場所には、指示された香料、すなわち
すりつぶした山薄荷《やまはっか》と、ありふれた黄花瑠璃草《きばなるりそう》(1)を撒き散らし、
そのまわりでカンカンと音を響かせ、母なる神(2)のシンバルを打ち鳴らせ。
蜂は、香りを施した居場所に進んで住みつき、おのずと、
自己の習性に従って、その安住の巣の奥深くに身を隠すだろう。
　しかし蜂が飛び立つ目的が、戦争である場合もある。しばしば
二人の王の間に反目が生じ、大きな騒乱が起こるからだ。
その場合はすぐに、民衆の熱気と、戦いに逸りたつその心情を
遠くからでも見抜くことができる。なぜなら軍神《マルス》の
あの騒がしい銅の響きが(3)、ぐずぐずする者を叱咤し、
喇叭《らっぱ》の断続的な音に似た声が聞こえるからである。
それから蜂たちは慌ただしく集合し、翅《はね》をきらめかせ、
針を口先で研ぎ澄まし(4)、筋力を整えて、
王のまわり、その司令本部のそばに密集し、
大喚声をあげて敵を挑発する。
こうして、晴れ渡った春の日に、雲一つない空の野を見いだすや、
門からの出撃だ。戦いは交えられ、高天では轟音が沸き起こる。

(1) ムラサキ科の植物で、蜜の源になる。
(2) 大地母神キュベレ。その祭礼では、楽器や武器を打ち鳴らして踊った。
(3) 次行の「喇叭の音」を指す。
(4) 蜜蜂の針は尾についている。蜂が体を曲げて口先で身をきれいにしている姿勢が、顎で針を研いでいるように見えるからか。

敵味方が入り乱れて巨大な丸い塊をなすと、やがて
真っ逆さまに落ちていく。天から降りしきる雹《ひょう》もこれほどに多くなく、
姥目樫《うばめがし》を揺さぶっても、それほど多量の団栗《どんぐり》の雨は降らない。
翅のひときわ目立つ(5)王たち自身が、戦列の真ん中にいて、
小さな胸に大きな闘志をたぎらせながら、
一歩も退くまいと奮闘し続けているうちに、ついに一方が他方を
威圧して、勝利者の力に屈した側は背を向けて逃げていく。
このような熱情の波瀾、これほど大きな闘争も、
わずかな砂を投げつければ、抑えられて鎮まるものだ(6)。
　だが、どちらの指導者も戦いから呼びもどしたら、
害になる浪費家をなくすために、姿の劣ったほうを殺して(7)、
より良いほうに、敵対者のいない宮廷を統治させよ。
双方のうちの一つは、金色の粗い斑点があり、きらめいているだろう。
つまり王には二種類あって、その良いほうは顔つきに気品があり、
金色の鱗で輝いているが、他方は怠惰のため醜く、
大きな腹を引きずって見苦しい。
王の外観が二つあるように、民衆の体も異なっている。

(5) 実際の女王蜂の翅は小さいが、色は美しい。

(6) ウァロの『農業論』第三巻一六-三〇でも同じ方法が言及されている。

(7) 対立する王の存在は群れの調和を乱し、蜜作りを妨げるので。

一方は醜悪でむさくるしく、まるで埃のひどい道を
歩いてきて、干涸びた口から土混じりの唾を吐き出す
渇いた旅人のようであるが、他方は燦然と光り輝き、
その体は均斉のとれた金色の斑点に覆われてきらめいている。
これが優良な品種であり、この品種から、天のめぐりの一定の時期に(1)
甘い蜜を搾れるだろう。(2)しかも甘さにもまして
透明な蜜は、葡萄酒の辛い味を和らげるのに適している。
　ところで、蜂の群れがあてもなく飛んで空中に戯れ、
巣を蔑ろにして、家を冷たいままに放置しているときには、
その浮ついた心が、無駄な遊びに耽るのを防がねばならない。
それを防ぐのは、たいした苦労ではない。王たちから翅《はね》を
むしり取ればよい。王が動かないかぎり、誰もあえて空高く
飛び立ったり、陣営から軍旗を引き抜いたり(3)はしないだろう。
庭は、サフランの花の香りで芳しくして蜂を誘うようにし、
柳の鎌を持って盗人と鳥を見張る神、
ヘレスポントゥスのプリアプス(4)の守護神像に蜂を守らせよ。
こうした世話に従事する人は、麝香草《じゃこうそう》(5)とガマズミ(6)を高い山から

(1) 春と秋。二三一行以下参照。
(2) 巣箱から切り取った蜂の巣を、円錐形の漉《こ》し器にかけて蜜を搾り出した。
(3) 軍隊が出陣すること。
(4) 豊穣の神（『牧歌』第七歌三三行註参照）。ヘレスポントゥス海峡に臨む小アジアの都市ランプサクスがその崇拝の発祥地。
(5) 芳香を放つシソ科の小低木。
(6) スイガズラ科の常緑低木で、芳香のある花が咲く。なお原語は tinus だが、pinus「松」と読む写本もある。

運んできて、みずから巣箱のまわり一面に植えるがよい。
自分の手を労してこのつらい仕事に励み、みずから豊饒な苗を
地面に植え込み、恵みの水を注ぐのだ。

　さて私としては、もしこの仕事(7)の最後に近づいた今、
帆を巻き上げ、舳先《へさき》を急いで陸に向けようとしているのでないならば、
おそらく、庭園を豊かに飾るための入念な栽培方法についても、また
パエストゥム(8)の年に二度咲く薔薇園についても歌うであろうに。
そして菊萵苣《きくぢしゃ》(9)が小川の水を飲んで喜び、
セロリが緑の岸辺を楽しませ、胡瓜《きゅうり》が草の間をくねくねと這って、
腹を膨らませていく様子も歌うだろう。私はまた、
遅く花咲く水仙(10)や、しなやかなアカンサスの茎のこと、
淡い黄色の木蔦《きづた》や、浜辺を好むギンバイカ(11)についても黙ってはいまい。

　なぜなら、私はかつて、スパルタ人の城塞都市(12)の塔の下、
黒いガラエスス川(13)が黄金色の麦畑を潤しているあたりで、
コリュクス(14)の老人を見たのを思い出すからだ。この人には、見捨てられた(15)
数ユゲルム(16)の農地があったが、その土地は、牛で耕すほど肥沃ではなく、
家畜にも適さず、葡萄にも好ましくはなかった。

(7)『農耕詩』の創作を意味する。第二歌三九行参照。

(8) 南イタリアのルカニア地方の海岸都市。薔薇で有名。

(9) 野菜として栽培されるもの。野性の菊萵苣は雑草（第一歌一二〇行参照）。

(10) 秋咲きの品種の水仙。

(11) 第一歌三〇六行註参照。

(12) タレントゥム。イタリア半島東南端のスパルタ人の植民都市。

(13) タレントゥム付近の川。

(14) 小アジア南東のキリキア地方の海岸都市。サフランの栽培で名高い。

(15) 耕作や牧畜などの特定の用途に当てられていないという意味。

(16) 一ユゲルムは約二千五百平米。

だが老人は、その土地の茨の間のあちこちに野菜を植え、周囲には
白い百合《ゆり》や熊葛《くまつづら》、(1) ほっそりした罌粟《けし》を植えて、
心では王の富に匹敵すると誇っていた。そして夜遅く帰宅しては、
買ったものではないご馳走を、食卓にうずたかく載せるのであった。
春には薔薇を、秋には果実を誰より先に摘み取った。
陰鬱な冬が、まだなお寒気で岩をひび割れさせ、
氷結で水の流れを抑えているとき、(2)
彼はもう、たおやかなヒヤシンスの葉を刈り込みながら、
夏は遅い、西風はのんびりしているとなじるのだった。
だからこの人は、多産な蜂とその大量の群れに
豊かに恵まれ、巣を押しつぶして、(3) 泡立つ蜜を集めるのも、
誰よりも早かった。彼には、科《しな》の木もガマズミも(4)繁茂し、
新しい花が咲いたとき、豊饒な果樹はたくさんの果実を約束して、
秋になると、期待どおりに多数の成熟した実を結んだ。
さらに彼は、年経た楡《にれ》の木や、とても堅い梨の木、
すでに実をつけている橉木《りんぼく》(5)や、酒を飲む人々に
すでに陰を与えている篠懸《すずかけ》の木を、列に並べて移植した。(6)

(1) 淡紫色の小花を穂状につける多年草。薬草になる。

(2) 一般的な冬の光景。タレントゥムはもっと温暖である。

(3) 一〇一行註参照。

(4) いずれの木も蜜の源になる。

一一二行註参照。

(5) バラ科の常緑小高木。黒く熟した果実がなる。ここでは「実」は直訳すると「李《すもも》」。接《つ》ぎ木した李の実のことかもしれない。

(6) 成長した木や老木の移植は難しい。

(7) この言葉を受けて、その後コルメラは『農業論』第十巻で園芸について六脚律の詩体で記

しかしこの話題については、余裕がなくてやむをえず
通り過ぎることにして、私のあとの他の人々が語るように残しておこう。(7)
　さて今や、ユッピテルみずからが蜜蜂に授けた性質について
語ろう。それは蜂らが、クレテス人(8)の妙なる音と
青銅を打つ音に誘われて、ディクテの洞穴の中で
天空の王を養い育てた報酬であった。
蜂だけが、子供たちを共有し、都市の家々に共同で住み、
権威ある法のもとで生を営むのである。(9)
また蜂だけが、祖国と、定まった家を知っている。
夏には、やがて来る冬を忘れず労働に精を出し、
収穫したものを共同のために蓄える。
実際、ある者は食物の採集に専念し、一定の取り決めに従って
野に出て熱心に働く。またある者は家の囲いの中にいて、
水仙の涙(10)と、樹皮から採った粘り気のある膠《にかわ》(11)で
巣のための最初の基盤を作り、つぎにその粘着質の蠟《ろう》の巣を
天井にぶら下げる。(12)ある者は一族の希望を担う成長した
若蜂を外へ連れ出し、(13)またある者は、きわめて純粋な蜜を

述した。
(8) サトゥルヌス（クロノス）が次々と子供を呑み込んだとき、その妻オプス（レア）が赤子のユッピテル（ゼウス）をこっそりと救い出して、養育のために預けたクレタ島の古い住民。彼らはディクテ山の洞穴で盾を打ち鳴らして赤子の泣き声を隠し、その音に誘われた蜜蜂が、蜜でゼウスを養った。
(9) 蟻も集団をなして社会生活を営むが、ここでは無視されている。
(10) 植物からにじみ出る液のこと。三九行註参照。
(11) 四一行参照。
(12) 巣箱の天井にぶら下げた巣の最初の部分に、次々と巣室を下に向かって付け足して巣の全体を作っていく。
(13) 仕事の教育のため。

詰め込んで、巣室を透明な蜂蜜《ネクタル》でいっぱいにする。
門の見張りを割り当ての任務として与えられた者もおり、
それらは、交替で天空の雨と雲の様子を監視し、
帰ってくる蜂から荷を受け取り、あるいは隊列を組み、
怠け者の雄蜂(1)の群れを巣箱から遠ざける。
仕事は熱気に満ち、芳しい蜜は麝香草《じゃこうそう》の香りを発散させる。
それはあたかも、キュクロプスたち(2)が柔軟な金属の塊で
雷電をすばやく造るときのようだ。ある者は牛革の鞴《ふいご》で
空気を吸い込んでは送り出し、ある者は水槽にしゅしゅっと音立てる
青銅を浸す。アエトナ山は、据えられた鉄床《かなとこ》の重みに呻《うめ》いている。
彼らは、拍子に合わせて代わる代わる腕を力のかぎり
振り上げ、鋏《やっとこ》で鉄をつかんでは裏返す。
小さなものを大きなものと比べてよいならば、これと同じように
ケクロプス(3)の国の蜜蜂は、生来の所有欲に駆り立てられて、
めいめいの義務を果たすのだ。老いた蜂は、町づくりの世話をする。
つまり巣を建造し、家を巧みにこしらえるのだ。
他方若年の蜂は、脚に麝香草《じゃこうそう》を満載して、夜遅く

(1) 多くの雄蜂は、生殖のあと分封が終わると、働き蜂によって殺されてしまう。

(2) シキリア島のアエトナ山の近くに住む一つ眼巨人たち（第一歌四七一行註参照）。ここでは、彼らがユッピテルの雷電を造る様子が描かれる。

(3) アテナエの最初の王。アテナエの近くのヒュメットゥス山は有名な蜂蜜の産地。ここでは蜜蜂に威厳を添える枕詞をなす。

疲れ切って帰ってくる。若蜂たちはあちこちで、野苺や、
青緑の柳、沈丁花《じんちょうげ》や、赤いサフラン、
豊饒な科《しな》の木や、紫色のヒヤシンスの養分を吸ってくる。
蜂は、すべてが同時に仕事を休み、すべてがいっせいに労働する。
朝には門から飛び立って、遅れる者はどこにもいない。そのあと
宵の明星が、ようやく養分の採集をやめて野から退くように
促すと、そのときやっと家をめざし、体をいたわり養うのだ。
すると音が聞こえてくる、入り口のあたりにぶんぶんという音が。
やがて、めいめい寝室に身を落ち着けると、沈黙の支配する
夜が訪れ、待望の眠りが、疲れ果てた四肢を捕らえる。
だが、雨が迫っているときには、巣箱からあまり遠く離れず、
また東風が吹き始めているときには、天候に気を許さず、
巣のまわりの安全な所、みずからの都市の城壁近くで水を補給し、
近距離の出動のみを試みる。しばしば蜂は、まるで
波に揺さぶられる不安定な小舟が底荷(4)を運ぶように、
小石を持ち上げていく(5)。頼りない雲の中を、それで均衡を保って飛ぶのだ。
　蜜蜂が好む習性には、じつに驚くべきものがある。

(4) 船の重心を下げるために船底に積む重い荷物。
(5) アリストテレス『動物誌』第九巻六二六b二四参照。

すなわち、雌雄の交わりに耽らず、愛の営みに体を弱らせて
無気力になることも、子作りのための産みの苦しみを味わうこともない。
蜂は、おのずから、木の葉や甘い香りの草から子供たちを
口で拾い集め、(1) 独力で王と小さな市民《クイリテス》(2)たちを
補充し、宮殿と蠟《ろう》の王国も造り直す。
また蜂はしばしば、あちこち飛んでいる間に固い岩で翅《はね》を
傷つけても、なお重荷を負ったまま、進んで命を犠牲にする。
それほど花への愛着は強く、蜜作りの栄光は大きいのだ。
それゆえ、短い生涯の果てが個々の蜂を
待ち受けてはいるが——実際その命は七回目の夏を越えられない(3)——、
しかし種族は不滅のまま存続し、長い年月にわたって
家運はしっかり保たれて、家系は祖父の祖父まで数え上げられる。
　さらにまた、エジプト人も、強大なリュディア(4)の人も、
パルティア(5)の民も、ヒュダスペス河畔(6)のメディア人(7)も、蜜蜂ほどに
王を敬うことはない。王が安泰であるかぎり、みなが心を一つにする。
だが王が失われると、たちまち誓約を破り、蓄えた蜜を
みずから掠奪し、格子状の巣を破壊する。

(1) 蜜蜂の繁殖は古代人にとって謎めいていた。アリストテレスは、交尾せずにさまざまな花から子を運んでくるという説とともに、蜂のリーダーが産むという説も挙げている（『動物誌』第五巻五五三a一六—二五）。

(2) Quirites.（公民としての）ローマ市民を意味する。

(3) 実際は、女王蜂の寿命は長くて四—五年、働き蜂の場合はせいぜい二ヵ月の命である。

(4) 小アジア西部の地方。

(5) 第三歌三一行註参照。

(6) インダス川の支流。

(7) 第二歌一二六行註参照。じつはヒュダスペス川からはかなり離れた土地に住む。

王は労働を監視し、崇敬の的となる。すべての蜂は、
しきりに羽音を立てて王を取り囲み、群れをなして護衛する。
また、たびたび王を肩に担ぎ、体を戦いにさらし、
多数の傷を受けながら、美しい戦死をめざして進んでいく。
　これらの徴候や事例にもとづいて、ある人々は、
蜜蜂は神の英知にあずかっており、天界の霊気(8)を
吸っていると言ったのである。なぜなら、神はあまねく、
大地にも、大海原にも、果てしない天空にも行き渡っていて、(9)
その神から、家畜も牛馬の群れも、人間もすべての種類の野獣も、
それぞれがかすかな命を取り入れて、この世に生まれてくるのだから。
そのあとは、万物は明らかにそこへもどるのであり、解体して帰るのだ。
そして死が訪れる余地はなく、すべては生きながら
星の地位に向かって飛翔し、高天に達するのである。
　さて、いつか蜜蜂の威厳ある住居《すまい》と、蜜が貯蔵された宝庫を
開いてみる時が来たら、まず水を一口含んで
口臭を爽やかにし(10)、手で煙を放つものを差し出して、蜂を追い払え。
人は年に二度、多量の蜜を集め、二つの季節(11)に収穫を行なう。

(8) アエテル（aether）。最も希薄で純度の高い大気の上層部で、神々の住む領域と考えられた。
(9) ストア哲学の自然観がここに反映している。アラトス『パイノメナ』一－四行、『牧歌』第三歌六〇行註参照。
(10) 悪臭を嫌う蜜蜂に刺されないため。四八行註参照。
(11) 春と秋。

一回は、プレイアデス(1)の一人タユゲテが、美しい顔を大地に向かって
現わし、オケアヌスの流れを蔑んで足で蹴り返したとき(2)であり、
もう一回は、その同じ星が、雨を降らせる魚座(3)の星から逃げて、
悲しげに天から冬の波間に沈んだときである。
蜂は怒ると限度を知らない。害を受けると、人を刺して
毒を吹き込み、血管にしがみついて離れず、眼に見えない針を
そこに残して、傷を与えるとともに自分の命も捨ててしまう(4)。
しかしもし、厳しい冬を心配してやり、蜂の将来をいたわり、
打ちのめされた彼らの心と、壊されたその環境を哀れむのなら、
せめて麝香草《じゃこうそう》の煙で巣を燻《いぶ》し、空《から》の巣室の蠟《ろう》を切り取るのを
いったい誰がためらうだろうか。なぜなら、しばしばイモリが知らぬまに
巣をかじったり、巣室が光を嫌うゴキブリでいっぱいになったり、
仕事をしない雄蜂が、他人の食べ物のそばに居座るからだ。
あるいは、獰猛な雀蜂(5)が、力の劣る蜜蜂の軍の中に紛れ込んだり、
忌まわしい蛾の幼虫の類が入ってきたり、ミネルウァに憎まれた
蜘蛛《くも》(6)が、入り口に網の巣をゆるりと吊り下げたりする。
蜜蜂は、より多くの蓄えを奪われるほど、それだけいっそう熱心に、

(1) 第一歌一三七行参照。昴《すばる》星団は、五月初めに夜明け直前に東の空に昇り、十一月初めに夜明け前に西の地平線に沈む。
(2) すなわち空に昇るとき。
(3) 冬の星座。二月に太陽が入る黄道十二宮の一つ。
(4) 針には鋸《のこぎり》状のぎざぎざがある。人を刺すと抜き取れず、蜂はもがいて、針とともに内臓の一部を失って死ぬ。
(5) 毒針を持つ大型の蜂。
(6) ミネルウァ(アテナ)と機織りの技を競った娘アラクネが、女神の怒りをこうむって蜘蛛に変えられた。

全員が、衰えた種族の荒廃の跡を補修しようと努め、
巣穴を蠟《ろう》で満たし、花から採った糊(7)で貯蔵室を編み上げるだろう。
　しかしそんな蜜蜂にも、生命は人間の場合と同じ災いをもたらしたから、
悲しい病のために、体の活力が失われることもあろう。
そうなれば、確かな徴候によって、すぐに知ることができるだろう。
病に罹るや、たちまち体の色が変わり、みすぼらしく痩せて、
姿は醜くなる。そのあと、命の輝きを奪われた蜂の遺体は、
家の外へ運び出され、悲しみの葬列が進んでいく。
あるいは蜂たちは、足と足を結び合わせて入り口のそばにぶら下がったり(8)、
家を閉ざして、全員がその中でぐずぐずしていたりするが、
それは、飢えのために元気をなくし、凍える寒さで麻痺しているからだ。
そのときには、いつもより鈍い羽音が聞こえ、唸り声が長々と続く。
それはあたかも、ときおり冷たい南風が森の中でざわめくかのようであり、
荒れた海が、波の引き際に響かせるどよめきのようでもあり、
また閉めきった竈《かまど》の中で、炎が激しく燃えさかるのにも似ている。
そのときには、芳しい楓子香《ふうしこう》(9)を焚き、
葦の管で蜜を注ぎ込んで、病み疲れた蜂を進んで励まし、

(7) 三九行註参照。

(8) アリストテレスはこれを分封の前兆としている（『動物誌』第九巻六二七b一三）。『アエネイス』第七歌六六―六七行参照。

(9) 第三歌四一五行註参照。

慣れた食べ物へと誘ってやるようにと忠告したい。
またその蜜の中に、粉にした没食子《もっしょくし》(1)の風味と、
乾燥した薔薇か、強い火で煮詰めた濃厚な葡萄汁(2)を、
あるいはプシティア種(3)の葡萄で作った干し葡萄酒と、ケクロプス(4)の国の
麝香草《じゃこうそう》と、強い匂いの千振《せんぶり》(5)を混ぜるのもよいだろう。
さらに牧場《まきば》には、農夫らが紫苑《アメルス》(6)と名づけた
花がある。探せば、容易に見つかる植物だ。
それは、一つの株から多くの茎の茂みを生やしていて、
花の中心は金色だが、その周囲に広がるおびただしい数の
花びらは、濃い菫《すみれ》色で、かすかに深紅の光沢がある。
この花を編んだ花輪で、しばしば神々の祭壇が飾られる。
口にすると味は苦い。牧人たちは、家畜が草を食べた谷や、
メラ川(7)の曲がりくねった流れのほとりで、これを摘み集める。
この花の根を、香りのよい葡萄酒で煮込み、
籠にいっぱい入れて、蜂の食物として巣の入り口に置くとよい。
　ところで、もしも突然に、飼っている蜂の種族全体を失って、
新たな血統の一族を再興する方途がないならば、そのときこそさらに、

(1) ブナ科植物の若芽に生じる虫瘤《こぶ》。タンニンを含む。
(2) 第一歌二九五行参照。
(3) 第二歌九三行参照。
(4) 一七七行註参照。
(5) リンドウ科の草で、乾燥させて健胃剤にする。原語 centaureum は、ケンタウルスのキロンが薬草として用いたことにちなむ。
(6) キク科の多年草。この植物については古代には他に詳細な記述がない。
(7) 北イタリアの川。現在のポー川の支流に合流する。

アルカディアの蜂飼い(8)の、記憶すべき発見(9)を明らかにするときである。
そしてどのようにして、殺された若い雄牛の腐敗した血が、
これまでにしばしば、蜜蜂を生み出したかを。私はそのすべての伝承を、
遠く、事の始まりにさかのぼって語ることにしよう。
なぜなら、ペラ人(10)にゆかりの町カノプス(11)の幸福な人々が、
ナイル川の氾濫によって広がる水の淀みのほとりに住み、
色鮮やかな小舟に乗って自分の農地を巡回する所、
また矢筒を帯びたペルシア人(12)が隣に迫っていて、二九〇
日焼けしたインド人(13)の国からはるばる流れ下る川が、二九三
黒い砂土でエジプトを肥沃にして緑で覆い、二九一
やがて勢いよく、七つの河口へ別々に分かれて注ぐ所、二九二
その地域一帯では、つぎの技術によって救済の道を確保しているのだから。
　まず最初に、この目的にのみ限定して用いる狭い場所を
選定する。そして、その場所を小さな瓦屋根で覆い、
壁で狭く取り囲み、さらに四方からの風を避けて、
光が斜めに入るように四つの窓を開ける。
つぎに、額の角《つの》がすでに曲がっている二歳の子牛を探す。

(8) アリスタエウス(第一歌一四行註参照)。アルカディアに住んだことがあると伝えられる。
(9) ブーゴニア(bugonia)と呼ばれる蜜蜂の群れを再生させる技術。
(10) マケドニアの首都。そこで生まれたアレクサンドロス大王がエジプトを征服した。
(11) エジプトのナイル河口地帯西端の都市。アレクサンドリアの近く。
(12) エジプトの東に接する大帝国を支配した民族。
(13) エチオピア人を指す。

牛は激しくもがくが、その二つの鼻孔と口を
ふさいで息を止め、殴り殺したのち、
皮を損なわないように、内部の肉を砕いてどろどろにする。
牛はそのような状態のまま、密室に横たえて放置し、横腹の下には、
細かい枝と、麝香草《じゃこうそう》と、新しく摘んだ沈丁花《じんちょうげ》を敷く。
この仕事は、西風が水面《みなも》に波を掻き立て始めるころ、
牧場《まきば》が新しい色彩で赤らむ前、
おしゃべりな燕が、梁《はり》に巣をかける前(1)に行なう。
そうするうちに、柔らかくなった骨の中で体液が温まって
発酵し、見るも不思議な生き物が現われる。
それらは最初は足がないが、やがて羽音をぶんぶん立てながら
群がって、しだいに軽い空中へと飛び上がろうとし、
ついに、夏の雲から降り注ぐ驟雨のように、
あるいは軽装のパルティア兵(2)が戦闘を開始するとき、
弓の弦《つる》から放つ矢のごとくに、勢いよく外へ飛び出す。
　いったいいかなる神が、ムーサたちよ、このような技をわれわれのため
　　に生み出したのか。また、

（1）すなわち早春。

（2）第三歌三一行および註参照。

人間たちが習得したこの新たな技術は、どのようにして始まったのか。
言い伝えによると、牧人アリスタエウスは、病と飢えのために
蜜蜂を失い、ペネウス川[3]のテンペの谷を去っていった。
彼は悲嘆に暮れて、川の源をなす聖なる泉のそばに立つと、
さかんに不平をこぼしながら、つぎのような言葉で母親に話しかけた。
「母上。この深い水の底に住むわが母なるキュレネ[4]よ、
もしもあなたがおっしゃるように、私の父がテュンブラ[5]のアポロならば、
なぜそんなに光輝ある神々の血筋から、あなたは私を生みながら、
私は運命に憎まれねばならぬのですか。私へのあなたの愛情は、
どこへ追いやられてしまったのです？　どうしてあなたは私に、天界を望む[6]ように命じたのですか。
ほら、見てください。死すべき者としての人生の栄誉――
それを私は、作物と家畜を上手に世話し、あらゆる努力を重ねてようやく
獲得したのですが――、それさえも私は、あなたを母としながら失うのです。
さあ、いっそご自分の手で、私の実り豊かな果樹園の木々を引き抜き、
敵意に燃える火を家畜小屋に放ち、収穫を破壊し、

(3) ギリシア北部のテッサリア地方の川。テンペ渓谷を流れ、エーゲ海に注ぐ。
(4) テッサリア地方のニンフ。神アポロに愛されて、アリスタエウスを生んだ。
(5) トロイア地方の土地。アポロの神殿で有名。
(6) すなわち、神の子にふさわしく、功績によって神格化されることを望むの意。

若木を燃やし、葡萄の木に頑丈な両刃の斧を振り下ろせばよいでしょう。
私が称賛されるのが、そんなに不快に思われるのなら」。
　一方母親は、川底の部屋で、何かの物音のように
それを聞いた。彼女のまわりでは、濃いガラス色に染められた
ミレトゥス(1)産の羊毛を、ニンフたちが紡いでいた。
それはドリュモと、クサントと、リゲアと、ピュロドケで、
その真っ白な首には、つややかな髪がふさふさと垂れていた。また、
[ニサエエ、スピオ、タリア、キュモドケ、(2)] 三三八
キュディッペと、金髪のリュコリアスもいた。一人は乙女で、
もう一人は、初めて女神ルキナ(3)の苦しみを味わったばかりだった。 三四〇
クリオと、妹ベロエは、二人ともオケアヌスの娘たちで、
二人とも黄金で飾られ、二人とも斑《まだら》の毛皮をまとっていた。
さらにエピュレとオピス、アジアから来たデイオペア、
そしてついに矢を捨てて、すばしこいアレトゥーサ(4)も来ていた。
これらのニンフに囲まれてクリュメネは、ウォルカヌス(5)の
無駄な用心や、マルスの計略と人目を盗む情事を語り、
混沌《カオス》の時代以来の、神々の数多くの恋を一つ一つ歌っていた。

(1) 第三歌三〇七行註参照。
(2) この行は『アエネイス』第五歌八二六行と同じ。のちの挿入として底本では削除されている。
(3) 出産の女神。『牧歌』第四歌八行註参照。
(4) 狩りの女神ディアナに仕えるニンフ。のちにオルテュギア島の泉のニンフになった。『牧歌』第十歌一および四行註参照。
(5) 鍛冶の神。妻の女神ウェヌスが軍神マルスと密通した。ホメロス『オデュッセイア』第八歌二六六行以下参照。

その歌にうっとりとしながら、ニンフたちが柔らかい羊毛の糸を紡錘《つむ》で(6)
巻き下ろしていると、ふたたびアリスタエウスの嘆き声が
母親の耳を打った。ガラス色の椅子に座っていた全員が、
はっと驚いた。だが他のどの仲間よりも早く、アレトゥーサが
水面《みなも》に金髪の頭を出し、前方を見渡して
遠くから叫んだ。「あの大きな嘆きの声に驚かれたのもごもっともです、
おおキュレネさま。あれはまさに、あなたの最愛の子
アリスタエウス。悲しそうに、父なる(7)ペネウス川の水辺に
立って涙を流し、あなたを無慈悲な人だと呼んでいます」。
母は異常な恐怖に胸を打たれて、彼女に言った。
「連れておいで、早く。私たちのところへ連れてきなさい。あの子には、
神々の敷居を踏むことが許されているから」。同時に母は、若者が
足を踏み入れることができるよう、深い川に広く道を開けるよう命じた。
すると川の水は、山のように反り上がって彼のまわりに静止し、(8)
その巨大な懐《ふところ》に彼を迎えて、川の底へと歩ませた。
　今やアリスタエウスは、母の館と水の王国を、
洞《ほら》の中に閉じ込められた湖と、音響く森を驚き眺めながら

(6) 糸巻き棒につけた羊毛の房から糸を引き出して紡ぐ道具。

(7) 河神に対する一般的尊称。あるいは、ペネウスをキュレネの父とする伝承にもとづくのか。

(8) 川岸から眺めると、彼は川のアーチの下を行くように見える。

進んでいった。水の巨大な流れに呆然とし、
広大な大地の下で、それぞれ別々の方向へ流れている
すべての川[1]に見とれた。それは、パシス川[2]やリュクス川[3]、
深いエニペウス川[4]が最初に勢いよく流れ出る源、
父なるティベリス川[5]とアニオ川[6]の流れの源、
岩間に轟くヒュパニス川[7]とミュシアのカイクス川[8]と
二本の金色の角《つの》もつ雄牛の顔をしたエリダヌス川[9]の源だ。
肥沃な耕地を流れる他のどんな川も、このエリダヌス川ほど
紫の海に勢い激しく注ぎ込むことはない。

　さて彼が、軽石でできた丸天井の部屋に着くと、
キュレネは、息子の無益な[10]涙のいわれを聞いた。そのあと、
仲間のニンフたちは順序よく、彼の両手に澄んだ泉の水を注ぎ、
けばを刈った滑らかなお手拭きを持ってきた。
ある者は、食卓にたくさんのご馳走を並べ、やがて酒を満たした杯を
置いた。祭壇には、パンカイア[11]の香の炎が燃え立った。
そして母親は、「さあ、マエオニア[12]の酒の杯を取りなさい。
オケアヌス[13]にお酒を捧げましょう」と言って、すぐにみずから

（1）世界中の川は、地下の水源から地上へ流れ出す前に、すでに地下おいても各々分かれて流れている。
（2）黒海東岸のコルキスの川。
（3）小アジアの川。
（4）テッサリア地方の川。ペネウス川の支流。
（5）ローマ市内を流れる川。
（6）ティベリス川の支流。
（7）スキュティアの川。黒海の北に注ぐ。
（8）小アジア北西部の地方。
（9）北イタリアの川（現在のポー川）。川は、分岐した形と勢いから、しばしば角の生えた雄牛の頭に譬えられる。金箔を巻いた角は、犠牲牛の印。
（10）泣いても何の役にも立たないので。
（11）アラビア海の伝説的な島。第二歌一三九行参照。

万物の父オケアヌスと、百の森や百の川を守る
ニンフの姉妹たちに祈りを捧げた。
彼女が三度、澄んだ葡萄酒を炉の燃える火に注ぎかけると、
炎は三度、天井の頂にまで立ち昇って輝いた。
彼女はこの予兆で息子の心を勇気づけ、みずからもこう話し始めた。
「ネプトゥヌス(14)が支配するカルパトゥス島(15)あたりの深海に、
海緑色をしたプロテウス(16)という予言者がいて、大海原を、
半分魚の二本脚の馬(17)に引かせた車で走り回っています。
彼は今、エマティア(18)の港と故郷のパレネ岬(19)を訪れています。
私たちニンフも、また老人ネレウス(20)も、その方を
尊敬しています。彼は現在のことも、過去のことも、やがて運命によって
起こる未来のことも、すべて知っている予言者だからです。
そのような者になるよう、ネプトゥヌスが望んだのです。それで彼は、
海神の怪獣の群れや、醜い海豹《あざらし》を深い海の中で養っています。
息子よ、おまえはこの者をまず鎖で捕らえねばなりません。病気の原因を
すべて明らかにし、良い結果に導いてもらうためです。
力ずくでなければ、彼は何も教えてくれないし、いくら嘆願しても、

三九〇

(12) 小アジア西部のリュディア地方のこと。
(13) 地球のまわりを流れる大洋で、世界のすべての川や泉と地下でつながっていた。
(14) 海の神。
(15) クレタ島とロドス島の間にある島。
(16) 海の老人で、海神ネプトゥヌスの従者。
(17) ヒッポカンプス。胴体は馬で、魚の尾を持つ怪獣。
(18) マケドニア地方南部の地域。
(19) マケドニア地方南部の岬。
(20) 海の神。老人で、多数の海のニンフの父。

彼の心を変えられません。強い力をふるって捕まえ、鎖で縛り上げなさい。
それでようやく、彼の策略は挫かれ、無駄に終わるでしょう。
　太陽が燃えるような真昼の暑さをもたらし、草が乾いて、
家畜がもう木陰のほうを好む時刻になったら、私はみずからおまえを
その老人の隠れ家へ案内しよう。そこへ彼は、疲れて海から帰ってきます。
おまえは横になって眠っているところを、たやすく襲いかかれるでしょう。
しかし両手で捕まえて、鎖でしっかり縛っても、
さまざまな姿に変わり、野獣の容貌にもなって欺こうとするでしょう。
彼はたちまち、毛の逆立った猪や、残忍な虎や、
鱗に覆われた蛇や、褐色の首の雌獅子になるのです。
あるいはすさまじい炎の音を立て、そうして鎖から
逃れ出ようとし、あるいは溶けて形なき水になり、流れ去ろうとします。
けれども、彼があらゆる姿に変身すれば、なおいっそう、
息子よ、おまえは強い力で鎖の縛《いましめ》を締め上げなさい。
いろいろと体の形を変えたすえ、ついに前に見たように、
眠りかけて眼を閉じていた、あのもとの姿にもどるまで」。
　こう言うとキュレネは、アンブロシア(1)の香油を注いであたりに漂わせ、

(1) 神々の食べ物。食べれば不老不死になり、香油として体につけると、神のような力がつく。

それに息子の全身を浸した。すると、アリスタエウスの
整った髪から甘い香気が放たれ、
四肢には、しなやかな力が染み渡った。さて、山腹に窪んでできた
巨大な洞穴がある。そこへ風に駆られて、
波が数かぎりなく押し寄せ、分かれては奥まった穴へ忍び入る。
そこはときには、嵐に襲われた舟人の最も安全な停泊の場所になっている。
プロテウスは、その中で、巨大な岩を仕切りにして身を隠すのだ。
母なるニンフは若者を、この隠れ家の中の陽の当たらぬ場所に
潜ませ、みずからは霧で姿を隠して、少し離れて立った。
　今や天狼星《シリウス》(2)は、渇いたインド人を激しく焦がしながら
天空に燃え、炎のような太陽は、軌道の半ばを
走り終えていた。草はしおれ、うつろな川は底が乾き、
太陽の光線で、泥まで熱くなるほど焼かれていた。
そのときプロテウスが、海から上がり、いつもの洞穴をめざして
帰ってきた。彼のまわりでは、広大な海の水に生きる族《やから》が
跳ね回り、塩辛い水しぶきをあたり一面にはね飛ばしている。
海豹《あざらし》どもは、海辺のあちこちに寝そべって昼寝する。

(2) 第二歌三五二行註参照。

プロテウス自身は、宵の明星が子牛らを牧場《まきば》から家路につかせ、
子羊の群れがめえめえ鳴いて狼を刺激するころ、
山の家畜小屋の番人がときおりそうするように、
真ん中の岩に座って、群れの数を点検している。
　アリスタエウスは、今こそ彼を捕まえる機会が到来したと見て、
老人に疲れた手足を休める隙も与えず、
大声で叫んで襲いかかり、彼を地面に押さえつけて
手を縛った。だがプロテウスのほうも、得意の術策を忘れていようか。
彼は、世にも不思議なあらゆるものに姿を変えた。
すなわち炎や、恐ろしい獣や、流れる川などになったのだ。
しかし、いかなる策略によっても逃げられないとわかると、降参して、
もとの姿にもどった。そしてついに人間の声で語って、
「なんて不遜な若者め。私の住居《すまい》に近づくように、いったい誰が
おまえに命じた。ここに何を求めに来たのだ？」と言った。若者は答えて、
「おわかりでしょう、プロテウスよ。ご自分がよく知っているはず。何ご
　とでも、あなたに知られないことはありませんから。
あなたこそ、私を出し抜こうとするのはやめてください。私は神々の教え

に従って、
苦境のために、ここに神託を求めて来たのです」
とだけ言った。それに対して予言者は、ついに強い力(1)に促され、
青緑に光り輝く両眼でぎょろりと睨みつけると、
歯を激しく軋《きし》らせながら、口を開いて運命についてこう語った。
「おまえを苦しめているのは、神の怒りに他ならぬ。
おまえは大きな罪を償っているのだ。運命が妨げないかぎり、
おまえにこの法外な罰を下すように求めているのは、
哀れなるオルペウス(2)である。彼は、妻(3)を奪われたために激怒している。
いいか、彼の妻は、おまえから逃げようと、川沿いにまっしぐらに走った。
そのときこの若い女は、足の前方の草むらの奥に、
川岸を住みかとする恐ろしい水蛇がいるのに気づかず、死んでしまった。
すると仲間の森のニンフの群れは、大きな叫び声で
山々の頂を満たし、ロドペ(4)の峰々や
高いパンガエア山も、レスス王(5)の勇武の地も、ゲタエ人(6)も、
ヘブルス川(7)も、アッティカから来たオリテュイア(8)も涙を流した。
オルペウスは、うつろな鼈甲《べっこう》の竪琴で愛の苦しみを慰めようと、

(1) アリスタエウスの強制力、あるいは自己の内部に起こる予言の神的霊感。
(2) ムーサのカリオペ(ア)の息子で、歌と竪琴の名手。『牧歌』第三歌四六行註参照。
(3) 森のニンフのエウリュディケ。
(4) 次行のパンガエアとともに、ギリシアのトラキア地方の山。
(5) トラキアの王。
(6) ヒステル川(現ドナウ川の下流)流域に住む種族。
(7) トラキア地方の川。
(8) アテナエの王エレクテウスの娘。北風の神ボレアスにさらわれ、トラキアへ運ばれた。

ああ、愛《いと》しい妻よ、おまえを歌った。寂しい岸辺でただひとり、
日が昇るときもおまえを、日が沈むときもおまえを歌っていた。
　彼は、冥府《ディース》への底深い入り口をなす、タエナルス岬(1)の狭い地下道と、
黒い恐怖の闇に包まれた森の中にまでも、
足を踏み入れ、死霊たちと、その恐ろしい王(2)のもとへ、
人間の祈りに心和らげることを知らない者らの所へ近づいた。
すると、歌に心を動かされ、暗黒の世界の最も深い居場所から、
幽《かす》かな亡霊どもと、命の輝きを失った幻影が現われてきた。
その数のおびただしいことは、まるで宵の明星や冬の雨に山を追われ、
木の葉の茂みに身を隠す幾千羽もの鳥の群れのようだった。
それらは母親や夫たち、人生をまっとうして、亡骸《なきがら》となった
気宇壮大な英雄たち、少年や未婚の娘たち、
両親の眼の前で、火葬の薪の山に載せられた若者たちだ。
それらの者はまわりを、黒い泥とコキュトゥス川(3)の醜い葦と、
水の淀んだ忌まわしい沼に取り囲まれ、
九重に巻いて流れるステュクス川に閉じ込められている。
それのみか、奈落《タルタラ》の底にある死の館までも、また

(1) ペロポネスス半島最南端の岬。ここに冥界への入り口があった。
(2) ディース。ギリシア名ハデス、プルトン。
(3) ステュクスとともに冥界の川。

青黒い蛇を頭髪にからませた復讐の女神《エウメニデス》たちさえもが
うっとりと聞き惚れて、ケルベルス(4)は三つの口をぽかりと開けて静まり、
風は凪《な》いで、イクシオン(5)の車輪も回転をやめた。
　さて今やオルペウスは、すべての危難を逃れて、もと来た道を引き返し、
返してもらったエウリュディケも、彼の背後につき従って――なぜなら、
プロセルピナ(6)がその条件(7)を定めていたから――地上の大気に近づいていた。
だがそのとき突然、愛するオルペウスは、無分別にも狂気に捕らわれた。
もしも死霊が許すことを知っているなら、まことに許されるべき狂気だが。
彼は立ち止まり、愛妻のエウリュディケを、もう光明の境に達する寸前に、
何とわれを忘れ、決意もついえて、振り返って見た。そのとき、すべての
苦労は無駄となり、無慈悲な支配者との約束は
破られ、アウェルヌス湖(8)には、三度轟音が鳴り響いた。
エウリュディケは言った。「何という狂気が、オルペウスよ、不幸な私と
　あなたを破滅させたの？
その恐ろしい狂気はいったい何？　ほら、冷酷な運命がふたたび
私を呼びもどしています。もう眼は宙を泳いで、眠りに覆われていきます。
ではもう、さようなら。私は果てしない夜に包まれて、

(4) 冥界の入り口を守る番犬。三つの頭と蛇の尾を持ち、背中には無数の蛇が生えている。
(5) 第三歌三八行註参照。
(6) 冥界の女王。ディースの妻。ギリシア名ペルセポネ。
(7) 地上に出るまで、妻の姿を振り向いて見てはならないという条件。
(8) 南イタリアのカンパニア地方の湖（第二歌一六四行参照）。イタリアでは、その湖畔に冥界への入り口があった。

力なく両手をあなたに差し延べながら連れ去られます。ああ、もはやあな
　たの妻ではなくなって」。
彼女はこう言うと、まるで希薄な空気に混じる煙のように、
たちまち見えなくなり、かなたへ去ってしまった。オルペウスが
妻の影をつかもうとし、なお多くの言葉を語りかけようとしてもむなしく、
その姿を、彼女はもう見ることはなかった。そして冥界の渡し守(1)も、
二人の間に横たわる沼を、彼がふたたび渡るのを許さなかった。
彼は何をすればよかったのか。二度も妻を奪われて、どこへ行くべきだっ
　たのか。
どんな涙で死霊たちを、いかなる神々を歌で動かしえたであろう。
ともかく妻はすでに、冷たくなって、ステュクス川を小舟(2)で渡っていた。
　人々が語るところでは、オルペウスはまる七か月の間ずっと、
寂しいストリュモン川(3)の流れのほとり、高く聳える崖の下で
ひとり泣き続け、また冷え冷えとした星空(4)のもとでこの出来事を語り、
その歌で虎の心も和らげ、柏《かしわ》の木も引き寄せていたという。
それはまるで夜鳴き鶯《うぐいす》(5)が、ポプラの葉陰で悲しみに暮れ、
失った雛たちを嘆いているかのようだった。雛はまだ羽も生えないのに、

(1) カロン。
(2) カロンの舟。
(3) トラキア地方とマケドニア地方の境を流れる川。
(4) 底本の antris「洞穴」を採らず、R写本の astris の読みを用いる。
(5) 息子イテュスを殺して料理し、夫テレウスに食べさせたピロメラが変身した鳥。『牧歌』第六歌七八行註参照。

粗暴な農夫が見つけて巣から奪い去ったのだ。それで母鳥は
夜通し鳴き悲しみ、枝に止まって哀れを誘う歌を
繰り返し、あたり一帯を悲痛な嘆きで満たしている。
　いかなる愛も、誰との結婚も、彼の心を和らげることはできなかった。
オルペウスはただひとり、極北の氷原を、雪降るタナイス川(6)を、
リパエイ山脈(7)の霜のいつまでも消えぬ平原を、
奪われたエウリュディケと、むなしく失った冥府《ディース》の神の恩恵を
嘆きながらさすらい歩いた。妻へのこのひたむきな献身に、侮蔑を感じた
　キコネス族(8)の女たちは、
バックスの神聖な儀式(9)と夜の秘儀のさなかに、
この若者を八つ裂きにし、ばらばらのその体を野原一面に撒き散らした。
彼の頭は、大理石のように白い首から引きちぎられ、
オエアグルス(10)のヘブルス川(11)に運ばれて、流れの真ん中を転がり下ったが、
そのときもまだ声のみは、冷たくなった舌のみは、「エウリュディケよ、
ああ、痛わしいエウリュディケよ！」と、息絶えながら呼び続け、その
エウリュディケを呼ぶ声を、川岸は、流れに沿ってどこまでも響き返した」。
　プロテウスはこう語ると、跳躍して海中深くへ飛び込んだ。

(6) 黒海の北西岸を流れる川。現ドン川。
(7) 極北の山脈。
(8) トラキア地方南部の住民。
(9) 狂乱状態になって踊り、野獣を引き裂いてその生肉を食べるなど、野蛮な行為をともなう信女たちの秘儀。
(10) オルペウスの父で、トラキアの河神または王。ここではその国トラキアを意味する。
(11) 四六三行註参照。

飛び込んだその場所には、水中深くまで泡立つ渦が巻き起こった。
だがキュレネは、立ち去らず、おびえるわが子に自分から話しかけた。
「息子よ、もう悲しみと不安を、心の外へ追い払ってもよいでしょう。
今の話が、病気の原因のすべてです。そのために、深い森でいつも
エウリュディケと一緒に歌い舞っていたニンフたちが、嘆かわしい
破滅を蜜蜂にもたらしたのです。おまえは、ひざまずいて供物を差し出し、
慈悲を乞いながら、寛容な谷間のニンフたちに畏敬の念を表わしなさい。
彼女らは、祈る者には許しを与え、怒りを和らげてくれるでしょうから。
でもその前に、ニンフたちに懇願する仕方について順序よく話しましょう。
おまえが今、緑のリュカエウス山(1)の頂で草を食《は》ませている牛の中から、
ひときわ姿のすぐれた四頭の極上の雄牛と、
同じく四頭の、軛《くびき》をかけられたことのない(2)雌牛を選びなさい。
それらの牛のために、女神たちの尊い社のそばに四つの祭壇を
しつらえたら、牛の喉を切って神聖な血を流し、
牛の死骸のほうは、葉のよく茂った森に置き去りにするのです。
そのあと九日目(3)に、暁の女神《アウロラ》が昇って姿を見せたとき、
オルペウスに、忘却《レテ》の罌粟《けし》(4)を供物として捧げ、

(1) アルカディア地方の山。
(2) 犠牲牛として育てられ、農耕には使われていないの意。
(3) ローマでは、葬儀のあと九日目に死者への供犠が行なわれた。
(4) 第一歌七八行註参照。

一頭の黒い羊(5)を生け贄にして、ふたたび森を訪れなさい。こうして
エウリュディケの心も鎮められたら、子牛を殺して(6)彼女を敬いなさい」。
　アリスタエウスは、一刻の猶予もなく、すぐに母の教えを実行した。
社へ行き、指示された祭壇を築き、
ひときわ姿のすぐれた四頭の極上の雄牛と、
同じく四頭の、軛《くびき》をかけられたことのない雌牛を引いてくる。
そのあと九日目に、暁の女神《アウロラ》が昇って姿を見せたとき、
オルペウスに供物を捧げ、ふたたび森を訪れる。
するとそこに見られたのは、突如として発生した、語るも不思議な
奇跡であった。牛の溶けた内臓のいたる所、腹のどの部分にも
蜜蜂が羽音を唸らせ、裂けた横腹からは群れをなして飛び立っているのだ。
蜂は連なって巨大な雲をなし、やがて木の頂になだれ込むように
集まって、その枝をたわませながら、房のごとくに垂れ下がった。

このように私は、畑の耕作と家畜の飼育について、また
樹木について歌ってきたが、その間に偉大なカエサル(7)は、
深きエウプラテス川(8)にまで戦いの雷鳴を轟かせ、勝利を収めて、

(5) 伝統に従って、死者には黒い犠牲獣が捧げられる。
(6) おそらく蜜蜂の再生に対する感謝の捧げ物として。
(7) オクタウィアヌス。
(8) メソポタミア地方の大河。この地域での戦争については、第一歌五〇九行参照。また東方へのオクタウィアヌスの勝利の巡回については、第二歌一七〇行註参照。

進んで従うもろもろの民に法を定め、天上《オリュンプス》への道を切り開いていた[1]。
そのころに、私ウェルギリウス[2]は、麗しいパルテノペ[3]の地に養われて、
名もない平和の営みを、心ゆくまで楽しんでいた。
かつて私は、牧人の歌で戯れつつ、若さに勇み立って、
ティテュルスよ、「枝を広げた橅《ぶな》の覆いの下に[4]」と君のことを歌った者。

（1）第一歌の序歌二四行以下と対応して、オクタウィアヌスの神格化を予告している。
（2）ここに『農耕詩』の作者名を示し、さらに最終行には前作品の『牧歌』の冒頭詩句を記して、詩人の「印章（スプラギス）」としている。
（3）ナポリの古名。海に身を投げて死に、この都市で葬られたセイレンの名にちなむ。のちにウェルギリウス自身の墓も、ナポリに建てられた。本書の解説の「詩人の生涯」参照。
（4）『牧歌』第一歌一行からの引用。

解説

詩人の生涯

ローマ詩人プブリウス・ウェルギリウス・マロ（Publius Vergilius Maro）は、紀元前七〇年に北イタリアに生まれ、前一九年に南イタリアのブルンディシウムで逝去した。五十一年間の生涯であった。二世紀初め頃のスエトニウスの『ウェルギリウス伝』にさかのぼるドナトゥスの伝記によると、彼の死後、ナポリ（古名パルテノペ）付近に、次の墓碑銘を刻んだ詩人の墓が建てられたと伝えられる。

われはマントゥアに生まれ、カラブリアで世を去った。今は
パルテノペに抱かれる——牧場と農園と勇士を歌ったのちに。

（ドナトゥス『ウェルギリウス伝』三六）

古代でもけっして長いとは言えない生涯の間に、この詩人は三つのまとまった作品を創作した。三十歳代前半に『牧歌』を、また四十歳のときに『農耕詩』を公刊し、最後の約十一年間は叙事詩『アエネイス』に費やされた。「カラブリアで世を去った」というのは、その地方で病に倒れたからであり、そのために『アエネイス』全十二歌が未完成のまま残されたことを連想させる。周知のように三つの作品は、いずれも古代

から多くの人々に愛読され、ルネサンスを経て近代にいたるまで、西洋の文学に他のどの古典よりも大きな影響を与え続けてきた。しかし残されたこれらの作品の重厚な存在感に比べると、詩人自身の人生については、古代から少なからぬ学者が関心を寄せたにもかかわらず、全生涯を跡づけるに足る詳細な事実は伝わっておらず、幾分霧に包まれたような印象を受ける。

幼少期から『牧歌』まで

ウェルギリウスが生まれたのは、前七〇年十月十五日、北イタリアのマントゥア（現マントヴァ）付近のアンデスという農村であった。父は陶工だったという説もあるが、一般にはマギウスという下級役人の雇われ人であったとされる。彼は勤勉のゆえに主人マギウスの娘マギアの婿になり、森林を買い集めて養蜂を営み、そうして資産を蓄えて三人の息子をもうけた。そのうちのシロとフラックスは早世し、のちに詩人となるプブリウスのみが一家の将来の支えとなる。

ウェルギリウスが最初に教育を受けたのは、マントゥア近隣の都市クレモナにおいてであった。それから十五歳のときその地域の高等教育の中心地ミラノに移り、まもなくしてローマに出た。彼は長身で色は浅黒く、田舎者の顔立ちをしていたが、健康状態は不安定だった。胃痛や喉の痛み、頭痛に頻繁に襲われ、血を吐くこともしばしばであった。また小食で、酒もほとんど嗜まなかったという。ローマでは、マルクス・エピディウスという修辞学者のもとで雄弁術を学んだほか、医学や数学・天文学にも傾倒した。

ローマでの弁論術の学習の成果を、一度法廷の弁護演説で試す機会が訪れた。しかしそれは失敗に終わった。その理由について伝記作者は、「彼の話し方ははなはだ遅く、ほとんど教養のない人間のように見えた」というある人の証言を伝えている。以後、ウェルギリウスは二度と法廷の演壇に立つことはなかった。

このように青年ウェルギリウスは、性格が内気で、とくに人前での話は苦手であったが、他方自然科学への関心とともに、しだいに哲学への興味を深めていった。古代の伝記には、そのローマでの生活に関する記述に乏しい。だが『ウェルギリウス補遺集（*Appendix Vergiliana*）』に収録された『カタレプトン（*Catalepton*）』と題された小詩集の第五歌全十四行の後半には、当時の心境の変化について歌われている（なお『補遺集』の大部分の作品は後代の偽作と見なされているが、この詩はごく少数の真作のうちに数えられる）。

われら偉大なるシロンの博学の教えを求めて
幸福な港をめざして船出し、
人生をすべての煩いから解き放たんとする。
ここより去りたまえ、カメナたちよ。さあもう去りたまえ、
親しきカメナらよ。あなたがたはまことに甘美であったと、
われら告白しますゆえ。されどまたわが文の上に
いつか訪れたまえ——恥じらいつつ、控えめに。

（『カタレプトン』第五歌八—一四行）

この詩節に先立つ前半七行では、修辞学の教師に対する決別が語られ、そして後半では右のように、シロンというエピクロス学派の哲学者が営む学園に旅立つ決意が歌われている。当時エピクロス哲学は、詩人ル

クレティウスの『事物の本性について』全六歌によってローマ世界に普及し始め、心の平和を希求するその教えは、共和政末期の内乱に疲弊したローマ人を魅了していた。また死の恐怖を克服し、精神の平安にいたることを勧めるその教義は、原子論という科学的方法によって世界と自然のあり方を理性的に認識することを説いた。さらに、その哲学に親しむ人々は元祖エピクロス（前三四一―二七一年）以来「庭園学派」と呼ばれ、庭園という快適な自然環境の中で、質素で友愛に満ちた共同の学究生活を送っていた。二十歳代初め頃のウェルギリウスは、カメナ（歌の女神）への未練のこもった別れの言葉が示すようにすでに詩歌に親しんでいたが、その「甘美な」詩作をしばし中断してまでもシロンの学園に引かれたのは、自然の豊かな地方の農村に育った彼の個人的な好尚や志向が、苦悩する時代の求める新たな思潮と触れ合ったからであろう。

この十歳代末から二十歳代末までの約十年間は、伝記ではほとんど空白をなすが、その頃の知的・社会的経験こそが、その後の詩人としての歩みを方向づけたと言ってよいであろう。このあとウェルギリウスは、自然と人間をテーマとする『牧歌』と『農耕詩』の作家として現われるのである。しかし、世に出る前の詩人の体験として、もう一つ触れておかねばならない出来事がある。それは、北イタリアの農地没収事件である。

前四四年にユリウス・カエサルがローマで共和政派によって暗殺されたのち、前四二年にマルクス・アントニウスとオクタウィアヌスがピリッピの戦いで共和政派を破り、その年の末頃からオクタウィアヌスは、退役軍人に報いるためにイタリア各地で農地の没収を開始した（本書四頁註（1）参照）。北イタリアでは、クレモナやマントゥアの周辺がその対象になった。この出来事の当初、ウェルギリウスがどこにいたのか正確にはわからない。しかし前述のシロンの学園は、おそらく南イタリアのナポリ近郊にあったと推定され、さらに『カタレプトン』中のもう一つの真作とされる第八歌（全六行）では、シロンの土地に呼びかけて、故郷の農地没収を間近に予感しながら次のように語っている。

かつてはシロンを主とした小邸とささやかな農園よ――
まことにかの主人にとって、おまえも財産だったのだが――、
いつか私が故郷の悲しい知らせを聞いたなら、おまえにわが身を
委ねよう。そしてわが身とともに、つねに私が愛した人々、
とりわけ父親を。そのときおまえは父にとって、
かつてのマントゥアや、クレモナの代わりになるだろう。

（『カタレプトン』第八歌）

前四〇年頃、この「故郷の悲しい知らせ」が現実のこととなる。そのときウェルギリウスは、おそらくなおナポリ付近に滞在していたのであろう。北イタリアでは、最初アントニウス配下の副官アシニウス・ポリオが農地分配を担当していた。そしてその間は、マントゥアの人々は没収を免れていた。しかし前四〇年にペルージアの戦役でアントニウス派がオクタウィアヌス派に降伏すると、オクタウィアヌスによって新たに農地分配を命じられたアルフェヌス・ウァルスは、クレモナに加えてマントゥア近辺も対象にすることに決めた。農地没収に際してウァルスは、都市住民の生活のために、城壁から約三マイル四方を除外するよう命じられていた。マントゥアに関しても、彼は最初そのとおり命令を実行しようとしたが、しかしマントゥア

はミンキウス川とその沼沢地帯によって三方を取り巻かれており、城壁を起点として測るならば、他の都市に比べて免除される農地の面積はかなり小さくなった。またその不公平な測量の仕方を適用すれば、アンデス村の詩人の土地は没収地域に含まれることになった。そのとき、ウェルギリウスはナポリから帰郷し、ウァルスの指示どおり自家の農地に乱暴に入植してきた軍人との紛争に巻き込まれた（『牧歌』第九歌参照）。生命の危険さえ感じた詩人は、まずウァルスに不公平を訴えたが、効を奏さなかった。そこで彼は、非没収地域の徴税の任務にあたっていた行政官コルネリウス・ガルスの忠告と助力を得てローマへ行き、オクタウィアヌスに直訴した（『牧歌』第一歌参照）。その結果、ウァルスは快く没収の範囲を改め、アンデスの土地を含む一帯は接収されなかった。

『牧歌』には、ポリオ（第三歌、第四歌）、ウァルス（第六歌、第九歌）、ガルス（第六歌、第十歌）の三人の名が頻繁に現われるが、簡略な伝記の記事や『牧歌』の古い註釈などを手がかりにして検討してみると、その背景として右のような事情が浮かび上がってくる。それまでは首都ローマの政治的混乱を極力避けて、南イタリアの静穏な環境で比較的気ままな勉学生活を送っていたウェルギリウスであったが、故郷の農地没収の危機によって、激しい動乱の時代の波を直接的に体験したのである。とはいえ三人の人物のうち、ポリオとガルスとは、こうした内乱から派生した出来事を介して初めて知り合ったのではなかった。ポリオは政治家であるとともに、「みずから新しい詩を作る」（『牧歌』第三歌八六行）と讃えられるように、青年時代にカトゥルスを先駆とする新文芸運動の影響を受けた作家であったし、またガルスも同じく「新詩人たち（ネオテロイ）」の流れを汲み、カトゥルスの恋愛詩を発展させて恋愛エレゲイア詩を確立した優れた詩人であったから、この二人とは、文芸に対する共通の関心のゆえに以前から深い親交を結んでいたであろう。とりわけ『牧歌』第十歌で中心人物として登場するガルスに対する友愛の情は、たんなる恩人への感謝の念をはるかに越えていたように思われる。

『農耕詩』の頃

さて、文芸保護者でもあったポリオの支援を受けて完成した『牧歌』全十歌（前三九―三七年頃刊行）によって、ウェルギリウスは一躍ローマ社会で脚光を浴びることになった。この作品はしばしば劇場で歌い演じられるほど一般の好評を得たが、なかでもその作者の詩才に注目したのは、後世において文化と芸術のパトロンの代名詞ともなったガイウス・マエケナスであった。マエケナスはオクタウィアヌス（のちの皇帝アウグストゥス）の忠実な側近であり、彼が主催した文芸サークルからはウェルギリウスのみならず、ホラティウス、プロペルティウス、ウァリウスなどの一流の詩人が輩出した。このマエケナスを通じて詩人は、将来ローマ世界を担うことになる最高権力者オクタウィアヌスとも近い距離に身を置くこととなった。

この新しい人間関係の中で着手した作品は『農耕詩』であった。執筆を始めたのはおそらく前三九年頃で（これは『牧歌』作成の最終段階と重なる）、前二九年に完成した。全四歌からなるこの農耕教訓詩のほぼ真ん中に位置する第三歌の序歌には、「マエケナスよ、あなたの容易ならざる命令に従って」牧畜のテーマを追求しようと歌われている（四〇―四一行）。しかしここから、ローマ中央政権の農業復興政策にとって有用な詩を作るようにとパトロンが強く要請し、それに対して詩人は服従を強いられたと見なす必要はないだろう。

「容易ならざる」とは新しい主題を扱う創作の難しさを意味するのであり、そのうえ詩人は、自発的な関心にもとづく作品についても著名な人物の賛意や同意を「命令」として表現することがあるからである。もちろんマエケナスが、新しい作品について何か助言や示唆などを与えることがあったかもしれない。だが少なくとも出来上がった『農耕詩』は、庶民の実用にも為政者の政策にも直接的・具体的に役立つものではなかった。それは、神話、宗教、歴史、哲学、自然科学などの知識を、大地に生きる人間の視点からとらえ直した洗練された創作、つまりまさに文学作品にほかならなかったのである。

『農耕詩』全四歌はパルテノペ（ナポリ）で執筆した、と作者は作品の末尾で述べている。伝記によると、詩人は毎朝多量の詩を口述して書き取らせ、そのあと充分に時間をかけて推敲し、毎日ごくわずかな行に凝縮しながら詩作を進めたという。自身もそのゆっくりとした丹念な方法について、「雌熊のように歌を生むのだよ。よく舐めてやっと形を作り上げるのさ」と即妙に語ったと伝えられる。ともかくナポリあるいはその周辺が、その後終生の生活と詩的創造の場となった模様であり、ナポリの西の町ノラ近郊には別荘を持っていたという記録がある（ゲリウス『アッカィカの夜』第六巻二〇）。だが、そのように何不自由ない裕福な生活を保証されていても、性格は相変わらずはにかみ屋のままで、ナポリでは多くの人々に「乙女（パルテニアス）」という渾名で呼ばれていた。またいつ頃からか、ローマのエスクイリアエの丘にマエケナスの庭園に隣接して邸宅を所有することになったが、首都に滞在することはごくまれであり、たまに都の公衆の中に姿を見せても、人が自分を指差したり追いかけたりすると、いつもどこか近くの家に逃げ込んだという。

ところで『農耕詩』の作成が進行している間、ローマ世界では長く続いた内戦の混乱がようやく収拾に向かい、政体は急速に単独支配へと傾くとともに、社会には平和が回復し始めた。『農耕詩』を注意深く読んでいくと、その暗から明への政情と世相の変化に気づくであろう。第一歌のエピローグでは、前四二年のピリッピの戦いとともに内乱が再発したきわめて暗欝な危機的状況が描かれ、「非道な戦い《マルス》の神が世界中で荒れ狂っている」(五一一行)中で、オクタウィアヌスの武力による権力闘争についても、肯定とも否定とも読み取れる両義的な言葉で語られている。それに対し第三歌の序歌では、オクタウィアヌスがアントニウスとエジプトの連合軍を打ち破った前三一年のアクティウムの海戦に言及され(二八―二九行)、「カエサル」の勝利によるローマの平和の到来が前触れされている。そして執筆時期としては最もあとの第一歌の序歌の後半は、第三歌の序歌と同様、すでにオクタウィアヌスの神格化を予告している。全作品の末尾をなす第四歌のエピローグでウェルギリウスは、「カエサル」の果敢な戦いの間、自分はナポリで「名もない平和の営みを心ゆくまで楽しんでいた」(五六四行)と遠慮がちに述べている。だが、実際はこうしてローマ世界の歴史的大変化に対して強い関心と張り詰めた意識を持って創作に取り組んでいたのであり、それゆえ詩人の一見謙虚な姿勢も、むしろ最高権力者の業績と並べて自己の詩作の価値を語ろうとする幾分大胆なジェスチャーと見るべきであろう。

このように実用書ではないとはいえ、歴史的現実と関わる『農耕詩』という作品に対して、オクタウィアヌスはどのような反応を示したのであろうか。その点について古代の伝記はほとんど何も語っていないが、しかし完成された全四歌は、前二九年夏にアクティウムの海戦後初めて凱旋の帰国の途につき、ナポリ近くのアテラという町に喉の治療のため逗留していたこの独裁的政治家の前で、四日間かけて朗読されたという。

そのときにはマエケナスも同席し、長い朗読で詩人の声が疲れて出なくなると、彼が代わって作品を読み上げたと伝えられる。農民の勤勉な労働の精神と平和の回復をテーマとするこの作品の趣旨は、政治家オクタウィアヌスにとってはおおむね良しとすべきものだったはずである。ただ『農耕詩』第三歌の序歌の末尾には、ローマ世界の統一をほぼなし終えたオクタウィアヌスに対して、とりわけ強く印象づける言葉があった。

しかし、やがて私は身を引き締めて、カエサルの灼熱した戦いを歌い、
その名声を、カエサルがティトヌスの血統の始まりから
遠く隔たるほども長き年月の間、人の噂に伝えるだろう。

(『農耕詩』第三歌四六―四八行)

この詩節を、自己の戦勝の栄誉を讃える叙事詩の作成を約束する言葉としてオクタウィアヌスが受け取ったとしても不自然ではない。そしてウェルギリウス自身も、その約束を守り、支配者の期待に応えるかのようにやがて叙事詩の執筆に取りかかった。

『アエネイス』と詩人の死

その新たな叙事詩作品は、作成開始後まもなく一部が親しい人々に公表されて好評を博した。同じマエケナスの文芸サークルに属した詩人プロペルティウスは、すでに前二六年頃の詩の中で次のようにその模様を伝えている。

退け、ローマの作家らよ。退け、ギリシアの詩人らよ。
『イリアス』よりも、何か偉大なものが生まれつつあるのだ。

（プロペルティウス『詩集』第二巻第三十四歌六五―六六行）

しかしこの詩行の前にプロペルティウスが暗示しているように、ウェルギリウスが取り組んだ叙事詩は、最初『農耕詩』で予示されたようなオクタウィアヌスを主役とする戦いの物語ではなかった。その作品の主人公は、トロイア人アエネアスという神話世界の英雄であり、題名は『アエネイス』（アエネアス物語）とつけられた。

『アエネイス』の内容は、滅びた祖国トロイアをあとにした英雄が、長い放浪ののちイタリアに到着して、ローマ民族の礎を築くまでの伝説を詳しく語るものであった。たしかにアクティウムの海戦に代表されるオクタウィアヌスの戦争や征服の功績も述べられはするが、それは物語の本筋から逸脱した予言や絵画的描写の中でごく短く触れられるのみである。しかもアエネアスは、ローマ国民の始祖であると同時に、オクタウィアヌスの属するローマの古い名門氏族ユリウス氏の神話的祖先にあたるとはいえ、伝統的な叙事詩に登場するような勇猛果敢な戦士、あるいは遠謀深慮の英雄として容易に分類できる明確な性格の主人公ではなかった。とくに一族郎党や同盟民族を率いるべき指導者としては、この英雄はしばしば迷いに陥り、ときに重大な過ちを犯すこともある人物として描かれている。

人間的な弱点を備えながらも、神の定めたローマ建国の運命を成就するために生き永らえ、幾多の苦難に直面して自他に対し多大の犠牲を強いなければならない――そのような苛酷な歴史的役割を課せられたこの

「敬神的な」英雄を主人公とする叙事詩の大作に対して、前二七年にアウグストゥスの尊称を受けて名実ともにローマ国家の頂点に立ったオクタウィアヌスは、はたしてどのような感慨を抱いたであろうか。だがこの点についてもまた、古代の伝記は黙して深く立ち入らない。ただ、間接的にそれに触れるかのような若干の事柄は伝えられる。例えば、前二六－二五年頃にアウグストゥスは、ヒスパニアの遠征地から詩人に手紙を書き、執筆中の『アエネイス』の下書きか、それともどんな部分でも気に入っている個所を自分に送り届けるようにと懇願したと言われる。また、のちに詩人自身がアウグストゥスの前でこの作品の第一歌、第四歌、第六歌を朗読したとき、傍らにいた皇帝の姉オクタウィアが彼女の息子マルケルスの死の一節（第六歌八八三行）を聞き、悲しみのあまり失神したという。さらに次に記す、詩人の死後に叙事詩が刊行された事情は、古典文学史上最も有名な逸話の一つとして後世に語り伝えられている。

十年余を経ていよいよ『アエネイス』の完成に近づいたウェルギリウスは、前一九年、それを仕上げるために物語の舞台の一部をなすギリシアと小アジアへ旅立った。しかし彼は、アテナエで東方からの帰国途上のアウグストゥスと出会い、皇帝と一緒にイタリアへ帰ることに決心した。そのとき暑い盛りのメガラの町を訪れて熱射病に罹り、その病気が帰りの航海でいっそう悪化していった。やがてイタリア東南端の港町ブルンディシウムに上陸したときには、病はもはや深刻な状態となり、詩人はまもなくそこで息を引き取った。同年九月二十一日、享年五十歳であった。

どのような理由によるのか不明であるが、ウェルギリウスはギリシア旅行の前に、もしも旅の間自分に何か起こったら『アエネイス』の原稿を焼却するようにと友人ルキウス・ウァリウス・ルフスに頼んでいた。

だがウァリウスは、それを約束するのを拒絶した。そのため死の床に伏したとき、詩人は自分で焼き捨てるために、原稿の入った文箱を持ってくるよう要求したが、やはり誰もそれに応じなかった。それで彼はやむなく原稿をウァリウスとプロティウス・トゥッカに遺贈し、二人に対して、すでにみずから刊行したもの以外は何も公表してはならないと書き残して他界した。ところがその遺言は、のちにアウグストゥスの意向によって覆された。ウェルギリウスの遺作を刊行せよとの皇帝の命令に従って、ウァリウスはごくわずかな訂正のみを施したのち、不完全な詩行の残る未完成のままの状態でこの叙事詩全十二歌を公刊したのである。このようにして『アエネイス』は、不可解な作者の意志に反して、歴史の闇の中に葬られることから救われたのであった。

なお、ウェルギリウスは生涯を独身で過ごし、妻子を持たなかった。そのため彼は遺言によって、自分の遺産の半分を異父兄弟であるウァレリウス・プロクルスに相続させ、さらに全体の四分の一を皇帝アウグストゥスに、十二分の一をパトロンのマエケナスに、残りの六分の一を友人ウァリウスとトゥッカの二人にそれぞれ贈与したと記録されている。

『牧歌』について

『牧歌』全十歌は、ウェルギリウスが三十歳前後の数年間に作ったと伝えられ、刊行は前三九－三七年頃と推定される。詩人が最初に公にした作品であるが、それ以前の二十歳代にも詩作を試みた形跡がある。先に述べたように、そのような初期作品は他の未公表の詩とともに合計十数篇が『ウェルギリウス補遺集』に収録されている。しかし『補遺集』の大部分の詩は、後代の模作と見なされていて、わずかに『カタレプトン』の二、三の短詩のみが詩人の青年時代の習作と考えられている。

『牧歌』の原語ブーコリカ（*Bucolica*, 英語 *Bucolics*）は、「牛飼い」を意味するギリシア語ブーコロス（bukolos）に由来する。正確には「牛飼いの歌」の意であるが、しかしブーコロスはすでにギリシア古典期から一般に「牧夫、牧人」をも指して用いられており、したがってブーコリカは、羊飼いや山羊飼いも含む牧人の歌、すなわち「牧歌」を意味する言葉としてウェルギリウス以前からギリシアにおいて定着していた。またウェルギリウスの『牧歌』は、後世においてエクロガエ（*Eclogae*, 英語 *Eclogues*）とも呼ばれた。エクロガ（単数）は元来は「精選、抜粋」の意であるが、のちには「短い詩、小詩」を指したから、エクロガエとは「短詩集」を意味する。

テオクリトスとヘレニズム文学

『牧歌』という詩のジャンルを創始したのは、前三世紀前半に生きたシュラクサエ出身のギリシア詩人テオクリトスであった。テオクリトスの作品集は『エイデュリア』（*Eidyllia*, 小詩集）と名づけられていて、そこには三十篇ほどの詩が収められている。そのうち小叙事詩、賛歌、恋愛詩風の作品約二十篇を除くほぼ十篇が牧歌風の作品群をなし、それらがのちに牧歌詩のモデルとなった。その牧歌風作品は、ヘクサメトロスすなわち六脚律で作られ、シキリア島や南イタリアの美しい自然を背景にして、牛飼い、羊飼い、山羊飼いなどの恋や対話や歌競べを描いている。用いられたギリシア語も、ドーリス方言という田舎びた言葉であり、その素朴な響きが、都会の喧騒から離れたひなびた地方に住む牧人の世界の雰囲気を自然に醸しだしている。

とはいえテオクリトスの牧歌は、けっして牧夫や農民の俗謡に由来するような土俗の文芸ではなかった。それはむしろ都会人の文学である。テオクリトスの生きたヘレニズム時代は、都市（ポリス）と農村が密接につながっていた前五－四世紀の古典時代の調和はしだいに失われ、詩人が移住したアレクサンドリアを代表とする大都市の発達によって、田舎や田園は都市住民の生活空間から遠ざかっていった。そのような社会の変化を背景として、田園を理想化し、自然に囲まれた生活に郷愁を見いだす牧歌という文学が成立したのである。テオクリトスの田園詩にはしばしば、人々が心地よく憩いながら歌を交換し合う場所として理想的な自然が描かれている。牧歌におけるそのような自然描写は、文学用語で「ロクス・アモエヌス」（locus amoenus「快適な場所」）と呼ばれているが、それを意識的に描きかつ鑑賞することを求めたのは、日常そうした環境に接することのできる者ではなく、そこから離れつつあった都会の人々なのであった。

ヘレニズム時代特有の社会現象から生まれた牧歌は、技法と形式の面でもまた時代の先端をいく文芸理論にもとづいて創作された。当時のアレクサンドリア文学を代表する学者詩人カリマコスは、学識と機知に富む磨き抜かれたスタイルの文芸を重視し、粗雑で長大な叙事詩を排して緻密で完成度の高い小規模（カタ・レプトン）な作品の創造を提唱し実践していた。テオクリトスの牧歌もその理念に倣い、神話や宗教などに関する教養やユーモアと機知に満ち、ドーリス方言を駆使して音楽的効果を高めつつ、ほとんどが百行前後の長さで短くまとめられている。彼が用いたヘクサメトロスという韻律も、カリマコスの賛歌や同時代のアラトスの教訓詩『パイノメナ』でも使われたホメロス以来の格調の高い叙事詩の韻律である。こうして、作品に登場する牧人たちは一見純朴で飾り気がないが、しかし彼らはしばしば、歌と旋律によって、とても粗野な田舎者とは思えない豊かな知性と洗練された詩的感覚を発揮するのである。

ローマ文学における牧歌

さてウェルギリウスは、テオクリトスに始まるこのようなギリシアの牧歌の伝統をローマ文学において継承し、さまざまな独自な工夫を加えて発展させたのであるが、しかし当時のローマでは、それは大胆な冒険であった。もちろんヘレニズム文学そのものは、この詩人以前からローマ世界にも浸透し普及していた。とくにウェルギリウスの青少年時代、共和政末期の前一世紀中頃にはカトゥルスが出現して、ヘレニズム詩の文芸運動の先頭に立って活躍し、文壇に旋風を巻き起こしていた。そして彼を先駆とする若い作家たちのグループは、「エウポリオン（前三世紀のギリシア詩人）の賛美者たち」あるいは「新詩人たち」と称され、都ローマを中心に一世を風靡していた。『牧歌』第六歌と第十歌に登場し、敬意と友愛を込めて呼びかけられるコルネリウス・ガルスもこうしたモダン派詩人の一人である。ウェルギリウスは若い頃から、このような新しい詩人たちから深い影響を受け、アレクサンドリア時代のギリシア語の文芸や先に述べたその理論にも親しんでいたのである（『補遺集』の中で少数の真作を含む詩集が『カタレプトン』と題されたこともそれを示している）。

ところがカトゥルスをはじめとする「新詩人たち」は、ヘレニズム風の都会的洗練を文学と生活に求めるがあまり、とくに詩のテーマとしては神話や恋愛をもっぱら取り上げて、野暮な田舎の生活や田園の自然に対してはむしろ背を向けていた。彼らの理想と信条はあくまでも「粋な都会的センス」（レピダ・ウルバニタース）であり、田舎びたもの（ルスティキタース）はあらゆる点で批判し攻撃すべき敵であった。こうしたローマ的ヘレニズムの特殊な傾向の中で、本場のギリシア世界では高く評価されていたテオクリトスの牧歌が正当には理解されず、どちらかというと敬遠されたのも無理からぬことである。ともかくローマでは、テオクリトスを模範にしてラテン語で本格的な田園詩を書いてみようなどと思いつく者はいなかった。

ウェルギリウスが『牧歌』の創作に着手したとき、おそらく若い詩人仲間たちからは奇異の眼差しを浴びたことであろう。詩人自身、当時の思い切った試みについて、『牧歌』第一歌の冒頭をこの作品の表題として引用しながら、『農耕詩』第四歌の末尾で次のように回想している。

かつて私は、牧人の歌で戯れつつ、若さに勇み立って、
ティテュルスよ、「枝を広げた橅《ぶな》の覆いの下に」と君のことを歌った者。
（『農耕詩』第四歌五六五－五六六行）

先に「詩人の生涯」で触れたように、農村出身のウェルギリウスには田園の自然に対する特別の愛着があったであろう。それが若い彼をエピクロス哲学へと誘った理由の一つであり、再び哲学から詩作へと関心を向けたときも、一般に人々の顧みない牧歌というジャンルに着目した要因であった。しかし一介の文学青年が、資質と好みに合うゆえにローマでは誰も試みていないテーマを取り上げて、新しい分野を開拓しようという大志を抱いたとしても、はたしてその結果まとまった詩集を編むことができるのか、また作品の中身が、

当時の詩人・文芸家たちの厳しい批評眼に耐えうる高い芸術的水準に達しうるかどうか、これはまた別問題である。下手をすれば、牧歌など、やはり田舎臭くて不粋の骨頂と一蹴されるのが落ちである。たとえ流行に逆行しようとしても、既存の潮流の向きを少しでも変えるくらいの才量がなければ、結局風潮と偏見に押し流されてしまうのだ。

古代の伝記では、『牧歌』は三年間で完成されたと言われる。だが実際は、もっと長い月日が費やされ、最終的な仕上がりまではさまざまな試行錯誤があったにちがいない。その途中、幾多の文芸仲間の鋭い批判や悪意を含んだ批評を甘受する一方、ポリオやガルスなどの好意的な人々の激励や助言に勇気づけられては、少しずつ作品を仕上げて書き貯め、徐々に自信をつけていったのであろう。そしてようやく詩集全体をまとめる段階になっても、なおその構成を幾度も練り直し、満足できるまで各詩篇の加筆修正を繰り返し施したであろう。『牧歌』のモデルとなったテオクリトスの田園詩がヘレニズム文学の第一級の作品であるとすれば、それに倣った自己の詩集もヘレニズム文芸としての最高の出来栄えでなければ成功とは言えない。そのことをウェルギリウスは、ギリシアの牧歌自体からじかに学ぶことができた。例えば、テオクリトスの文芸マニフェストとも呼ぶべき詩篇は『エイデュリア』第七歌であるが、そこに登場する牧人リュキダスは、自作の詩について「山で苦心してこしらえたささやかな歌」(五一行)だと、うわべは謙遜を装いつつも、じつは大きな自負を込めて語っている。牧夫の詩は、たしかにひなびた「山」の歌である。だがそれは同時に、人並み以上の苦労を費やして作り上げた結晶度の高い詩作品でなければ、真に牧歌の名には値しないのである。そのような専門詩人としての高い理想と矜持こそ、牧歌の元祖のメッセージであった。

『牧歌』の冒頭と詩集の内容

さて、こうして完成された詩集『牧歌』の劈頭に、ウェルギリウスは次の詩行に始まる牧人ティテュルスとメリボエウスの対話体の詩篇を第一歌として配置した。

メリボエウス
ティテュルスよ、君は枝を広げた橅《ぶな》の覆いの下に横たわって、
森の歌《ムーサ》をか細い葦笛で繰り返し奏でている。
だが私らは、祖国の土地と親しい畑を去っていく。
私たちは祖国を逃げ出すのだ。ティテュルスよ、君は木陰でのんびりと
美しいアマリュリスの名を響かせるようにと森に教えている。

（『牧歌』第一歌一－五行）

古典文学は古来パピルスの巻本に書写され、作品名は通常巻き物の末尾に記された。また、巻本の収録内容を示す目次のようなものも付けられなかった。そのためとくに詩の場合、著作の冒頭の詩行は作品全体の表題として扱われると同時に、おおよそのプログラムの役割をしばしば果たした。さらにまた巻頭の詩行は、ギリシアの伝統文学に対するローマ詩人の独自性を集約的に表現することもあった。右の『牧歌』の冒頭詩行では、まず第一行が詩集のタイトルとして詩人自身によって引用されたことは先に見たとおりである（『農耕詩』第四歌末尾）。次にこの冒頭の五行を、一種のプログラムとして見てみよう。すると『牧歌』の内容は、およそ三つの小テーマを含むものとして示されていることがわかる。

1 ティテュルスよ、君は枝を広げた橅《ぶな》の覆いの下に横たわって、
2 森の歌《ムーサ》をか細い葦笛で繰り返し奏でている。 ………㈠歌による田園の自然との交流
3 だが私らは、祖国の土地と親しい畑を去っていく。
4a 私たちは祖国を逃げ出すのだ。 ………㈡社会や政治など牧歌の外の世界の出来事
4b ティテュルスよ、君は木陰でのんびりと
5 美しいアマリュリスの名を響かせるようにと森に教えている。 ………………㈢牧人の愛

より簡潔に要約すれば、『牧歌』全体の内容は、㈠歌と自然、㈡社会と世界、㈢恋愛、というように三つの主題別に提示されている。そこで、このプログラムに示されたテーマが、全十歌のそれぞれの中身とどのように対応しているのかを理解するために、各詩篇の内容を簡単に解説してみよう。

第一歌………ティテュルスとメリボエウスの対話。ローマの内乱に由来する農地没収がイタリアの貧しい牧夫の世界を襲う。平和な田園生活を約束されたティテュルスとは対照的に、メリボエウスは故郷の土地を奪われ、田園を去っていく。

第二歌………コリュドンが美少年アレクシスへの望みなき求愛の歌を歌う。

第三歌………メナルカスとダモエタスが互いの悪口を言い合ったあと、パラエモンを審判に立てて歌競べをする。勝負の結果は引き分け。

第四歌………ある男児の誕生と成長とともに、戦争の時代が終わり、平和で豊かな黄金時代が再び世界に訪れることを幻想的な表現で予言した歌。

第五歌……メナルカスとモプススが会話を交わしたあと、歌競べをする。モプススは牧人ダプニスの死を歌い、メナルカスはダプニスが昇天して神になったと歌う。

第六歌……山野の老人シレヌスが二人の若者に捕らえられて、歌を披露する。その歌は、世界創成、さまざまな神話、ガルスの逸話からなる。

第七歌……メリボエウスが、コリュドンとテュルシスの歌競べを回想する。勝負はコリュドンが勝った。

第八歌……ダモンとアルペシボエウスの歌からなる。前半でダモンは、失恋した男の悲痛な嘆きを歌い、後半でアルペシボエウスは、魔術を用いて恋人を取りもどす女性の独白を歌う。

第九歌……若いリュキダスと年長のモエリスが、町への道すがらに交わす会話。モエリスは、詩人メナルカスとともに農地没収の憂き目に遭い、生命の危険まで味わったと語る。

第十歌……ガルスの失恋の苦しみを歌う。ガルスは恋の痛手を牧歌世界のアルカディアで癒そうとするが、愛の神が与えた苦しみを和らげることができない。

以上が各詩篇の内容だが、それらを一つ一つ考慮して全十歌を先述の三つの主題別に仕分けしてみると、例えばこのように分類することができるだろう。

㈠歌と自然……第三歌、第五歌、第六歌、第七歌
㈡社会と世界……第一歌、第四歌、第九歌
㈢恋愛……第二歌、第八歌、第十歌

ただしこのうち第五歌は、ダプニスの死と昇天に政治家ユリウス・カエサルの死と神格化が反映しているため（本書三三頁註（1）参照）、㈠とともに㈡のグループにも属しうる。また第六歌も、シレヌスの歌の世界創成の話から㈡の主題とも結びつき、さらに第十歌は、ガルスの恋歌に牧歌世界の体験とそこからの別れのモチーフが認められるため、㈠の要素を含んでいる。だが全般的に見るならば、巻頭の五行に示された三つの小テーマは、『牧歌』全体の内容を包摂していると言えるだろう。

また第一歌の冒頭部分は、このように詩集の内容を予告するだけではなく、三つの主題の関係についてもヒントを与えている。一―二行は、ティテュルスへの呼びかけだが、愛着を込めて描写されるその田園ののどかな生活は、今は不幸なメリボエウスもかつてはティテュルスと共有していたのであり、牧歌世界の出発点である。そしてその共通の出発点から、牧人（詩人）の関心は二つの方向へ分かれていく。すなわち一方では、内乱の現実や未来のローマ世界へ、つまり「ロクス・アモエヌス」（二二六頁参照）の外の世界に向かって発展していく（三―四a行）。他方詩人の意識は、あくまでも「ロクス・アモエヌス」の中に留まろうとし、その理想的自然の中に愛によって他者を引き入れようとする（四b―五行）。こうして第一歌の一―五行は、『牧歌』の三つの主題をカタログ的に羅列しているのではなく、詩人の牧歌世界が「ロクス・アモエヌス」を中心にして、方向相反する二つの関心の均衡の上に成り立っていることを読者に教えている。

『牧歌』の独創性

ところで巻頭の部分は、同じジャンルの先行作品に対して新しい観点や独創的な点を主張する場でもある。

牧歌の創始者テオクリトスの詩集の巻頭詩第一歌は、次の詩行で始まっている。

テュルシス
心地よいのは、松のさやぐ音、山羊飼いよ、あの松が
泉のそばで奏でる旋律。それに君の牧笛《シュリンクス》の調べも
心地よい。
（テオクリトス『エイデュリア』第一歌一―三行）

ここでは「松のさやぐ音」とその「旋律」が、人間の歌と同じように「心地よい」と歌われ、牧人の奏でる音曲と等しい水準にまで高められている。つまり自然の歌は人間の歌と対等の位置を占め、人間の音楽と完全に調和していると語られるのである。ここから、逆に人間の歌すなわち牧歌は、妙なる自然の歌や音楽と等しいものとなり、それとすっかり溶け合うほどに純化されることが理想であるとする詩歌観が生まれてくる。実際テオクリトスの作品では、牧人たちの歌はしばしば、樹木のざわめきだけでなく、水の響きや牛、鳥、そして虫の声、さらには蛙の鳴き声とも対置されて、そうした自然の歌と唱和することが優れた牧歌の証であると讃えられている。

このようなギリシアの牧歌観に対して、ウェルギリウスは第一歌一―二行の、「ティテュルスよ、君は枝を広げた橅《ぶな》の覆いの下に横たわって、／森の歌《ムーサ》をか細い葦笛で繰り返し奏でている」という詩行で新たな見方を表明しようとした。自然の背景が「松のさやぎ」から「橅《ぶな》の覆い」になり、楽器が「牧笛（シュリンクス）」から簡素な「葦笛」に代わっているが、それよりもっと注目すべき点は、「森の歌《ムーサ》を繰り返し奏で

ている（silvestrem Musam meditaris）」という特異な表現である。この詩句は「森の詩歌《ムーサ》に深く思いをいたす」とも解釈できるが、いずれにしても、牧人が森という自然の中に詩想を浸透させる行為に牧歌のあり方を象徴させている。テオクリトスでは牧人の歌は自然の歌と対等な関係を保つべきものと考えられたが、ウェルギリウスはむしろ、牧歌は自然に対していっそう能動的に働きかけうるものだと提唱している。

そしてその牧歌の新たな可能性は、四b－五行の「ティテュルスよ、君は木陰でのんびりと／美しいアマリュリスの名を響かせるようにと森に教えている」においてより明確に表わされる。ここでは牧人は、愛する女性の名前を歌い、その歌を森という自然が美しく反響させるよう「教えている」と語られる。自然がその歌を見事に谺《こだま》してくれるならば、牧歌は成功であろう。森に「教える」とは、詩人が歌によって、このように自然を感応させ従順になびかせることを意味しているのである。したがってここでは、牧歌はもはや自然との対等な関係に甘んじてはいない。ウェルギリウスの牧歌は、自然との対等な位置を越えて、自然を従属させ、そこに潜在する人間との交感の能力を引き出しうるものとしてとらえられている。

優れた牧歌こそが、たんに人間と自然を静的に結びつけるのでなく、自然に内在する魂や心を動かし、自然が人間と動的に交流する霊妙な世界を実現できるという着想は、テオクリトスの作品には見いだされない。そうした理念の原型は、これまで牧歌というジャンルには登場しなかったある神話的人物にさかのぼる。それはすなわち、オルペウスという伝説的詩人・音楽家である。

オルペウスは『牧歌』において、理想的牧歌詩人として幾度も言及されている（第三歌四六行、第四歌五五、五六行、第六歌三〇行、第八歌五五、五六行）。彼の歌は、自然界のあらゆるものを魅了し、動物の荒々しい気性を和らげ、人間と自然との親愛に満ちた交流を作り出す。自然界を共鳴させ、動植物のみならず厳《いか》つい岩石にまで人間との共感の働きを促すオルペウスの歌の不思議な力は、アンピオン、リヌス、アリオンといった他の伝説的な詩人たちにも備わっているように語られるが、さらにはティテュルス、シレヌス、ダモン、アルペシボエウスなどの牧人や登場人物自身も、そうしたオルペウス的な能力を体現している。なかでも第五歌で歌われるダプニスは、他の誰よりも大きな規模で自然の共感を促す人物として描かれている（第五歌二四―二八、三五―三九、五八―六四行）。それは何よりも、世を去ったダプニスが優れた牧歌詩人であり、音楽と歌の道の「師」（四八行）であったからである（なおテオクリトスの第一歌に歌われるダプニスも、死に際に同様の作用を動物たちにおよぼすが、そこに描かれた人間と自然との交感の媒体となっているのは詩歌ではなく、愛欲という共通の不可抗力である）。

こうしてオルペウスを牧歌詩人の原像に据え、そのさまざまな分身を牧人として登場させたウェルギリウスは、彼らが住む独特の牧歌世界を牧神パーンの故郷として知られた「アルカディア」と名づけた。その土地は、実際はギリシアのペロポネスス半島中部の峨々たる山岳地方だが、詩人の想像力によって、緑豊かな森にパーンの笛の音が谺し、牧人たちがもっぱら音楽と歌のみを日々の糧として生きる、時間と空間を超越した芸術と遊びの世界に変貌した。テオクリトスは、ギリシアやシキリアの岩の多い山を風景として好んだが、それに対して森や林を牧歌の背景として描き、さらにそのイタリア的な風景を牧歌の理想郷アルカディアと結びつけたのも、ウェルギリウスの独創であることをここで指摘しておく必要があろう。

さて、こうした独自な自然観と芸術観を磨き上げた牧歌作品の中に展開していく青年詩人に対して、ヘレニズムの洗礼を受けた当時のローマの新進作家ならば、いったい誰が田舎びた野暮な作者だと非難することができたであろうか。ときとして家畜の匂いも漂ってこないではないテオクリトスのギリシア語の牧歌だが、北イタリア出身の若者の魔法のような詩才によって調理されると、ユニークな幻想に包まれた高雅なラテン語の田園詩に変容していくのである。もちろん、人間臭く自由な牧人特有のウイットや滑稽もふんだんに織り込まれたが、鄙猥な冗談や性的に露骨な洒落はかなり控えられている。牧歌とはこれほど幻惑的で優美なものかと、多くの人々が見直したにちがいない。しかしウェルギリウス自身は、そうした知と言葉の錬金術と魅惑的な自然描写だけでは満足することができなかった。ローマの歴史がもたらした深い傷跡は、みずから創造した「アルカディア」の虚構によっては、けっして癒されないことを詩人は知っていたからである。そして時代に対するこの危機意識こそが、彼の牧歌を、テオクリトスの幸福な世界とは決定的に異なるものにしたのである。

『牧歌』とローマの内乱

ウェルギリウスはその心の傷跡を、やはり第一歌冒頭において、至福の牧歌世界を描いた詩句で包み込むようにして歌っている。三−四a行の「だが私らは、祖国の土地と親しい畑を去っていく。／私たちは祖国を逃げ出すのだ」というメリボエウスの告白は、牧人の言葉としてはきわめて衝撃的である。冒頭で読者に強く訴えかけるその声は、ローマの内乱に起因する農地没収を体験した作者が、田園を思うたびに脳裏に去来する郷里の同胞たちの苦境と不運を喚起している。ティテュルスは心地よい自然の中で愛の調べを奏でているが、その歌と恋の穏やかな世界にも大きな事件が起こった。じつはそこにも、凶暴な権力を持った「ローマ」が侵入し、平和を破壊しようとしたのである。メリボエウスは内乱で戦った兵士に土地を奪われて、祖国から追い出される。彼は怒りと悲しみを込めて、その事情をこう語る。

不敬な軍人が、こんなによく耕した畑を自分のものにするのか――
野蛮人がこの麦畑を。争いは、不幸な市民たちにこんなことまで
味わわせるのか。この人々のためにこそ、私たちは畑に種を播いたのに。
さあ、梨の木を接《つ》げ、メリボエウスよ、きちんと葡萄を植えよ。

（『牧歌』第一歌七〇－七三行）

一方ティテュルスは、この悲惨な運命を逃れることができた。彼は都ローマに行って、ある立派な「青年」に会い、これまでと同じ生活の権利を認められたのである。この神秘的な青年は、どうやら政治家オクタウィアヌスのようであるが、真相は隠されている。またティテュルスが農地没収を免れた作者自身であるかどうかも、じつははっきりしない。確かなことは、ティテュルスは例外的な幸運にあずかったが、他の多くの人々は災難を防げなかったということである。こうして今や、「ローマ」という強大な国家は、片田舎の貧しく罪のない牧夫たちの運命までも意のままに支配する力を持っている。それでは、「ローマ」という国は、いったい何のために存在するのか。それは、市民を幸福にするものではないのか。巻頭の第一歌は、当時の社会についてこうした真剣な疑問を読者に投げかけている。

このように時代の苦悩を詩に反映させようとする意志と試みは、ある意味で芸術至上主義的なヘレニズム

文学の性格を自覚し、その限界を越えようとするものである。言い換えればそれは、ヘレニズム文芸の遊びごとには満たされない真摯な魂が、かつてギリシアの叙事詩や悲劇が体現した古典文学の公共性を再び目指そうとするプロセスの始まりであった。実際、第一歌で鮮明に表出されたこうした社会的問題に対する関心は、『牧歌』全体の主調音をなしている。例えば第九歌では、メナルカスとモエリスも農地没収の犠牲者となる。メナルカスは自作の詩によって土地を守ろうとしたが、それに失敗しただけでなく、危うく命を落としかけたと語られる。第五歌でも、牧人たちの苦難は現実のローマ人の苦しみを反映している。そこではダプニスは、恋ゆえにではなく、田園の秩序と平和の象徴として死ぬ。先述のように死後に神となるダプニスは、暗殺後に神格化されたユリウス・カエサルを思わせるが、当時の読者は、田園の理想的英雄と、ローマを内乱に導いた現実の政治家との本質的な違いもまた、同時に感じ取ったであろう。

平和への願望は、第四歌で最も強く表明されている。この不思議な詩篇では、ある赤ん坊が登場し、世界はその子供の成長につれて、戦争の時代から幸福な黄金時代へ回帰していくと語られる。その予言の詩は、中世にはイエス・キリストの誕生を予告した歌だと考えられた。もちろん現代では、そうした奇抜な解釈を支持する人はほとんどいない。しかし絶望的な歴史的状況を体験した詩人が、このような詩的空想に希望と慰めを求めたという事情には、救世主を待望する気運から生まれたキリスト教典の成立の経緯と相通じるものがあろう。

牧歌詩人の悲哀

こうしてウェルギリウスは、現実逃避の性格が強い牧歌という文学ジャンルを、むしろ同時代の社会的苦難を表現する媒体に変えようとした。先に触れたようにこの詩集には、ギリシア以来牧歌の伝統的テーマとなっていた愛を歌った詩も幾つかあるが、それらの恋の詩もやはり、悲哀を誘う不幸な恋人たちの物語ばかりである。第二歌の牧人コリュドンの希望のない恋、第六歌の雄牛に恋をしたパシパエへの同情の叫び、第八歌の不実な恋人への呪咀の歌、そして詩人が最も哀切を込めて語るのは、最後の第十歌のガルスの失恋である。恋愛詩人ガルスは、苦しい恋の傷を牧人の世界アルカディアで癒そうとする。しかし牧歌は、彼の苦悩を鎮めることができない。ガルスは絶望し、「愛の神《アモル》はすべてを打ち負かす。われらもまた、愛の神《アモル》に屈服しよう」（六九行）と言ってアルカディアから去っていく。第一歌では故郷を追われたメリボエウスが、「歌はもう歌うまい」（七七行）と言って田園を立ち去った。こうしてウェルギリウスの牧歌の世界は、巻頭詩ではローマ市民社会の苦難に対して、そして巻末詩では人間の愛の情熱に対して無力を感じながら、悲しみとともに夕闇に包まれていくのである。

なお、『牧歌』各詩篇の作成の年代と順序については、さまざまな見解が提出されていて定説というべきものはない。だが一応の目安として、蓋然性が高いと思われる次のような相対的な作成順序を挙げることができる。

第二歌→第三歌→第五歌→第七歌→第九歌→第一歌→第四歌→第六歌→第八歌→第十歌

この順序に従えば、初期にはテオクリトスの影響の顕著な作品（第二歌から第七歌まで）が作られ、中間の農地没収の歌（第九歌と第一歌）を境にして、その後より独自な性格の詩が創作されたと見ることができる。

『農耕詩』について

『牧歌』によってウェルギリウスは、「ローマのテオクリトス」の地位を確立したと言ってよいであろう。次にこの詩人が取り組んだ課題は、「ローマのヘシオドス」になることであった。この場合も、北イタリアの農村育ちという彼の生い立ちが、その選択を促した一因であったことは明らかであろう。ヘシオドスの主な作品は、『神統記』という神々の世界の成立を語った中篇物語詩とともに、農民の生活を歌う農耕教訓詩『仕事と日』であった。ウェルギリウスは、新たな創作の題名を『農耕詩』（ゲオルギカ、*Georgica*, 英語 *Georgics*）とした。そしてその第二歌の中で、「私はローマの町々で、アスクラ人の歌をうたおう」（一七六行）と宣言した（アスクラはヘシオドスの故郷の村）。

ヘシオドスとヘレニズム文学

ヘシオドスは、ホメロスとほぼ同時代、前八世紀末から七世紀初め頃に生きた古典期以前の作家である。ホメロスと並ぶギリシア初期の偉大な詩人だが、ウェルギリウスの時代から見ると、六百年以上も昔の古色蒼然とした作家である。オリュンプスの神々の系譜を語る『神統記』にせよ、農民の暮らしを歌う『仕事と日』にせよ、いずれも太古の狭隘な人間社会を背景として成立したものであり、ヘレニズムによりギリシア世界が東方にまで拡大したあと、さらにローマの勢力によって地中海世界全体がいわばグローバル化した共和政末期の国際的な民族交流と物流の時代に、文字さえ用いないアオイドスという口誦詩人に属したそのような古い作家の作品が、いったいなぜ文芸界の寵児にとって特別の関心の的になったのだろうか。譬えて言えば、二十一世紀の現代歌壇の売れっ子作家が、古代の歌聖柿本人麻呂のスタイルをまともに模倣して「新万葉集」などに挑むようなものだ。

しかしウェルギリウスが「アスクラ人の歌をうたおう」と高らかに表明したとき、ローマの教養人たちはさほど首を傾げはしなかったであろう。従来『農耕詩』作成の経緯については、オクタウィアヌスやマエケナスといったパトロンが、内乱で荒廃した農業を復興させるため、気鋭の詩人に命じて農業の指南書を作らせたとしばしば考えられてきた(本解説「詩人の生涯」参照)。そのような上からの圧力は、多少はあったかもしれない。だが当時、大カトーの古典的な『農業論』に加えて、ウァロが最新の知識と情報を網羅した『農業論』を刊行した時期に、農村出身とはいえ実際には農耕に従事した経験がない作者の、しかも具体的かつ詳細な記述には適さない韻文の農業教本に対して、政治的指導者も大衆もどれほどのことを本気で期待しただろうか。そのうえウェルギリウス自身も、ホラティウスと同様、たとえ恩がある政治家の命令を受けても、自分の意に添わない詩を作ることには抵抗を示している(例えば『牧歌』第六歌三―八行参照)。なぜウェルギリウスが『農耕詩』に向かったか。その事情を正確に理解するには、まずヘシオドスという昔の作者が、じつはローマ詩人たちが模範としたヘレニズム文学の中で、特別の地位を占めていたことを知る必要がある。

ヘレニズム文学の旗手カリマコスの代表作の一つに、さまざまな祭儀や風習の由来を歌った『起源物語(アイティア)』(断片のみ現存)という詩作品がある。カリマコスはその初めの部分で、かつてヘシオドスの前に出現して真実を教えたヘリコン山のムーサたちが、自分の夢に現われて詩作の霊感を授けてくれたと語っている。ヘシオドスはホメロスと同じく叙事詩人(アオイドス)だが、詩神ムーサと完全に同化した没我の状態で物語を語ったのではなく、自分の出自と人格を明示して、作者としての自己の言葉を吟味しながら「真実」を歌うという姿勢を堅持した詩人であった。『神統記』の序では、そうした自覚的な詩作の方法について、「真実に似たいつわり」とともに、その気になれば「真実」そのものも話せると主張するムーサとの出会いに象徴させて語っていた。

このように自己の立場を客観化し、物事の知識を正確に掘り起こしていくという創作態度は、新時代の作家カリマコスにとっては、みずからが目指すべき新たな文学的営為の手本であり、先駆をなすものと思えたであろう。また形式の面でも、ホメロスの叙事詩の大河のような長大さに比べればかなり短くまとめられたヘシオドスの作品は、ヘレニズム文学の理想に適っていた。もちろんカリマコスは、ホメロスの詩を退けたのではなく、ただこの至高の叙事詩人に追随しようとする愚かさを批判したのであり、今の時代にホメロスを真似ることが所詮無理ならば、より現代人に合ったヘシオドスの作風を模範と仰ぐことが作家の最良の務めであると提唱したのである。

ヘシオドスに対するこのカリマコスの評価は、ローマ共和政末期の文人たちにも影響を与えた。アラトスの天文詩『パイノメナ』は、ヘシオドスのスタイルに倣ったヘレニズム文学にふさわしい作品としてすでにカリマコスによって称賛されていたが、この教訓詩はローマでもかなりの好評を博し、例えば、新詩人たちの文芸に批判的だったキケロでさえも、二十歳の頃にラテン語に翻訳している。またウェルギリウス自身、『牧歌』第六歌の「シレヌスの歌」の中で、カリマコスの再評価を経た新たなヘシオドス風の創作を試みるに値するローマ詩人として、コルネリウス・ガルスを登場させている（六四―七三行）。その詩節では、ムーサに導かれてヘリコン山に到着したガルスは、「アスクラの老人」（ヘシオドス）の笛を贈られて、「グリュニウムの森の起源」を歌うようにと勧められる。この場面は、カリマコスの『起源物語』の夢の話と同様、ヘシオドスに見倣った小叙事詩の作成こそが優れたヘレニズム作家の役割であることを象徴的に描いている。

このようにヘシオドスという古い作家は、アレクサンドリア時代の文芸批評をとおして甦り、ローマでもヘレニズム文学の遠い先駆者でありその源流として、知識人一般に知られていた。したがってウェルギリウスが「アスクラ人の歌をうたおう」と明言しても、とくに目新しい作風を印象づけることにはならず、たんにヘレニズムの理想と趣味に適合した新作として受けとめられたであろう。そのこと自体は、詩人にとって不本意ではなく、むしろみずから望むべき目標であった。『牧歌』でも、ガルスを「当世のヘシオドス」として讃えたのだから、新たに「アスクラ人の歌をうたう」ことは、進んでもう一人の「今ヘシオドス」となり、ローマの読者の前に再登場することであった。

真のヘシオドスへの回帰

しかし実際のウェルギリウスの企ては、ヘレニズム化したヘシオドス像を越えていた。じつは詩人は『農耕詩』第二歌で、たんに「アスクラ人の歌をうたおう」と語ったのではなく、それを「ローマの町々で」うたおうと述べている。つまり、ただヘシオドスの「笛」＝作風に合わせて詩を作るのではなくて、むしろこの古えのギリシア作家の歌そのものを、ローマ世界とイタリアに広めようというのである。同様の意図は、第三歌の序歌でも語られている。そこでは、ヘリコン山のムーサに象徴されるヘシオドスの教訓詩をわがものにして、故郷のマントゥアに「神殿」として建てようと歌われる（一〇―一五行）。「神殿」はこの場合、ヘシオドスの作品をローマ化した『農耕詩』それ自体を表わすメタファーである。

それでは、ヘシオドスの教訓詩、とくに農耕を扱った『仕事と日』はどのような作品だったのか。全部で八百行余のこの詩篇のうち、農業に関する教えはほぼ真ん中あたりから始まる。それはまず年間の農事暦に合わせて語られ、農民の日々の仕事と心得が順次説かれていく。次に航海の技術と要領が述べられたあと、さまざまな人生訓が列挙され、最後は日の吉凶についての解説で締めくくられている。このように実際の生活に役立つ部分は後半に凝縮されており、前半では実用的知識とは異なって、労働の起源と人間の正義が神話を交えて説話風に語られている。二種類の「争い」の話、プロメテウスとパンドラの物語、五時代の神話（『牧歌』第四歌九行註参照）、それらは労働の必然性を説いており、勤勉に働くことは人間にとって正義を実現することにほかならないと結論づけられる。神々を敬い、人道を正して、自然の秩序に従って仕事に励む――このことを、作者は繰り返し強調している。つまりヘシオドスの農耕詩は、たんなる実用書ではなく、人間の精神のあり方と道徳、そして宗教心を教える詩であった。

このヘシオドスに始まる教訓詩の伝統は、ヘレニズム時代に前述のカリマコスやアラトスの詩をはじめとする多くの作品を生み出した。しかし、例えばカリマコスが知識の真実らしさと端正な表現方法にこだわったように、ヘシオドスを模範としても、その伝統の根底にあった道徳的・宗教的性格は失われた。内容も天文や動植物学などに広がり、韻文による科学的知識の表現に重点が置かれた。その後教訓詩が再び精神的価値を回復したのは、共和政末期のローマ詩人ルクレティウスによってである。エピクロス哲学者であったルクレティウスは、ヘレニズム文芸に親しみながらも人間の魂と知性のあり方について深く論じ、『農耕詩』の創作に大きな影響を与えた。ウェルギリウスは青年期にエピクロス哲学者の学園に学んだため（「詩人の生涯」参照）、彼の哲学詩『事物の本性について』には誰よりも通暁していた。ラテン語で普遍的な自然観を語り、情熱的な態度で死の恐怖との闘いを説いたその崇高な長篇詩は、牧歌の小宇宙から抜け出して、より大きく荘重な文学を創り出す重要なきっかけともなったのである。

以上のようにしてウェルギリウスは、ヘレニズム文学の理念に添いながらも、そこでは無視されがちであった教訓詩の本来的な価値に着目し、いっそうヘシオドスの精神に回帰した作品に取り組んだのであった。そこに描かれる農民像は、大勢の奴隷を使用せず単独で土地を耕す小規模農園の自作農であり、そうした農民は、当時のイタリアではもはや珍しくなりつつあった。すでに前二世紀初め頃から、農業の大規模経営が発達し、農作物はもっぱら市場のための商品と化して、経済的効率が農園の経営を支配していたからである。能率の良い農業を営みたいなら、大土地所有者はウァロの『農業論』を読めば大いに役立ったであろう。しかし『農耕詩』の農民像は、いかに現実離れしていても、作者の重要なメッセージを担っていた。そもそもローマ人は元来、大地に生きる農耕民族である。彼らは、みずから作物を育て家畜を養うことが、民族の活力の根幹をなし、道徳的理想の源であることを心の片隅では忘れてはいなかった。限りない権力と財産への渇望によって争いが繰り返され、多くの農民が田園を去って都市へと流入していく混乱した世相においても、往時の独立自由農民の姿は、精神的メタファーとしては効果的であった。そしてローマ人の美徳を思い出させるとともに、もしかして民族の悪徳の根源とそれに立ち向かう知恵についても、小農民の生活は教えてくれるかもしれない。それゆえ、多様な角度から農牧民の生き方を描くことは、あらゆるローマ人の、ひいては大地を母体として生存するすべての人間の心と魂、そして社会のあり方を、自然との関わりで内省し、点検することである。詩人は『農耕詩』を創作しながら、そのような意義と目的について確信を深めたであろう。だから彼は、ヘレニズム版の影のようなヘシオドスではなく、骨肉のしっかりとついた本物のヘシオドスを、みずからの詩作によって再現しようと誇らかに語ることができたのである。

『農耕詩』の主題と構成

ここで、『農耕詩』各歌の主題と構成について少し詳しく説明しておこう。作品全体については、第一歌が畑作と穀物栽培、第二歌が樹木栽培、第三歌が牧畜、第四歌が養蜂をそれぞれ主題として扱っている。また各歌の構成は、次のようになっている。

第一歌（畑作と穀物栽培）

一－四二　序歌（各歌の主題、農牧畜の神々とオクタウィアヌスへの呼びかけ）
四三－七〇　耕作（時期、作物の選定、耕作方法）
七一－九三　地力の回復法（休耕、輪作、施肥、焼畑）
九四－九九　耕耘《こううん》
一〇〇－一一七　灌漑と排水
一一八－一四六　労働の起源神話、技術の発達
一四七－一五九　穀物栽培の労苦
一六〇－一七五　農具
一七六－一八六　脱穀場
一八七－一九二　収穫量の予知
一九三－二〇三　種の処理と選別
二〇四－二三〇　天体観測による播種時期
二三一－二五八　黄道十二宮と天の五つの帯
二五九－二七五　屋内と祭日の仕事
二七六－二八六　日の吉凶
二八七－三一〇　夜と真夏と冬の仕事

三一一―三三七　嵐と星座
三三八―三五〇　ケレスの祭
三五一―三九二　風と雨の徴候
三九三―四二三　晴天の徴候
四二四―四三七　月による気象予測
四三八―四六五　太陽による気象予測
四六六―四九七　ユリウス・カエサルの死と内乱再発の予兆
四九八―五一四　戦乱、神々への祈り

第二歌（樹木栽培）

一―八　序歌（バックスへの呼びかけ）
九―二一　自然にもとづく樹木の繁殖
二二―三四　人工による樹木の繁殖
三五―三八　農夫への呼びかけ
三九―四六　マエケナスへの呼びかけ
四七―六〇　自然に繁殖する樹木の改良
六一―七二　種々の樹木の人工的繁殖方法

七三—八二　芽接《つ》ぎと接ぎ木
八三—一〇八　果樹の種類
一〇九—一三五　樹木と土地の関係
一三六—一七六　イタリア賛歌
一七七—二二五　種々の土地の性質と適性
二二六—二五八　土地の性質の見分け方
二五九—二七二　葡萄畑の準備
二七三—二八七　葡萄の苗木の配置の仕方
二八八—二九七　樹木植栽のための溝の深さ
二九八—三一八　果樹栽培の諸注意
三一九—三四五　春の賛歌
三四六—三五三　若木の育て方
三五四—四一九　葡萄畑の世話
四二〇—四三三　オリーヴ、その他の果樹の栽培
四三四—四五七　種々の樹木の有用性
四五八—五四〇　農民賛歌
五四一—五四二　結び

第三歌（牧畜）

一－四八　序歌（牧畜の神々への呼びかけ、ヘリコン山のムーサの神殿の建立、競技会と神殿の描写、マエケナスへの呼びかけ）
四九－七一　雌牛の選定と牛の繁殖
七二－九四　種馬の選定
九五－一〇二　老いた種馬の扱い方
一〇三－一二二　戦車競走の馬
一二三－一三七　種馬と雌馬の飼育法
一三八－一五六　妊娠した雌の世話
一五七－一七八　子牛の世話
一七九－二〇八　子馬の調教
二〇九－二一八　発情期の雄の牛馬の扱い方
二一九－二四一　雌牛をめぐる雄牛の闘争
二四二－二八三　動物の愛欲
二八四－二九四　羊と山羊の主題の提示
二九五－三〇四　羊と山羊の世話
三〇五－三二一　山羊の価値と冬の世話

三二二―三三八　羊と山羊の夏の世話
三三九―三四八　リビュア人の遊牧生活
三四九―三八三　スキュティア人の牧畜と生活
三八四―三九三　羊毛の生産方法
三九四―四〇三　乳の生産方法
四〇四―四一三　犬の飼育と価値
四一四―四三九　蛇の除去と生態
四四〇―四七七　羊の病気と治療法
四七八―五六六　ノリクムの疫病

第四歌（養蜂）

一―七　序歌（主題の提示とマエケナスへの呼びかけ）
八―三二　養蜂の場所の選定
三三―五〇　巣箱について
五一―六六　蜜蜂の分封と採集方法
六七―八七　蜜蜂の戦争
八八―一〇二　蜜蜂の品種と特徴

一〇三―一一五　蜜蜂の群れを定着させる方法
一一六―一四八　庭園の世話とコリュクスの老人
一四九―一九六　蜜蜂の天性について
一九七―二〇九　蜜蜂の繁殖と寿命
二一〇―二一八　蜜蜂の王
二一九―二二七　蜜蜂の神的性質
二二八―二五〇　蜂蜜の収穫方法と収穫後の世話
二五一―二八〇　蜜蜂の病気と治療法
二八一―三一四　全滅した蜜蜂の群れの再生法（ブーゴニア）
三一五―五五八　アリスタエウスの物語
　三一五―四二四　アリスタエウスの嘆きと母キュレネの忠告
　四二五―四五二　プロテウスの捕獲
　四五三―五二七　プロテウスの話（オルペウスとエウリュディケの物語）
　五二八―五五八　キュレネの忠告と蜜蜂の再生
五五九―五六六　全歌の結び

以上の全四歌の語りの中で、農業に関する実用的知識を示す部分は、実質的には全体の分量の約半分程度である。しかも、実際上重要な作業がしばしば省略されている。ウェルギリウスが目指したのが実用性ではなく、先述のように農業に内在する精神的な諸価値を吟味することであったことが、各歌を──とくに神話や逸話などの脱線部分に注意しながら──読み進めるうちに理解できるだろう。詩人は農耕の世界に生きる人々の姿を描きながら、自然の中での人間のあり方を探り、さらには人間社会の根本的問題を見つめ直していく。

自然との戦いと農民の平和──第一歌・第二歌

例えば、第一歌の初めでは、大地を耕し作物を守るためにさまざまな苦労が説かれるが、詩人はその実際的説明から巧みに逸脱し、なぜ人間にはつらい労働が必要となったのかと、その起源を神話によって語っている。

　父なる神自身が、耕作の道は
険しいことを望まれたのだ。この神が最初に、技術を用いて
大地を耕作させ、人間の心を気苦労で研ぎ澄まし、
みずからの王国が、重い無気力でまどろまぬようはかられた。
ユッピテル以前には、農夫は誰も畑を耕さなかった。
田園に標石を置き、境界で区切ることさえ
不敬であった。人々は共同の収穫を求め、大地はおのずと、

今よりもっと気前よく、誰が求めなくてもすべてを生んだ。
だが神は、黒い蛇に悪しき毒液を与え、
狼に掠奪を命じ、海を波立たせ、
木の葉から蜜を振り落とし、火を遠ざけて、
あちこちを流れる葡萄酒の小川を押し止めた。そのため人々は、
経験と修練によって、しだいに多様な技術を生み出した。

（『農耕詩』第一歌一二一－一三三行）

ヘシオドスによると、人間の苦労と労働は、プロメテウスに欺かれた神ゼウスが人類を懲らしめるために――パンドラという最初の女性とともに――もたらしたものであった。しかしウェルギリウスは、神は人間を罰するためではなく、人間に役立つ技術と文明の発達を促すために、彼らを働くように仕向けたと語る。欠乏のために、人は働かなければならない。だが鉄の時代の「悪しき労苦」に耐えて労働に精を出せば、すべてにおいて進歩が約束されている（一四五－一四六行）。一方自然は、もし人間がいつも手を加えなければ、神の定めた運命によって退化する。万物はまるで川の上流に向かって船を漕ぐ人のようなもので、もし一瞬でも漕ぐのをやめれば、激流に押し流されてしまうのである（一九九－二〇三行）。だから農具は、自然との戦いのための「武器」であり、農作業は生存のための休みなき「戦争」である。

このように第一歌では、労働は人間の宿命で、農夫の生活は自然との闘争だと語られる。しかし、大地で働く人には大きな喜びもある。樹木栽培の第二歌は、その幸福を歌っている。例えば、葡萄の植え付けに適

した春爛漫の頃には自然界は生命力に満ち溢れ、その神聖なありさまを観察していると、人はまるで宇宙の生命の神秘とその起源を見る思いがすると、詩人は万物の原初にまで想像力を飛翔させて語る――「春こそは、森の葉を茂らせ、春こそ木々の発育を促す。／春には大地は膨らみ、命の種を求める。／そのとき全能の父、天空の神は、豊沃の雨となって、／喜び溢れる妻の膝に降り、その大きな肉体と／力強く交わって、すべての生命の芽を養い育てる。／そのとき、道なき藪は妙なる鳥の声で鳴り響き、／家畜の群れは、定まった日々にふたたび愛を求める。／…（中略）…／私は思うに、天地創成の最初のころも、／このように毎日は輝いて、こうした気候がいつも続いていたのだろう。／そのときは春であり、広大な世界は春を生き、／東風は冬の息を控えていた。／そのとき、最初の獣が光を吸いこみ、土から生まれた／人間の種族が、固い野原に頭をもたげ、／野獣が森に、星が天に放たれた」（三三三―三四二行、「春の賛歌」より）。

第二歌ではさらに、人の世話なくして豊かな果実を生むオリーヴや、たくさんの実をつけながらおのずと天高く成長する果樹類の恵みが歌われる。大地がこれほど恵み深いならば、自然と調和して生きる農夫は幸せである――「おお、自己のよきものを知るならば、あまりにも幸運な／農夫らよ！　争いの武器から遠く離れて、彼らのために、／最も正しい大地はみずから、地中からたやすく日々の糧を注ぎ与える」（四五八―四六〇行、「農民賛歌」より）。大地に働き、田園の神々を愛する人々は、都会人の貪婪《どんらん》な所有欲もなく、血で血を洗う市民同士の争いとも無縁である（四九三―五一二行）。詩人は、外敵の攻撃や内乱などで動揺するローマ国家の危機などは、平和で自足した農夫にとっては何の意味もないという（四九六―四九九行）。

ところでウェルギリウスは、第一歌では、神が自然に対する人間の闘争本能を目覚めさせた結果、大地の仕事は休みなく、労働は果てしのない戦いだと教えた。ところが第二歌では、闘争心がなく無欲な農夫の生活こそが人間の理想であり、農業は平和と正義の最後の楽園だと歌われる（とくに四六七－四七四行）。鋭敏な読者なら、ここに何か矛盾を感じるかもしれない。すなわち農夫の世界は、はたして「戦い」なのか、それとも「平和」なのかと。詩人は第二歌の結末においても、前述のように農民はローマ国家の紛争には無関心で、その生活は権力欲に毒されていないと歌いながらも、その一方で、たくましい農民の伝統と習慣に育まれてイタリアの民族は成長し、ローマは世界最強の国になったと誇らしげに語っている（五一三－五三五行）。考えてみれば、これはたしかに矛盾であろう。だがこの矛盾は、繕うことのできない真実でもある。なぜなら、人間は平和を求めながらも戦争をするものだから。そしてローマ人は、この人間の本質的な矛盾を最も強烈に生きようとする。人一倍平和を愛する彼らは、人一倍戦争で力を発揮するのである。

けれども、そのようなローマ人は、必ずしも幸福になれるとはかぎらない。むしろウェルギリウスの時代のローマ人は、そのために大きな不幸を味わった。第一歌の結末は、カエサル暗殺後のローマ社会が内乱で人道を踏みにじり、「永遠の夜」が時代を包んでいく様相をじつに暗鬱な調子で描いている（四六六－五一四行）。『牧歌』では、無名の牧人たちの平和が、軍人になった彼らと同じローマ市民によって奪われた。もっとも、その乱暴な軍人の指導者は、じつは別の牧人には「自由」を得る機会を与える寛大な人物のようであった。それゆえ戦争は、必ずしも悪意のある行動だとは言えない。偉大な指導者は、大きな理想を持っているだろう。しかし悪意はなくとも、平和は武力でたやすく壊される。当時のローマ人は、みずからが誇る武力よって、みずからの心と体を深く傷つけたのである。

このように、第一歌の自然と戦う農民像と、第二歌の自然と調和して平和に生きる農夫の姿とは、ローマ人の二つの素顔なのである。そもそも闘争と平和は、一般に人間の生の二つの側面でもある。そして、この二つの人間の本能的指向を調和することは容易ではない。ウェルギリウスは第一歌の序歌で、太陽や月、葡萄や麦、そして森や牧畜などの自然と農業を守る十二の神々に祈りを捧げたあと、人間オクタウィアヌスも神となって不運な農民を哀れみたまえと訴え、今後の平和を願いながら、この新しい支配者への期待を表明している。ところが、その第一歌の終わりでは、この若い政治家が人間を征服することばかり考えているのを神々は嘆いており、そのためローマ人は神々に長い間妬まれてきたと暗示的に語る（五〇三―五〇四行）。つまり戦争によるローマ人の歴史的成功こそが、神々の憎悪の的となってきたのである。だからローマ社会では今、正義と不正が逆転し、農民は戦乱で苦しんでいる（五〇五―五〇八行）。第三歌の序歌でも、勝利者となったオクタウィアヌスが神のように神殿に祀られる様子が空想的に描かれる（一六行）。しかしその神殿の描写の結びで詩人は、あたかもローマ人の苦難の過去を回想するかのように、神々の怒りを象徴する嫉妬の神が、ついに冥界に転落して地上から消え去るようにと願っている（三七―三九行）。

疫病、蜜蜂とオルペウス――第三歌・第四歌

さて、神は人間に労働を命じ、自然との戦いでローマ人を鍛えあげたが、人間の労苦は、必ずしも成功と幸福で報われるとはかぎらない。牛などの家畜の世話について語る第三歌の結末では、農夫と労働を共にした牛も他の家畜もみな、恐ろしい疫病に罹って束の間のうちに死に絶えてしまい、詩人は、「骨折りや功労

が何の役に立つのか」と嘆くにいたる（五二五行）。

蜜蜂の生態を描く第四歌では、この小さな昆虫の世界は、勤勉と秩序、奉仕精神と闘争本能などの点で、伝統的なローマ人の社会とそっくりである。実際ウェルギリウスは、蜜蜂を「小さな市民たち《クイリテス》」と呼んでいる（二〇一行）。しかしその見事な社会生活も、神の怒りのために病気に襲われて絶滅の危機に陥る。悲嘆に暮れた蜜蜂の群れの主人アリスタエウスは、その危難から蜂を救うために海に住む予言者プロテウスを捕らえる。するとこの海の老人は、その原因は、森の詩人オルペウスが、かつてアリスタエウスに追いかけられて毒蛇に噛まれて死んだ妻エウリュディケを嘆き悲しんでいるためだと言う。

プロテウスの話によると、オルペウスは愛する妻が死ぬと、彼女を追って地下の死者の国に降りていった。彼は絶妙な竪琴の音色と歌によって地下の神々や死霊の心を魅了し、妻を取りもどして地上に向かう。しかし地上への出口に近づいたとき、彼は妻恋しさに、冥界の女王との約束をうっかり忘れて後ろを振り向き、再び彼女を失ってしまう。その後オルペウスは、悲しみのあまり他の女性の求愛を無視したので、酒神バックスの儀式に集まった女たちに殺される。この話を聞くとアリスタエウスは、オルペウスの霊と森のニンフたちの心をなだめるために、牛を殺して捧げる。すると突然、その牛の腐った死体から不思議にも蜜蜂が大量に発生し、蜂の社会はもとの状態にもどる（第四歌四五三—五五八行）。

この逸話は、『農耕詩』全四歌の結末である。オルペウスが妻を取りもどすのに失敗したという神話的・文学的伝承は、ウェルギリウス以前には見いだされない。また、そうした新たな話を蜜蜂の再生法（ブーゴニア）と結びつけたのも詩人の独創である。牛の腐敗した死体から蜜蜂の組織を蘇生させるという神秘的な技術は、いいさか奇怪《グロテスク》でもあるが、しかし感情に乏しく非個性的な「小さな市民たち《クイリテス》」の復活の方法としては、むしろふさわしいと言えるかもしれない。他方、その技術の起源が、そもそも繊細な美学と感受性を備え、『牧歌』でも詩人の理想像とされたオルペウスの悲運と死にさかのぼるという話は、読者にはいっそう強い心理的衝撃を与えるものであろう。いずれにせよ、蜂の群れは飼い主の不注意のために神の怒りをこうむったとはいえ、今後は何とか絶えることなく存続していくにちがいない。作者は、この集団的動物の再生についてはあっさりと語るのみで、ほとんど喜びの情を表わしていない。それに対して、詩人がはるかに深い共感を込めて描こうとしたのは、愛ゆえの過ちによって妻を二度失い、彼女の死をいつまでも悼むオルペウスの人間らしさである。蜜蜂の群れのように、ローマ社会は内乱による滅亡の危機から回復し、これから永遠に繁栄するかもしれない。だが、そのために失われた犠牲者は、二度とこの世にもどってはこない。やはり亡き妻への愛ゆえにオルペウスは八つ裂きにされ、白い首から引きちぎられた彼の頭部は、真冬のヘブルス川の流れを漂いながら深い悲しみをいつまでも歌い続ける――「ああ、痛わしいエウリュディケよ！」と。そして川岸は、その声を空しく反響させるのである。

こうして『農耕詩』では、農民の生活とそれを取り囲む自然は、生の苦しみと喜び、闘争と平和、生命の充溢とその無力さ、秩序の回復と個性の喪失といった、さまざまな対立する傾向を内包し、それらの矛盾や葛藤に揺れ動く世界として描かれている。つまりこの詩では、人間の基本的営為である農業とそれが対象とする自然界が、たんに理想化されて情緒的に賛美されるのではなく、人間と自然の関係に内在する悲劇性や負の側面についても、語感豊かで、美しく錬磨されたラテン語によって語り尽くされているのである。そのことが、この作品をヘシオドスの詩と並ぶ——あるいはそれをも凌ぐ——教訓文学にしていると言えよう。結局、人間の真の幸福と平和とは、自然と農の営みのそうした両義的な性質を深く理解することから始まるのであろう。今日の人類は、地球的な規模で自然との調和という切実な課題に直面している。われわれは、まだなお多くのことをウェルギリウスの古典から学びうるように思われる。

なお、『農耕詩』第四歌後半のアリスタエウスの物語（またはオルペウスとエウリュディケの物語）については、はじめ詩人の友人コルネリウス・ガルスを讃える話であった部分を、詩人が削除したのちに、新たに加筆したものであると、五世紀初め頃の文献学者セルウィウスの註釈によって伝えられている。そしてその理由は、前三〇年にエジプトの初代長官に任命されたガルスが、その後オクタウィアヌスに対する謀反を疑われて自殺したためであったという。この伝承は古来長く信じられてきて、とくに作品中のブーゴニアとエジプトとの関連（第四歌二八七―二九四行）などから、今日なお支持する人がいないわけではない。しかし、現在の研究の一般的傾向としては、セルウィウスの記述はおおむね根拠のない話として退けられている（ただし、ガルスの失脚と自殺は事実である）。

後世への影響

『牧　歌』

ウェルギリウスの三作品は、いずれも刊行された当時から青少年の教育の場で用いられ、すでに古代から広く古典として愛読されていた。そのうち『牧歌』については、同時代のティブルスの田園を背景とした恋愛詩に影響を与えている。ウェルギリウスの作品を模倣した古代ローマの牧歌詩人としては、一世紀のネロ帝時代のカルプルニウス・シクルスと、三世紀のネメシアヌスが挙げられる。またネロ帝期に書かれた作者不詳の牧歌詩二篇が、写本の発見されたスイスの修道院にちなんで『アインズィーデルン短詩』の名で伝わっている。

キリスト教父の時代の四世紀には、先に言及した『牧歌』第四歌のキリスト教的解釈が生まれた。その結果中世には、この宗教的な詩篇の作者ウェルギリウスは、救世主の到来を前触れした『旧約聖書』のイザヤに匹敵する予言者の地位を占め、「キリスト以前のキリスト教徒」と見なされた。

文学としての牧歌が復活したのは、ルネサンス時代である。十六世紀初めにイタリアの詩人サンナザーロは、牧歌風の長篇ロマンス『アルカディア』によって「ナポリのウェルギリウス」と呼ばれ、その作品が好評を博したことから、同じ世紀にスペイン作家モンテマヨルの『ディアナ』が、またイギリス人フィリップ・シドニーの散文ロマンス『アーケイディア』が作られた。さらにイギリスでは、同じく十六世紀に詩人スペンサーが『羊飼いの暦』をはじめとする一連の牧歌風作品を著わし、その後十七世紀にミルトンの『リシダス』、十八世紀にポープの『牧歌』、十九世紀にシェリーの『アドネイス』、マシュー・アーノルドの『サーシス』などによって牧歌詩の伝統が継承された。

フランスでは、最初に田園詩を作ったのは十六世紀のクレマン・マロであり、ついで同世紀にはロンサールも牧歌を書いた。また田園詩風ロマンスとしては、十七世紀のデュルフェ作『アストレ』が挙げられる。その後フランスの田園詩の伝統は、十八世紀の革命の時代にアンドレ・シェニエの『牧歌』によって受け継がれ、十九世紀のマラルメの『牧神の午後』まで続いた。二十世紀前半の詩人ポール・ヴァレリーが、晩年にウェルギリウスの『牧歌』の仏訳を完成させたのも、フランスにおける牧歌の伝統の残照であろう。

『農耕詩』

一方『農耕詩』については、古代では一世紀の文人セネカが、「農夫たちを教えようとしたのではなく、読者を楽しませようとした」作品だと評し(『倫理書簡集』八六‐一五)、このような見方を意識してかどうか、同世紀にコルメラが新たに散文の『農業論』全十二巻を著わしたとき、ウェルギリウスが『農耕詩』で扱わなかった園芸の技術を取り上げ、その第十巻を拙いながらも六脚律の韻文で書き上げた(『農耕詩』第四歌一四八行註参照)。一世紀のラテン文学ではまた、『農耕詩』の影響を受けて、マニリウスによって『天文誌』全五歌が著わされた。その六脚律の教訓詩は、雄渾な文体でストア的な世界観を展開している。他方、教訓詩のパロディーであるが、前一世紀末から後一世紀初め頃のオウィディウスの『恋愛術』『恋愛治療』『女性化粧法について』も、語法の点ではウェルギリウスの表現を頻繁に応用している。同じ詩人による、はるかに愛国的な内容の教訓詩『祭暦』は、ほぼ半分しか作られず未完成に終わった。

『牧歌』と同様、『農耕詩』の影響が創作に現われるのは、やはりルネサンスからである。十六世紀のイタリアでは、まずジョヴァンニ・ルチェッラーイが『蜂』という教訓詩を『農耕詩』第四歌にもとづいて作り、ついでルイージ・アラマンニによって『農耕』が書かれた。アラマンニの『農耕』は、季節の順に語られる五千行にもおよぶ本格的な農耕教訓詩であり、亡命者となった作者の祖国への熱い想いが込められている。

フランスでは十六世紀の思想家モンテーニュが、『農耕詩』を「詩の中で最も完璧な作品」と称賛し(『エセー』二―一〇)、たびたびこの詩から引用した。詩人ロンサールも『農耕詩』を好み、とくに第二歌の「イタリア賛歌」や「農民賛歌」、第四歌のアリスタエウスの物語などから詩的表現を模倣している。

イギリスでは、十八世紀のジェイムズ・トムソンの『四季』とウィリアム・クーパーの『課題』が、ウェルギリウスの『農耕詩』の影響を受けた詩作品で、そこに見られる田園の平和と自然を賛美する傾向は、やがてワーズワースらのイギリス・ロマン主義の特徴ともなった。またその後二十世紀には、女性作家ヴィクトリア・サックヴィル＝ウェストが、ウェルギリウスを範として長篇詩『大地』を書き上げた。

*

テクスト・註釈・翻訳・参考文献

本書の翻訳、註、解説の作成に際し、凡例に記した底本のほか、次に挙げる校訂本、註釈書、翻訳、研究書、論文を参照した。

『牧歌』と『農耕詩』

T. E. Page (ed.), *P. Vergili Maronis Bucolica et Georgica*, Basingstoke/London 1898.

B. von Paul Jahn (ed.), *Vergils Gedichte*, Band I. *Bukolika und Georgika*, Dublin/Zürich 1915.

H. R. Fairclough (transl.), *Virgil, Eclogues, Georgics, Aeneid 1-6*, Cambridge, Massachusetts/London 1935.

F. Plessis et P. Lejay (ed.), *Œuvres de Virgile*, Paris 1945.

J. Conington and H. Nettleship (ed.), *The Works of Virgil*, Vol. I. *Eclogues* and *Georgics*, Hildesheim 1963.

Ch. G. Heyne (ed.), *P. Virgili Maronis Opera*, Vol. I, Hildesheim 1968.

M. Geymonat (ed.), *P. Vergili Maronis Opera*, Torino 1973.

R. D. Williams (ed.), *Virgil, the Eclogues and Georgics*, New York 1979.

越智文雄（訳・註）『田園詩・農耕詩』生活社、一九四七年。

河津千代（訳・註）『ウェルギリウス、牧歌・農耕詩』未来社、一九八一年。

小川正廣『ウェルギリウス研究――ローマ詩人の創造』京都大学学術出版会、一九九四年。

『牧歌』

A. Cartault, *Étude sur les Bucoliques de Virgile*, Paris 1897.

G. Stégen, *Étude sur Cinq Bucoliques de Virgile*, 1, 2, 4, 5, 7, Namur 1955.

G. Stégen, *Étude sur Cinq Bucoliques de Virgile*, 3, 6, 8, 9, 10, Namur 1957.
J. Perret (ed.), *Virgile, les Bucoliques*, Paris 1970.
A. Richter (ed.), *Virgile, la Huitième Bucolique*, Paris 1970.
R. Coleman (ed.), *Virgil, Eclogues*, Cambridge 1977.
E. Coleiro, *An Introduction to Vergil's Bucolics with a Critical Edition of the Text*, Amsterdam 1979.
H. E. Gould (ed.), *Vergil, Eclogues*, Bristol 1983.
C. D. Lewis (transl.), *Virgil, the Eclogues · the Georgics*, Oxford 1983.
W. Clausen (ed.), *A Commentary on Virgil, Eclogues*, Oxford 1994.
E. de Saint-Denis (ed.), *Virgile, Bucoliques*, Paris 1999.
中山恒夫「ウェルギリウスの『詩選』第一歌：その一、その二、その三」『言語文化研究』IX、X、XI所収、大阪大学言語文化部、一九八三、一九八四、一九八五年。
中山恒夫「ウェルギリウスの『詩選』第二歌：第一部、第二部、第三部」『文藝言語研究・文藝篇』一九、二〇、二一所収、筑波大学文芸・言語学系、一九九〇、一九九一、一九九二年。

『農耕詩』

E. de Saint-Denis (ed.), *Virgile, Géorgiques*, Paris 1956.
W. Richter (ed.), *Vergil, Georgica*, München 1957.
L. P. Wilkinson, *The Georgics of Virgil. A Critical Survey*, Cambridge 1969.

M. Erren (ed.), *P. Vergilius Maro, Georgica*, Band I, Heidelberg 1985.

R. F. Thomas (ed.), *Virgil, Georgics*, Vol. 1 and 2, Cambridge 1988.

R. A. B. Mynors (ed.), *Virgil, Georgics*, Oxford 1990.

國原吉之助「Vergilius: *Georgica* 序論」『名古屋大学文学部三十周年記念論集』所収、一九七九年。

『ウェルギリウス補遺集』

W. V. Clausen, F. R. D. Goodyear, E. J. Kenney and J. A. Richmond (ed.), *Appendix Vergiliana*, Oxford 1966.

H. R. Fairclough (transl.), *Virgil, Aeneid 7-12, the Minor Poems*, Cambridge, Massachusetts/London 1934.

伝記

C. Hardie (ed.), *Vitae Vergilianae Antiquae*, Oxford 1966.

J. C. Rolfe (ed. and transl.), *Suetonius*, Vol. II, Cambridge, Massachusetts/London 1997.

古註

G. Thilo and H. Hagen (ed.), *Servii Grammatici qui feruntur in Vergilii Bucolica et Georgica Commentarii*, Hildesheim/Zürich/New York 1986.

H. Hagen (ed.), *Scholia Bernensia ad Vergili Bucolica atque Georgica*, Hildesheim 1967.

古代の植物・動物・農業・地理

E. Abbe, *The Plants of Virgil's Georgics*, Ithaca/New York 1965.
J. André, *Les Noms de Plantes dans la Rome Antique*, Paris 1985.
W. T. Stearn, *Botanical Latin*, Newton Abbot/London/North Pomfret 1983.
J. M. C. Toynbee, *Animals in Roman Life and Art*, Ithaca/New York 1973.
J. André, *Les Noms d'Oiseaux en Latin*, Paris 1967.
R. Billiard, *L'Agriculture dans l'Antiquité d'après les Géorgiques de Virgile*, Paris 1928.
A. G. Mckay, *Vergil's Italy*, Bath 1971.

図の出典

1図（八六頁）、2図（八七頁）：H. Koller, *Orbis Pictus Latinus*, Artemis Verlag, Zürich/München 1983, col. 32.
4図（一七八頁）：R. Billiard, *op. cit.*, p. 399.

＊

本書の出版にあたり、京都大学学術出版会には大変お世話になった。ここに記してお礼申し述べます。

固有名詞索引

1．*B.* は『牧歌 (*Bucolica*)』、*G.* は『農耕詩 (*Georgica*)』を表わし、ローマ数字は歌の番号、アラビア数字は行数を示す。
2．形容詞として現われる語は、若干の場合を除いて原則的に名詞の形で掲げた。
3．普通名詞として訳したものは省略した場合がある (例えば、ケレスが「穀物」、バックスが「葡萄、葡萄酒」を意味する場合など)。

ア　行

アウェルヌス Avernus　カンパニア地方の湖　*G. II 164, IV 493*
アウソニア Ausonia　イタリアの別名　*G. II 385*
アウロラ Aurora　暁の女神　*G. I 249, 446, IV 544, 552*
アエグレ Aegle　水のニンフ　*B. VI 20, 21*
アエゴン Aegon　牧人　*B. III 2, V 72*
アエトナ Aetna　シキリア島の火山　*G. I 471, IV 173*
アオニア Aonia　ボエオティア地方の一地域　*B. VI 65, X 12, G. III 10*
暁 Eos　*G. I 221*
アガニッペ Aganippe　ヘリコン山の泉　*B. X 12*
アキレス Achilles　ギリシアの英雄　*B. IV 36, G. III 91*
暁《あけ》の明星 Eous　*G. I 288*; Lucifer　*B. VII 17, G. III 328*
アケラエ Acerrae　ナポリの北東の町　*G. II 225*
アケロウス Acherous　ギリシア西部の川　*G. I 9*
アケロン Acheron　冥界の川　*G. II 492*
アジア Asia　*G. I 384, II 171, III 30, IV 343*
アスカニウス Ascanius　ビテュニア地方の川　*G. III 270*
アスクラ Ascra　ボエオティア地方の村　*B. VI 70, G. II 176*
アッサラクス Assaracus　トロイアの王　*G. III 34*
アッシュリア Assyria　西アジアのティグリス川上流地方　*B. IV 25, G. II 465*
アッティカ Attica　アテナイを中心とするギリシアの地方　*B. II 23, G. IV 463*
アトス Athos　マケドニア地方の山　*G. I 332*
アドニス Adonis　女神ウェヌスの愛人　*B. X 18*
アニオ Anio　ティベリス川の支流　*G. IV 369*
アビュドゥス Abydus　小アジア北西の港町　*G. I 207*
アフリカ (の) Afer　*B. I 64, G. III 343*
アポロ Apollo　光明、音楽、医術、予言、弓矢などの神　*B. III 104, IV 10, 57, V 35, VI 73, X 21, G. IV 7, 322*
アマリュリス Amaryllis　女性の名　*B. I 5, 30, 36, II 14, 52, III 81, VIII 77, 78, 101, IX 21*
アミュクラエ Amyclae　ラコニア地方の町　*G. III 89, 345*
アミュタオン Amythaon　メランプスの父　*G. III 550*
アミュンタス Amyntas　牧人　*B. 35, 39, III 66, 74, 83, V 8, 15, 18, X 37, 38, 41*
アミンネア Aminnea　イタリアの葡萄の産地　*G. II 97*
アメリア Ameria　ウンブリア地方の町　*G. I 265*
アモル Amor　愛の神　*B. VIII 43, 47, X 28, 29, 69*
アラキュントゥス Aracynthus　アッティカ地方の山　*B. II 24*
アラビア人 Arabs　*G. II 115*

アラル Arar　ガリア地方の川　*E. I 62*
アリアドネ（クノッススの娘）Cnosia　クレタの王ミノスの娘　*G. I 222*
アリウシア Ariusia　キオス島の地方　*B. V 71*
アリオン Arion　歌と竪琴の名手　*B. VIII 56*
アリスタエウス Aristaeus　アポロとキュレネの子　*G. IV 317, 349, 355, 363, 416, 437, 548*
アルカディア Arcadia　ペロポネスス半島中部の地方　*B. IV 58. 59, VII 4, 25, X 26, 31, 32, G. III 392, IV 283*
アルキッペ Alcippe　女性の名　*B. VII 14*
アルキノウス Alcinous　パエアクス人の王　*G. II. 87*
アルキメドン Alcimedon　不詳の人物　*B. III 37, 44*
アルクトゥルス Arcturus　牛飼い座の首星、大角星　*G. I 67, 204*
アルクトス Arctos　大熊座　*G. I 138, 245, 246*
アルケウスの孫 Alcides　ヘルクレスのこと　*B. VII 61*
アルゴ Argo　金毛羊皮を求めて遠征した英雄たちの船　*B. IV 34*
アルコン Alcon　牧人または弓の名手　*B. V 11*
アルプス山脈 Alpes　*B. X 47, G. I 475, III 474*
アルブルヌス Alburnus　ルカニア地方の山　*G. III 146*
アルペウス Alpheus　オリュンピアを流れる川　*G. III 19, 180*
アルペシボエウス Alphesiboeus　牧人　*B. V 73, VIII 1, 5, 62*
アルメニア Armenia　黒海とカスピ海の間の地方　*B. V 29*
アレクシス Alexis　少年　*B. II 1, 6, 19, 56, 65, 73, V 86, VII 55*
アレトゥーサ Arethusa　オルテュギア島の泉のニンフ　*B. X 1, G. IV 344, 351*
暗黒 Erebus　*G. IV 471*
アンティゲネス Antigenes　牧人　*B. V 88*
アンピオン Amphion　テーバエの竪琴の名手　*B. II 23*
アンプリュスス Amphrysus　テッサリア地方の川　*G. III 1*
イアックス Iacchus　バックスと同一視された神　*B. VII 61, G. I 166*
イアピュディア Iapydia　イリュリア地方の北部　*G. III 475*
イアペトゥス Iapetus　ティタン神族の一人　*G. I 279*
イオニア海（mare）Ionium　南イタリアとギリシアの間の海　*G. II 108*
イオラス Iollas　男性の名　*B. II 57, III 76, 79*
イクシオン Ixion　ラピタエ族の王　*G. III 38, IV 484*
イスマルス Ismarus　トラキア地方の山　*B. VI 30, G. II 37*
イダ Ida　（1）クレタ島の山　*G. II 84*　（2）プリュギア地方の山　*G. III 450, IV 40*
イタリア Italia　*G. II 138*
イドゥマエア Idumaea　パレスティナ地方南部の地域　*G. III 11*
イトゥラエア Ituraea　シュリア地方の一地域　*G. II 448*
イナクス Inachus　アルゴリス地方の河神　*G. III 153*
イノ Ino　アタマスの後妻　*G. I 437*
イリュリア Illyria　ハドリア海東岸の地方　*B. VIII 7*
インウィディア Invidia　嫉妬の神（擬人化）　*G. III 37*
インディゲス Indiges　ローマ国家を守る古い神格　*G. I 498*
インド India　*G. I 57, II 116, 122, 138, 172, IV 293, 425*
ウァリウス・ルフス、ルキウス Varius Rufus, L.　詩人　*B. IX 35*
ウァルス、プブリウス・アルフェヌス Varus, P. Alfenus　前39年の補欠執政官　*B. VI 6, 10, 11, IX 26, 27*
ウェスウィウス Vesuvius（Vesaevus の形で）　カンパニア地方の火山　*G. II 224*

ウェスタ Vesta　竈《かまど》の女神　*G. I 499*
ウェヌス Venus　愛と美の女神、ギリシア名アプロディテ　*B. VII 62, VIII 78, G. III 137, 268*
ウェルギリウス Vergilius　*G. IV 563*
魚座 Piscis　*G. IV 234*
ウォルカヌス Volcanus　鍛冶の神、ギリシア名ヘパイストス　*G. IV 345*
ウォルスキ人 Volsci　ラティウム地方の種族　*G. II 168*
牛飼い座 Bootes　*G. I 229*
エウプラテス Euphrates　メソポタミア地方の大河　*G. I 509, IV 561*
エウメニデス Eumenides　復讐の女神たち　*G. I 278, IV 482*
エウリュステウス Eurystheus　ミュケナエの王　*G. III 4*
エウリュディケ Eurydice　オルペウスの妻　*G. IV 486, 490, 519, 525—527, 533, 547*
エウロタス Eurotas　スパルタの川　*B. VI 83*
エジプト Aegyptus　*G. IV 210, 291*
エチオピア人 Aethiopes　*B. X 68, G. II 120*
エトルリア Etruria　イタリア中西部の地方　*G. II 533*
エトルリア (の) Tuscus　*G. I 498*
エトルリア人 Tyrrhenus　*G. II 193*
エニペウス Enipeus　テッサリア地方の川　*G. IV 368*
エピダウルス Epidaurus　アルゴリス地方の都市　*G. III 44*
エピュラ Ephyra　コリントゥスの古名　*G. II 464*
エピュレ Ephyre　ニンフ　*G. IV 343*
エピルス Epirus　ギリシア北西部の地方　*G. I 59, III 121*
エマティア Emathia　マケドニア地方南部の地域　*G. I 491, IV 390*
エリクトニウス Erichthonius　伝説的なアテナエの王　*G. III 114*
エリス Elis　ペロポネスス半島北西の地方　*G. III 202*
エリダヌス Eridanus　北イタリアの川 (現ポー川のギリシア名)　*G. I 481, IV 371, 372*
エリュシウム Elysium　死後の至福の野、極楽浄土　*G. I 38*
エレウシス Eleusis　アッティカ地方の古い都市　*G. I 163*
オアクセス Oaxes　川の名 (位置不明)　*B. I 65*
雄牛座 Taurus　*G. I 217*
オエアグルス Oeagrus　トラキアの王　*G. IV 524*
オエタ Oeta　テッサリア地方の山　*B. VIII 30*
大犬座 Canis　*G. I 218*
オケアヌス Oceanus　大地のまわりを流れる大洋　*G. I 246, II 122, 481, III 359, IV 233, 341, 381, 382,*
オッサ Ossa　テッサリア地方の山　*G. I 281, 282*
オデュッセウス Ulixes　ギリシアの英雄　*B. VIII 70*
乙女 Virgo　正義の女神　*B. IV 6*
乙女座 Erigone　*G. I 33*
オピス Opis　ニンフ　*G. IV 343*
オリテュイア Orithyia　エレクテウスの娘　*G. IV 463*
オリュンピア Olympia　エリス地方のユッピテルの聖地　*G. I 59, III 49*
オリュンプス Olympus　テッサリア地方の山、天上の神々の住居　*B. VI 86, G. I 96, 282, IV 562*
オルクス Orcus　冥府の王　*G. I 277*
オルペウス Orpheus　歌と竪琴の名手　*B. III 46, IV 55, 56, VI 30, VIII 55, 56, G. IV 456, 464, 485, 488, 494, 500, 507, 517, 545, 553*

カ　行

カイクス Caicus　ミュシア地方の川　*G. IV 370*
カウカスス Caucasus　黒海とカスピ海の間の山脈　*B. VI 42, G. II 440*
カエサル Caesar　(1) ユリウス・カエサル　*B. IX 47, G. I 466*　(2) オクタウィアヌス　*G. I 24, 503, II 170, III 16, 46, 47, IV 560*

カオス Chaos　原初の混沌　*G. IV 347*
カオニア Chaonia　エピルス地方北西の地域　*B. IX 13, G. I 8, II 66*
カスタリア Castalia　パルナスス山の泉　*G. III 292*
蟹座 Cancer　*B. X 68*
カノプス Canopus　エジプト北部の都市　*G. IV 287*
カプア Capua　カンパニア地方の都市　*G. II 224*
カミルス、マルクス・フリウス Camillus, M. Furius　前 4 世紀前半のローマの独裁官　*G. II 169*
カメナ Camena　ムーサと同一視された歌の女神　*B. III 59*
カユストロス Caystros　リュディア地方の川　*G. I 384*
ガラエスス Galaesus　タレントゥム付近の川　*G. IV 126*
ガラテア Galatea　（1）女性の名　*B. I 30, 31, III 64, 72*　（2）海のニンフ　*B. VII 37, IX 39*
カラブリア Calabria　イタリア半島東南端の地方　*G. III 425*
ガラマンテス族 Garamantes　アフリカの種族　*B. VIII 45*
カリオペア Calliopea　ムーサの一人、オルペウスの母　*B. IV 56*
カリュベス人 Chalybes　黒海南東岸に住む種族　*G. I 58*
ガルガラ Gargara　プリュギア地方のイダ山の頂の一つ　*G. I 103, III 269*
カルキス Chalcis　エウボエア島の都市　*B. X 50*
ガルス、ガイウス・コルネリウス Gallus, C. Cornelius　前 1 世紀のローマの政治家・詩人　*B. VI 64, X 2, 3, 6, 10, 22, 31, 72, 73*
カルタゴ（の）Poenus　北アフリカのフェニキア人の都市　*B. V 27*
カルパトゥス Carpathus　エーゲ海の島　*G. IV 387*
ガンジス川 Ganges　*G. II 137, III 27*
冠座 Corona　*G. I 221*
キコネス族 Cicones　トラキア地方の住民　*G. IV 520*
キタエロン Cithaeron　ボエオティア地方の山　*G. III 43*
北風 Aquilo　*G. I 460, II 113, 261, 334, 403, III 196*; Boreas　*B. VII 51, G. I 93, 370, II 315, III 278*
キニュプス Cinyps　リビュア地方の川　*G. III 311*
キュクロプス Cyclops　一つ眼巨人　*G. I 472, IV 170*
キュディッペ Cydippe　ニンフ　*G. IV 339*
キュドニア Cydonia　クレタ島北西岸の都市　*B. X 59*
キュトルス Cytorus　パプラゴニア地方の山　*G. II 437*
キュモドケ Cymodoce　ニンフ　*G. IV 338*
キュラルス Cyllarus　ポルクスの名馬　*G. III 90*
キュルノス Cyrnos　コルシカ島のギリシア名　*B. IX 30*
キュレネ Cyllene　アルカディア地方の山　*G. I 337*
キュレネ Cyrene　ニンフ、アリスタエウスの母　*G. IV 321, 354, 375, 415, 530*
キュントゥス Cynthus　デロス島の山　*B. VI 3, G. III 36*
極北（の）Hyperboreus　*G. III 196, 381, IV 517*
ギリシア Graecia　*G. I 38, II 16, III 19, 90, 148*
キルケ Circe　太陽神の娘、魔女　*B. VIII 70*
キロン Chiron　ケンタウルスの一人　*G. III 549*
キンナ、ガイウス・ヘルウィウス Cinna, C. Helvius　詩人　*B. IX 35*
クイリヌス Quirinus　ロムルスと同一視された古いローマの神　*G. III 27*
クサント Xanto　ニンフ　*G. IV 336*
クマエ Cumae　カンパニア地方の都市　*B. IV 4*
グラウクス Glaucus　（1）海の神　*G. I 436*　（2）シシュプスの息子　*G. III 267*

クラニウス Clanius　カンパニア地方の川　G. II 225
クリオ Clio　ニンフ　G. IV 341
クリトゥムヌス Clitumnus　ウンブリア地方の川　G. II 146
グリュニウム Grynium　小アジア西岸の都市　B. VI 72
クリュメネ Clymene　ニンフ　G. IV 345
クルストゥメリウム Crustumerium　サビニ人の都市　G. II 88
クレタ Creta　地中海の島　G. III 345
クレテス人 Curetes　クレタ島の古い住民　G. IV 150
クレモナ Cremona　北イタリアの都市　B. IX 28
クロミス Chromis　若い牧人　B. VI 13
ケア Cea　エーゲ海の島　G. I 14
ケクロプス Cecrops　伝説的なアテナエ最初の王　G. IV 177, 269
ゲタエ族 Getae　ヒステル川流域の種族　G. III 461, IV 462
ケラウニア Ceraunia　エピルス地方の岬　G. I 332
ケルベルス Cerberus　冥界の番犬　G. IV 483
ゲルマニア Germania　B. I 62, G. I 474, 509
ケレウス Celeus　エレウシスの王　G. I 165
ケレス Ceres　穀物の女神、ギリシア名デメテル　B. V 79, G. I 7, 96, 147, 212, 340, 343, 344, 347, II 229
ゲロニ人 Geloni　スキュティア地方の種族　G. II 115, III 461
ケンタウルス Centaurus　半人半馬の怪物　G. II 455
コエウス Coeus　ティタン神族の一人　G. I 279
コキュトゥス Cocytus　冥界の川　G. III 37, IV 478
コドルス Codrus　牧人またはアテナエの王　B. V 11, VII 21, 26
コノン Conon　数学・天文学者　B. III 40
子山羊座 Haedi　G. I 204
コリュクス Corycus　キリキア地方の都市　G. IV 127
コリュドン Corydon　牧人　B. II 1, 56, 65, 69, V 86, VII 2, 3, 16, 20, 40, 70
ゴルテュン Gortyn　クレタ島中央部の都市　B. VI 60

サ　行

蠍《さそり》座 Scorpius　G. I 34
蠍《さそり》座の螯《はさみ》 Chelae　G. I 33
サテュルス Satyrus　山野に住む半人半獣　B. V 73
サトゥルヌス Saturnus　ユッピテルの父神、ギリシア名クロノス　B. IV 6, VI 41, G. I 336, II 173, 406, 538, III 92
サバ人 Sabaei　アラビア半島の種族　G. I 57, II 117
サビニ人 Sabini　ローマの北東に住むイタリア人　G. II 532
サベリ人 Sabelli　イタリア中部の種族　G. II 167, III 255
サルディニア（島） Sardinia　B. VII 41
死 Letum　G. IV 481
シキュオン Sicyon　ペロポネスス半島北東部の都市　G. II 519
シキリア（島） Sicilia　B. II 21, IV 1, X 4, 51
シトニア Sithonia　トラキア地方の一地域　B. X 66
支那人 Seres　G. II 121
シュラクサエ Syracusae　シキリア島東岸の都市　B. VI 1
シュリア Syria　アジアの地方、地中海東岸　G. II 88
シラ Sila　ブルッティウム地方の森林地帯　G. III 219
シラルス Silarus　ルカニア地方の川　G. III 146
シリウス Sirius　大犬座の首星、天狼星　G. IV 425　→天狼星
死霊 Manes　G. I 243, IV 469, 489, 505
シルウァヌス Silvanus　パーンと同一視された森の神　B. X 24, G. I 20, 493
シレヌス Silenus　山野に住む老人、バックスの従者　B. IV 14, 31, 61, 84

スキピオ一族 Scipiadae　前3－2世紀に大アフリカヌス、小アフリカヌスなどが輩出した家門　*G. II 170*
スキュティア Scythia　黒海北部周辺に広がる地方　*B. I 65, G. I 240, III 197, 349*
スキュラ Scylla　ニススの娘　*B. VI 74, G. I 405, 406, 409*
スティミコン Stimichon　牧人　*B. V 55*
ステュクス Styx　冥界の川　*G. I 243, III 551, IV 480, 506*
ストリュモン Strymon　トラキア地方の川　*G. I 120, IV 508*
昴《すばる》 Atlantides　星団の名　*G. I 221* →プレイアデス
スパルタ Sparta　*G. III 405*
スパルタ人（の） Oebalius　*G. IV 125*
スピオ Spio　ニンフ　*G. IV 338*
スペルケオス Spercheos　テッサリア地方の川　*G. II 486*
ソポクレス Sophocles　ギリシアの悲劇詩人　*B. VIII 9*

タ　行

大地 Terra　*B. VIII 93, G. I 278*
太陽 Sol　*G. II 321, III 357*
タエナルス Taenarus　ペロポネスス半島最南端の岬　*G. IV 467*
ダキア人 Dacus　ヒステル川流域の部族　*G. II 497*
タスス Thasus　エーゲ海北部の島　*G. II 91*
タナイス Tanais　黒海北西岸の川　*G. IV 517*
タナゲル Tanager　ルカニア地方の川　*G. III 151*
谷間のニンフ Napaea　*G. IV 535*
ダプニス Daphnis　シキリア島の牧人、ヘルメスとニンフの子　*B. II 27, III 12, V 20, 24, 27, 29, 41, 43, 49, 51, 52, 56, 61, 66, VII 1, 7, VIII 68, 72, 76, 79, 81, 83—85, 90, 93, 94, 100, 103, 104, 109, IX 46, 50*
タブルヌス Taburnus　サムニウム地方の山　*G. II 38*
ダモエタス Damoetas　牧人　*B. II 37, 39, III 1, 58, V 72*
ダモン Damon　牧人　*B. III 17, 21, 23, VIII 1, 5, 16, 62*
タユゲテ Taygete　プレイアデスの一人　*G. IV 232*
タユゲトゥス Taygetus　ラコニア地方の山脈　*G. II 487, III 43*
タリア Thalia　ニンフ　*G. IV 338*
ダルダニア Dardania　トロイアの別名　*B. II 61*
タルタラ Tartara　奈落の底　*G. I 36, II 292, IV 481*
タレア Thalea　ムーサの一人　*B. VI 1*
タレントゥム Tarentum　イタリア東南端の都市　*G. II 197*
ディオネ Dione　ウェヌスの母　*B. IX 47*
デイオペア Deiopea　ニンフ　*G. IV 343*
ディクテ Dicte　クレタ島の山　*B. IV 56, G. II 536, IV 151*
ティグリス Tigris　メソポタミア地方の川　*B. I 62*
ティシポネ Tisiphone　復讐の女神の一人　*G. III 551, 556*
ディース Dis　冥界の神　*G. IV 467, 519*
ティテュルス Tityrus　牧人　*B. I 1, 4, 13, 18, 38, III 19, 96, V 12, VI 4, VIII 55, IX 23, 24, G. IV 566*
ティトヌス Tithonus　ラオメドン王の息子　*G. I 447, III 47*
ティピュス Tiphys　アルゴ船の舵取り　*B. IV 34*
ティベリス Tiberis　ローマ市中を流れる川　*G. I 499, IV 369*
ティマウス Timavus　現トリエステ湾に注ぐ川　*B. VIII 6, G. III 475*
ディルケ Dirce　テーバエの王リュクスの妻　*B. II 23*
デウカリオン Deucalion　プロメテウスの息子　*G. I 61*
デキウス Decius　前4－3世紀に執政官になった同名の父子（プブリウス・デキウス・ムース）　*G. II 169*
テゲア Tegea　アルカディア地方の都市

G. I 18
テステュリス Thestylis　女性の名　*B. II 10, 43*
テセウス Theseus　アテナエの伝説的な王　*G. II 382*
テティス Thetis　海の女神　*B. IV 32, G. I 398*
テテュス Tethys　オケアヌスの妻　*G. I 31*
テュポエウス Typhoeus　ガイアから生まれた怪物　*G. I 279*
テュルシス Thyrsis　牧人　*B. VII 2, 3, 16, 20, 69*
テュレニア海 (mare) Tyrrhenum　*G. II 164*
テュロス Tyros　フェニキア地方の都市　*G. III. 17, 306*
テュロス（の）Sarranus　フェニキア地方の都市　*G. II 505*
テュンブラ Thymbra　トロイア地方の土地　*G. IV 322*
デリア Delia　女性の名またはディアナの別名　*G. III 67*
テレウス Tereus　トラキアの王　*B. VI 78*
デロス Delos　エーゲ海の島　*B. VII 29, G. III 6*
天空の神 Aether　*G. II 325*
天秤座 Libra　*G. I 208*
テンペ Tempe　テッサリア地方の渓谷　*G. IV 318*
天狼星 Canis　*G. II 352*　→シリウス
ドゥリキウム Dulichium　イオニア海の島　*B. VI 76*
トゥレ Thule　北の果ての島　*G. I 30*
ドドナ Dodona　エピルス地方のユッピテルの聖地　*G. I 149*
トマロス Tmaros　エピルス地方の山　*B. VIII 44*
トモルス Tmolus　リュディア地方の山　*G. I 56, II 98*
トラキア Thracia　ギリシア北東部の地方　*B. IV 55*
ドリス Doris　オケアヌスの娘、アレトゥーサの母　*B. X 5*
ドリュアスたち Dryades　森のニンフ　*B. V 59, G. I 11, III 41, IV 460*
ドリュモ Drymo　ニンフ　*G. III 336*
トロイア Troia　小アジア北西の都市　*B. IV 36, G. I 502, II 385, III 36*
トロス Tros　トロイア王家の祖　*G. III 35*

ナ　行

ナイル川 Nilus　*G. III 28, IV 288*
ナリュクム Narycum　ロクリス地方の町　*G. II 437*
ニサエエ Nisaee　ニンフ　*G. III 338*
西風 Zephyrus　*B. V 5, G. I 44, 371, II 105, 330, III 134, 273, 322, IV 138, 305*
ニスス Nisus　メガラの王　*B. VI 74, G. I 404, 407, 408*
ニパテス Niphates　アルメニアの山　*G. III 30*
ニューサ Nysa　女性の名　*B. VIII 18, 26*
ネアエラ Neaera　女性の名　*B. III 3*
ネプトゥヌス Neptunus　海の神、ギリシア名ポセイドン　*G. I 12, III 122, IV 387, 394*
ネレウス Nereus　海の神　*B. VI 35, VII 37, G. IV 391*
ノリクム Noricum　アルプス山脈とドナウ川の間の地方　*G. III 474*

ハ　行

バウィウス Bavius　詩人　*B. III 90*
パエストゥム Paestum　ルカニア地方の都市　*G. IV 119*
パエトンの姉妹たち Phaethontiades　*B. VI 52*
ハエムス Haemus　トラキア地方の山脈　*G. I 491, II 488*
バクトラ Bactra　バクトリアの首都　*G. II 138*
パシス Phasis　黒海東岸の川　*G. IV 367*
パシパエ Pasiphae　ミノス王の妻　*B. VI 46*

バックス Bacchus　葡萄と酒の神　*B. V 30, 79, G. I 344, II 2, 275, 381, 388, 394, 454, 455, III 264, 526, IV 521*
パドゥス Padus　北イタリアの川（現ポー川）　*G. II 451*
パナエ Phanae　キオス島の港　*G. II 98*
パノペア Panopea　ネレウスの娘　*G. I 436*
母なる神 Mater　*G. IV 64*
パプス Paphus　キュプロス島の都市　*G. II 64*
パラエモン Palaemon　牧人　*B. III 50, 53*
パラス Pallas　女神ミネルウァ（アテナ）の呼称　*B. II 61, G. II 181*
パラティウム Palatium　ローマ市内の丘　*G. I 499*
パリス Paris　トロイアの王子　*B. II 61*
パルカたち Parcae　3人の運命の女神　*B. IV 46*
パルティア人 Parthi　カスピ海の南東の地方に住む民族　*B. I 62, X 59, G. III 31, IV 211, 313*
パルテニウス Parthenius　アルカディア地方の山　*B. X 57*
パルテノペ Parthenope　ナポリの古名　*G. IV 563*
パルナスス Parnasus　ギリシア中部ポキス地方の山　*B. VI 29, X 11, G. II 18, III 291*
バレアレス Baleares　地中海西部の群島　*G. I 309*
パレス Pales　牧畜の神　*B. V 35, G. III 1, 294*
パレネ Pallene　マケドニア地方の岬　*G. IV 390*
パロス Paros　エーゲ海の島　*G. III 34*
パンカイア Panchaia　アラビア海の伝説的な島　*G. II 139, IV 379*
パンガエア Pangaea　トラキア地方の山　*G. IV 462*
パーン Pan　牧畜の神　*B. II 31—33, IV 58, 59, V 59, VIII 23, 24, X 26, 28, G. I 16, II 493, III 392*
ビアノル Bianor　マントゥアの建設者？　*B. IX 59*
ピエリア Pieria　ギリシア北部のムーサの聖地　*B. III 85, VI 13, VIII 63, IX 32, X 70*
東風 Eurus　*G. I 371, 453, II 107, 339, 441, III 277, 382, IV 28, 192*
ピサ Pisa　エリス地方の都市　*G. III 180*
ビサルタエ人 Bisaltae　マケドニア地方の種族　*G. II 461*
ヒステル Hister　現ドナウ川の下流　*G. II 497, III 350*
ヒッポダメ Hippodame　ピサの王オエノマウスの娘　*G. III 6*
ヒベリア人 Hiberus　現在のスペインの住民　*G. III 408*
ヒュアデス Hyades　プレイアデスの5人の姉妹、星団の名　*G. I 138*
ヒュダスペス Hydaspes　インダス川の支流　*G. IV 211*
ヒュパニス Hypanis　スキュティアの川　*G. IV 370*
ヒュブラ Hybla　シキリア島の山　*B. I 54, VII 37*
ピュラ Pyrrha　デウカリオンの妻　*B. VI 41*
ヒュラエウス Hylaeus　ケンタウルスの一人　*G. II 457*
ヒュラクス Hylax　犬の名　*B. VIII 107*
ヒュラス Hylas　ヘルクレスに愛された少年　*B. VI 43, 44, G. III 6*
ピュリス Phyllis　女性の名　*B. III 76, 78, 107, V 10, VII 14, 59, 63, X 37, 41*
ピュロドケ Phyllodoce　ニンフ　*G. IV 336*
ピリッピ Philippi　マケドニア地方の都市　*G. I 489*
ピリュラ Philyra　オケアヌスの娘、キロンの母　*G. III 549*
ピロメラ Philomela　テレウスの妻　*B. VI. 79, cf. G. IV 511*
ピンドゥス Pindus　ギリシア北部の山脈　*B. X 11*
ファウヌス Faunus　山野の神　*B. VI 27, G. I 10, 11*
ファレルヌス Falernus　カンパニア地方の一地域　*G. II 96*

復讐の女神たち Furiae　*G. III 37*　→エウメニデス
ブシリス Busiris　エジプトの王　*G. III 5*
プリアプス Priapus　豊穣の神　*B. VII 33, G. IV 111*
ブリタニア人 Britanni　*B. I 66, G. III 25*
プリュギア Phrygia　小アジア北西部の地方　*G. IV 40*
プレイアデス Pleiades　アトラスとプレイオネの７人の娘たち、昴《すばる》星団　*G. I 137, IV 232*
プロエトゥスの娘たち Proetides　雌牛になったと思い込んだ３人の娘　*B. VI 48*
プロクネ（燕）Procne　燕に変身した女性　*G. IV 15*
プロセルピナ Proserpina　冥界の女王　*G. I 39, IV 487*
プロテウス Proteus　海の老人　*G. IV 388, 422, 429, 433, 440, 447, 528*
プロメテウス Prometheus　ティタン神族のイアペトゥスの子　*B. VI 42*
平和の女神 Pax　*G. II 425*
ヘスペリスたち Hesperides　西の果ての園を守る娘たち　*B. VI 61*
ベナクス Benacus　北イタリアの湖　*G. II. 160*
ペネウス Peneus　テッサリア地方の川　*G. IV 318, 355*
ヘブルス Hebrus　トラキア地方の川　*B. X 65, G. IV 463, 524*
ペラ Pella　マケドニアの首都　*G. IV 287*
ペリオン Pelion　テッサリア地方の山　*G. I 281, III 94*
ベルガエ人 Belgae　ガリア地方北部の人種　*G. III 204*
ヘルクレス Hercules　ギリシアの英雄　*G. II 66*
ペルシア Persis　*G. IV 290*
ペルシウム Pelusium　エジプト北部の都市　*G. I 228*
ヘルムス Hermus　リュディア地方の川　*G. II 137*
ペルメッスス Permessus　ヘリコン山から流れる川　*B. VI 64*
ヘレスポントゥス Hellespontus　エーゲ海とマルマラ海を結ぶ海峡　*G. IV 111*
ペレトロニウム Pelethronium　テッサリア地方の一地域　*G. III 115*
ベロエ Beroe　ニンフ　*G. IV 341*
ペロプス Pelops　タンタルスの子　*G. III 7*
ポエブス Phoebus　太陽神アポロの別名　*B. III 62, V 9, 66, VI 11, 29, 66, 82, VII 22, 62, 64*
ポエベ Phoebe　月の女神　*G. I 431*
北西風 Caurus　*G. III 278, 356*
ポトニアエ Potniae　ボエオティア地方の村　*G. III 267*
ポリオ、ガイウス・アシニウス Pollio, C. Asinius　前40年のローマの執政官、作家、文芸保護者　*B. III 84, 86, 88, IV 11*
ポルクス Pollux　ユッピテルとレダの子　*G. III 89*
ポルス Pholus　ケンタウルスの一人　*G. II 456*
ポントゥス Pontus　黒海およびその周辺地域　*B. VIII 95, 96, G. I 58, 207*

マ　行

マイア Maia　プレイアデスの一人　*G. I 225*
マエウィウス Maevius　詩人　*B. III 90*
マエオティス Maeotis　黒海北部の内海　*G. III 349*
マエオニア Maeonia　リュディア地方の別名　*G. IV 380*
マエケナス、ガイウス Maecenas, C.　アウグストゥスの助言者、文芸保護者　*G. I 3, 39, III 40, IV 2*
マエナルス Maenalus　アルカディア地方の山脈　*B. VIII 21—23, 25, 28a, 31, 36, 42, 46, 51, 57, 61, X 55, G. I 16*
マッシクス Massicus　カンパニア地方の山　*G. II 143, III 526*
マリウス、ガイウス Marius, C.　前２－

1世紀のローマの政治家・軍人　*G. II 169*
マルシ人 Marsi　ラティウム地方の種族　*G. II 167*
マルス Mars　戦争の神　*B. IX 12, X 44, G. I 511, II 283, III 91, IV 70, 346*
マレオイス Mareotis　エジプト北部の湖　*G. II 91*
マントゥア Mantua　北イタリアの都市　*B. IX 27, 28, G. II 198, III 12*
ミコン Micon　牧人　*B. III 10, VII 30*
水瓶座 Aquarius　*G. III 303*
水のニンフ Nais　*B. II 46, VI 21, X 10*
南風 Auster　*B. II 59, V 82, G. I 333, 354, 418, 462, II 333, III 278, 429, IV 261*; Notus　*G. I 444*
ミネルウァ Minerva　技芸と戦争の女神、ギリシア名アテナ　*G. I 19, IV 246*
ミュケナエ Mycenae　アルゴリス地方の古い都市　*G. III 121*
ミュシア Mysia　小アジア北西部の地方　*G. I 102, 370*
ミレトゥス Miletus　小アジア西岸の都市　*G. III 307, IV 335*
ミンキウス Mincius　北イタリアの川　*B. VII 12, G. III 14*
ムーサ Musa　文芸・詩歌の女神　*B. I 2, III 60, 84, IV 1, VI 8, 69, VII 19, VIII 1, 5, G. II 475, III 11, IV 315*
ムナシュルス Mnasyllus　若い牧人　*B. VI 13*
メディア Media　カスピ海とアラビア湾の間の地方　*G. I 215, II 126, 134, 136, IV 211*
メテュムナ Methymna　レスボス島の都市　*G. II 90*
メトゥス Metus　恐怖の擬人化　*G. III 552*
メナルカス Menalcas　牧人　*B. II 15, III 13, 58, V 4, 64, 90, IX 10, 16, 18, 55, 67, X 20*
メラ Mella　北イタリアの川　*G. IV 278*
メランプス Melampus　予言者・医師　*G. III 550*
メリケルテス Melicertes　アタマスとイノの息子　*G. I 437*
メリボエウス Meliboeus　牧人　*B. I 6, 19, 42, 73, III 1, V 87, VII 9*
モエリス Moeris　牧人　*B. VIII 95, 97, IX 1, 16, 54, 61*
モプスス Mopsus　牧人　*B. V 1, 10, VIII 26, 29*
森のニンフたち Hamadryades　*B. X 62*
モルブス Morbus　病気の擬人化　*G. III 552*
モロッシア Molossia　エピルス地方の内陸部　*G. III 405*
モロルクス Molorchus　ネメア付近の牧人　*G. III 19*

ヤ　行

ユスティティア Iustitia　正義の女神　*G. II 474*
ユッピテル Iuppiter　オリュンプスの神々の王、天空の神、ギリシア名ゼウス　*B. III 60, IV 49, VII 60, G. I 125, 418, II 15, 419, III 35, 181, 332, IV 149*
ユーノ Iuno　ユッピテルの妻、神々の女王、ギリシア名ヘラ　*G. III 153, 532*
ユリウス港 Portus Iulius　カンパニア地方の人造港　*G. II 163*
宵の明星 Hesperus　*B. VIII 30, X 77*; Vesper　*B. VI 85, G. I 251, 461, III 336, IV 186, 433, 473*

ラ　行

ラエティア Rhaetia　アルプス山脈の北の地方　*G. II 95*
ラオメドン Laomedon　トロイアの王　*G. I 502*
ラコニア Laconia　スパルタを中心とする地方　*G. II 487*
ラトナ Latona　アポロとディアナの母　*G. III 6*
ラピタエ族 Lapithae　テッサリアの神話的部族　*G. II 457, III 115*
ラリウス Larius　北イタリアの湖　*G. II 159*
リグリア人 Ligus　イタリア北西部の種

族　*G. II 168*
リゲア Ligea　ニンフ　*G. IV 336*
リヌス Linus　歌と音楽の名手　*B. IV 55, 57, VI 67*
リパエイ Riphaei　極北の山脈　*G. I 240, III 382, IV 518*
リビュア Libya　アフリカ北部の地方　*G. I 241, II 105, III 249, 339*
リベトラ Libethra　ピエリアの町、またはヘリコン山の泉　*B. VII 21*
リベル Liber　バックスと同一視された植物の神　*B. VII 58, G. I 7*
リュアエウス Lyaeus　葡萄の神バックスの別名　*G. II 229*
竜座 Anguis　*G. I 205, 244*
リュカエウス Lycaeus　アルカディア地方の山　*B. X 15, G. I 16, III 2, 314, IV 538*
リュカオン Lycaon　アルカディアの王　*G. I 138*
リュキスカ Lycisca　犬の名　*B. III 18*
リュキダス Lycidas　牧人　*B. VII 67, IX 2, 12, 37*
リュクス Lycus　小アジアの川　*G. IV 367*
リュクトゥス Lyctus　クレタ島の都市　*B. V 72*
リュコリアス Lycorias　ニンフ　*G. IV 339*
リュコリス Lycoris　女性の名　*B. X 2, 22, 42*
リュディア Lydia　小アジア西部の地方　*G. IV 210*
ルキナ Lucina　出産の女神　*B. IV 8, G. IV 340*
ルクリヌス Lucrinus　カンパニア地方の湖　*G. II 161*
ルナ Luna　月の女神　*G. I 396, III 392*
レスス Rhesus　トラキアの王　*G. IV 462*
レスボス Lesbos　エーゲ海の島　*G. II 90*
レテ Lethe　冥界に流れる忘却の河　*G. I 78, IV 545*
レナエウス Lenaeus　葡萄の神バックスの別名　*G. II 4, 7, 529, III 509*
レヌス Rhenus　現在のライン川　*B. X 47*
レムス Remus　ロムルスと双子の兄弟　*G. II 532*
ロエクス Rhoecus　ケンタウルスの一人　*G. II 456*
ロドス Rhodos　エーゲ海の島　*G. II 101*
ロドペ Rhodope　トラキアの山　*B. VI 30, VIII 44, G. I 332, III 351, 462, IV 461*
ローマ Roma　*B. I 19, G. I 466, 489, 499, II 148, 172, 176, 498, 534, III 147, 346*
ロムルス Romulus　ローマ建国者　*G. I 498*

訳者略歴

小川正廣（おがわ　まさひろ）

名古屋大学名誉教授
京都大学博士（文学）
一九五一年　京都市生まれ
一九七九年　京都大学大学院文学研究科博士課程中退
京都大学助手、京都産業大学助教授、名古屋大学教授を経て
二〇一七年退職

主な著訳書

『ウェルギリウス研究──ローマ詩人の創造』（京都大学学術出版会）
『ウェルギリウス『アエネーイス』──神話が語るヨーロッパ世界の原点』（岩波書店）
『ホメロスの逆襲──それは西洋の古典か』（名古屋大学出版会）
サルスティウス『カティリナ戦記／ユグルタ戦記』（京都大学学術出版会）
セネカ『悲劇集1』（共訳、京都大学学術出版会）
『キケロー選集2、3』（共訳、岩波書店）
プラウトゥス『ローマ喜劇集1、2』（共訳、京都大学学術出版会）
『キケロー弁論集』（共訳、岩波文庫）
『セネカ哲学全集2』（共訳、岩波書店）

牧歌《ぼっか》／農耕詩《のうこうし》　西洋古典叢書　第Ⅲ期第3回配本

二〇〇四年 五 月十日　初版第一刷発行
二〇二三年十二月十日　初版第四刷発行

訳　者　小《お》川《がわ》正《まさ》廣《ひろ》

発行者　足　立　芳　宏

発行所　京都大学学術出版会
606-8315 京都市左京区吉田近衛町六九 京都大学吉田南構内
電　話　〇七五-七六一-六一八二
ＦＡＸ　〇七五-七六一-六一九〇
http://www.kyoto-up.or.jp/

印刷／製本・亜細亜印刷株式会社

定価はカバーに表示してあります

© Masahiro Ogawa 2004, Printed in Japan.

ISBN978-4-87698-151-9

本書のコピー、スキャン、デジタル化等の無断複製は著作権法上での例外を除き禁じられています。本書を代行業者等の第三者に依頼してスキャンやデジタル化することは、たとえ個人や家庭内での利用でも著作権法違反です。

西洋古典叢書［第Ⅰ期・第Ⅱ期］既刊全46冊（税込定価）

【ギリシア古典篇】

アテナイオス　食卓の賢人たち　1　柳沼重剛訳　3990円
アテナイオス　食卓の賢人たち　2　柳沼重剛訳　3990円
アテナイオス　食卓の賢人たち　3　柳沼重剛訳　4200円
アテナイオス　食卓の賢人たち　4　柳沼重剛訳　3990円
アリストテレス　天について　池田康男訳　3150円
アリストテレス　魂について　中畑正志訳　3360円
アリストテレス　ニコマコス倫理学　朴　一功訳　4935円
アリストテレス　政治学　牛田徳子訳　4410円
アルクマン他　ギリシア合唱抒情詩集　丹下和彦訳　4725円
アンティポン／アンドキデス　弁論集　高畠純夫訳　3885円
イソクラテス　弁論集　1　小池澄夫訳　3360円
イソクラテス　弁論集　2　小池澄夫訳　3780円

ガレノス　自然の機能について　種山恭子訳　3150円
クセノポン　ギリシア史 1　根本英世訳　2940円
クセノポン　ギリシア史 2　根本英世訳　3150円
クセノポン　小品集　松本仁助訳　3360円
セクストス・エンペイリコス　ピュロン主義哲学の概要　金山弥平・金山万里子訳　3990円
セクストス・エンペイリコス　学者たちへの論駁 1　金山弥平・金山万里子訳　3780円
ゼノン他　初期ストア派断片集 1　中川純男訳　3780円
クリュシッポス　初期ストア派断片集 2　水落健治・山口義久訳　5040円
クリュシッポス　初期ストア派断片集 3　山口義久訳　4410円
デモステネス　弁論集 3　北嶋美雪・杉山晃太郎・木曽明子訳　3780円
デモステネス　弁論集 4　木曽明子・杉山晃太郎訳　3780円
トゥキュディデス　歴史 1　藤縄謙三訳　4410円
トゥキュディデス　歴史 2　城江良和訳　4620円
ピロストラトス／エウナピオス　哲学者・ソフィスト列伝　戸塚七郎・金子佳司訳　3885円
ピンダロス　祝勝歌集／断片選　内田次信訳　4620円

フィロン　フラックスへの反論／ガイウスへの使節　秦　剛平訳　3360円
プルタルコス　モラリア　2　瀬口昌久訳　3465円
プルタルコス　モラリア　6　戸塚七郎訳　3570円
プルタルコス　モラリア　13　戸塚七郎訳　3570円
プルタルコス　モラリア　14　戸塚七郎訳　3150円
マルクス・アウレリウス　自省録　水地宗明訳　3360円
リュシアス　弁論集　細井敦子・桜井万里子・安部素子訳　4410円

【ラテン古典篇】

ウェルギリウス　アエネーイス　岡　道男・高橋宏幸訳　5145円
オウィディウス　悲しみの歌／黒海からの手紙　木村健治訳　3990円
クルティウス・ルフス　アレクサンドロス大王伝　谷栄一郎・上村健二訳　4410円
スパルティアヌス他　ローマ皇帝群像　1　南川高志訳　3150円
セネカ　悲劇集　1　小川正廣・高橋宏幸・大西英文・小林　標訳　3990円
セネカ　悲劇集　2　岩崎　務・大西英文・宮城徳也・竹中康雄・木村健治訳　4200円
トログス／ユスティヌス抄録　地中海世界史　合阪　學訳　4200円

プラウトゥス　ローマ喜劇集　1　木村健治・宮城徳也・五之治昌比呂・小川正廣・竹中康雄訳　4725円
プラウトゥス　ローマ喜劇集　2　山下太郎・岩谷　智・小川正廣・五之治昌比呂・岩崎　務訳　4410円
プラウトゥス　ローマ喜劇集　3　木村健治・岩谷　智・竹中康雄・山沢孝至訳　4935円
プラウトゥス　ローマ喜劇集　4　高橋宏幸・小林　標・上村健二・宮城徳也・藤谷道夫訳　4935円
テレンティウス　ローマ喜劇集　5　木村健治・城江良和・谷栄一郎・高橋宏幸・上村健二・山下太郎訳　5145円